教育部人文社会科学重点研究基地
南京大学中国新文学研究中心
Center for Research of Chinese New Literature of Nanjing University

教育部人文社会科学
重点研究基地
南京大学中国新文学
研究中心学术文库

主　编　丁　帆
执行主编　王彬彬
　　　　　张光芒

新世纪小说创作中的反智现象研究

刘阳扬　著

南京大学出版社

编委会（按姓氏笔画排列）

丁　帆　　马俊山　　王爱松

王彬彬　　吕效平　　刘　俊

李兴阳　　李章斌　　吴　俊

沈卫威　　张光芒　　周安华

胡星亮　　倪婷婷　　董　晓

傅元峰　　[美]奚密　　[日]藤井省三

目 录

前 言 ·· 001
  一、"新世纪"与"新世纪文学" ··· 001
  二、"反智主义":作为现象或方法 ······································ 005

第一章 新世纪小说"反智"现象的来源 ································ 011
  第一节 西方的"反智主义"思潮 ·· 012
    一、霍夫施塔特和《美国生活中的反智主义》 ················· 012
    二、当代美国社会的反智主义 ·· 019
  第二节 中国传统反智主义的表现 ······································ 024
    一、中国传统政治活动中的反智主义 ······························ 025
    二、民间文艺中的反智主义 ··· 029
  第三节 "五四"以来中国文学反智叙事的嬗变 ··················· 033
    一、"劳工神圣"与"五四"反智思潮 ································ 033
    二、革命文学与反智主义的兴起 ····································· 038
    三、延安文学与反智叙事的发展 ····································· 040
    四、90年代以来"躲避崇高"的叙事 ································ 044

第二章 新世纪小说思想内容中的反智现象 ·························· 049
  第一节 知识分子的背叛与逃离 ·· 051

一、知识分子的堕落与腐化 ………………………………… 052
　　二、知识分子的出走与逃离 ………………………………… 056
　　三、知识分子的自我否定 …………………………………… 060
  第二节　主流意识形态对知识分子的贬低与否定 ………… 061
　　一、"反右"、"文革"题材小说中的知识分子 …………… 062
　　二、当代权力机构中的知识分子 …………………………… 064
  第三节　大众对知识分子的轻视与嘲笑 …………………… 068
　　一、虚伪的知识分子 ………………………………………… 069
　　二、落寞的知识分子 ………………………………………… 071
　　三、乏味的知识分子 ………………………………………… 072

第三章　"大学叙事"与新世纪小说艺术表现中的反智现象 …… 080
  第一节　重复的叙述模式 …………………………………… 081
　　一、"污名化"大学的叙事腔调 ……………………………… 082
　　二、雷同的结构方式 ………………………………………… 087
  第二节　单调的审美体验 …………………………………… 093
　　一、扁平化的人物形象 ……………………………………… 093
　　二、新闻化的故事构成 ……………………………………… 100
  第三节　知识分子叙事传统的弱化 ………………………… 104
　　一、通俗、世俗与媚俗 ……………………………………… 105
　　二、从讽刺到调侃 …………………………………………… 111

第四章　新世纪小说"反智"现象的原因探析 ……………………… 117
  第一节　政治意识形态的压制 ……………………………… 117
　　一、知识分子的阶级属性 …………………………………… 118
　　二、极"左"思潮下的中国知识分子 ……………………… 123
　　三、"新时期"文艺政策下中国知识分子的多种书写方式 ……… 126

第二节　经济社会环境的打击 …… 130
一、文化人的经济生活 …… 130
二、市场经济条件下的文学期刊 …… 134
三、出版业改革与畅销书的生产 …… 138

第三节　民粹主义与大众文化思潮的涌现 …… 142
一、民粹主义与文化民粹主义 …… 143
二、大众文化与网络文学的影响 …… 150

第五章　新世纪小说"反智"现象的后果、影响与趋势 …… 156

第一节　"去知识分子化"、"去校园化"与知识分子的"祛魅" …… 156
一、知识分子"情欲"书写的滥觞 …… 158
二、"社会化"、"官场化"的大学校园 …… 160
三、知识分子的后退与启蒙意义的倒转 …… 164

第二节　大众文化的价值迷失与现实主义的创作困境 …… 168
一、身体欲望的书写盛宴 …… 169
二、世俗娱乐的感官刺激 …… 172
三、乡土现实的叙事危机 …… 174

第三节　网络文学的发展与文坛主流的变局 …… 178
一、文学生产与消费方式的改变 …… 178
二、网络文学形态对传统文学的颠覆 …… 182
三、精英文学的危机与文坛主流的变局 …… 185

结　语 …… 188

参考文献 …… 195

前　言

一、"新世纪"与"新世纪文学"

在进入 21 世纪已经近二十年的今天,评论者对当下时间段的文学史概念的界定,依然不能完全达成共识。不过明显的是,自 1978 年以来的"新时期文学"概念,已经不能适用于今天的文学与文化语境,而"当代文学"的概念又由于过于清晰的政治导向而常常被学界诟病。2005、2006 年间,一批评论家在《文艺争鸣》杂志的组织下,对"新世纪文学"这一文学史命名举行了讨论会。一些评论者主张,由于新时期以来文学环境的改变,可以使用"新世纪文学"的概念来描述当前的文学语境。雷达认为,"新世纪文学"不以重大政治事件,而以时间序列命名文学史阶段,在消解文学话语中的政治权威的同时,也开始对不同的文学思潮、文学形式兼容并包,体现文学史观念的转变。[①] 当然,这个概念由于时间上的随机性也引来争论,关于"新世纪文学"的起点的界定问题,评论者也有多种观点。以於可训为代表的评论者认为"新世纪文学"的特质在 90

---

① 雷达:《"新世纪文学":概念生成、关联性及审美特征》,《文艺争鸣》2006 年第 4 期。另外还可以参考张颐武:《关于"新世纪文学"》,《文艺争鸣》2006 年第 1 期;杨扬:《影响新世纪文学的几个因素》,《文艺争鸣》2005 年第 2 期;程光炜:《"新世纪文学"与当代文学史》,《文艺争鸣》2005 年第 6 期。

年代就已经出现,文学的发展也早已进入了新的阶段,亟须重新界定和调整。①虽然关于"新世纪文学"的命名尚未产生权威的一致性结论,但这个概念作为学术术语已经被大范围地使用于文学批评之中。

经历了20世纪90年代的冲击与转向,21世纪的文化语境与20世纪八九十年代相比,发生了很大的变化,在今天已经逐步开始形成一种相对稳定的状态。出版业的改革和网络写作的兴起使得新世纪文学的作者构成更为混杂,与此同时读者群体的身份也相应发生了变化。由于多重的出版渠道和分化的读者群体,精英文学与通俗文学之间的边界开始发生变化。读者群体的改变引起了作家的注意,他们开始有意迎合市场的需求,转变自己的创作主题和创作形式,向通俗文学靠拢。王晓明发现,最近中国大陆的文学版图已发生重大变革,网络文学占据至少一半的文学疆域,纸面文学也在迅速划分文学领地。"盛大文学"、"博客文学"、"跨界文学"等板块不断涌现,在网络层面建构文学与其他艺术形式之间的互动,并紧紧跟随着资本的导向。与此同时,以《人民文学》为首的"严肃文学"的影响范围开始缩小,而以"最小说"为代表的"新资本主义文学"开始扩张。②笔者认为,自20世纪90年代末期以来,文学界已经呈现出新的质素,科学技术在文学领域的进一步扩张,导致网络成为新的文学载体,知识与经济的联系也更为紧密。新的文学生产与传播方式,造成新世纪文学中出现了商业化、民间化、通俗化、年轻化等倾向。笔者以新世纪文学中的小说文体为研究对象,希望借助细读文本进一步厘清新世纪文学与新时期文学、当代文学、80年代文学、90年代文学之间的关系,并提出新世纪文学区别于上述几个文学阶段的新特点,在文学史意义上论述新世纪文学的特点和意义,以便更好地把握当下的文学与文化现象。

笔者选取新世纪这十几年作为本书的研究区间,还考虑到这个时间段的

---

① 於可训:《从"新时期文学"到"新世纪文学"》,《文艺争鸣》2007年第2期。
② 王晓明:《六分天下:今天的中国文学》,《文学评论》2011年第5期。

作家和读者的构成更加丰富复杂,能够提供一种较为广阔的文学史视野。新时期以来的三十多年之所以常常被看成文学史上的一个整体,是因为这个时间段内汇聚了大量长期坚持写作的作家。这一批作家从80年代初期或更早开始创作,他们的创作也在不断发生变化。题材的转变、形式的更新和创作取向的变化,都突显了时代环境对作家的影响。这些影响积累了三十多年,在当下的文学语境下表现得较为集中,通过对这批作家创作变化的观察,能够较为明显地判断出文学史的变化趋向。对新世纪十几年的文学研究,需要以新时期以来的文学为背景,通过比较和区分,分辨出新世纪文学不同于八九十年代的特质,最终勾勒出新世纪文学的面貌。此外,新生代作家的不断涌现也给新世纪文学的研究路向提供了更多的可能。与传统作家相比,年轻作家更易受到时代的影响,更易被商品化、符号化,对新的传媒工具的运用也更加熟悉,他们的创作在某种程度上集中体现了新世纪文学向商业化、民间化的转变。作者的分群自然造成了读者群的变化,除了一小批专业读者之外,新世纪文学不得不面对大量非专业的大众读者。除了专业读者和大众读者,实际上还存在着数量更为庞大、也更加年轻化的网络读者,这些读者虽然可以包含在大众读者的范围之内,但是与喜好书本阅读的大众读者相比,他们又具有更为明显的速食化、通俗化的阅读倾向。读者影响下的创作转变渐渐成为新世纪文学的主流趋势。文学创作从作家导向到读者导向的改变,也带来了本书的议题,即新世纪小说中普遍存在的"反智"现象。因此,新世纪面临知识经济时代的文化语境,有着极为复杂的作者与读者构成,如何拨开迷雾,梳理一条新世纪文学创作的基本脉络,在文学批评、文学史研究和文化研究诸方面都具有重要意义。

在观察新世纪文学的问题构成时能够发现,小说文体的重要性及其上升态势不容小觑。文化传媒的变革使得小说有了更多的出版形式和出版空间,造成了小说数量的井喷式增长。同时,文化消费上的简单化、速食化也使得小说的创作越来越容易,这在一定程度上助长了新世纪文学数量繁多但精品很少的现象。小说质量和数量上的不对等引起了笔者的反思,是何种具有共性的创作趋势,左右了作者、读者的创作和阅读选择,最终造成了新世纪小说缺乏优秀作品的现状?新世纪小说看似种类繁多,但这种多元仅仅停留在表面,事实上,在内容和形式上,新世纪小说的创新步伐与之前相比都有所减缓。在80年代和90年代专注于形式探索的作者们,到了新世纪似乎都放弃了形式上的创新。在长篇小说领域,文体探索的停滞几乎成为普遍的创作困局,80年代曾经引领风潮的先锋小说已经难觅踪迹,更多的作者满足于对已有创作模式的重复。长篇小说的主题,也基本停留在揭露和批判现实的层面上,少有更深层次的探索。略萨在《致一位青年小说家》中谈到,对现实的怀疑和反抗才是作家创作的冲动来源,"对现实的这一怀疑态度,是文学存在的秘密理由,——也是文学才华存在的理由",他进一步提出分析,"虚构小说描写的生活——尤其是成功之作——绝对不是编造、写作、阅读和欣赏这些作品的人们实实在在过的生活,而是虚构的生活,是不得不人为创造的生活",略萨认为,作家在现实生活中是远离虚构的生活的,因而他们反而愿意以一种间接的、较为主观的方式体验小说中的生活,"即另外一种生活:梦想和虚构的生活"[①]。仅仅模仿和重复现实的小说不一定是成功的,利用虚构的形式将现实加以变形和改造的小说才更具审美价值。其实,小说家在创作中越来越偏向于现实主义题材,与新世纪文学批评也有不可分割的关系。批评家在新世纪开始更多地关注小说的主题,尤其重视小说在处理历史和现实问题时的态度,这种批评的偏向也在某种程度上引导了作者创作的改变。除此以外,读者导向型以及市场导向型的文学创作也逐渐普遍起来。在知识、文学商品化的今天,迎合市场、读者的需求,成为作家创作不得不考虑的一个问题。为了获取更多的读者,作者的创作也难免向简单化、通俗化方向转变,这也在一定程度上影响了新世纪小说的质量。

---

① [西]略萨:《中国套盒:致一位青年小说家》,赵德明译,百花文艺出版社1999年版,第5页。

这样一来，作家创作小说的目的，从思考和探索现代人的心灵，渐渐转为对现实的模仿，为了保持题材的新鲜程度，作品模仿现实的步伐也越来越快。小说逐渐从艺术作品滑向单纯临摹现实的文本。对形式探索的停滞造成了小说整体向着越来越大众化、通俗化的方向发展，这就引出了本书想要探讨的内容，即新世纪小说中表现出的"反智"现象。

新世纪小说创作中的"反智"现象，事实上具有多重含义。第一是小说文本客观反映出的"反智"现象，对待这种情况，适宜采取"新批评"的批评方法，关注文本本身，通过细读文本分析其中的思想倾向。第二是小说作者本身所具有的"反智"思想，这一思想或是作者本身的创作思考所得，或是为了取悦大众读者，而被作者植入作品之中。考察这一类现象，需要结合文学外部研究的诸方法，基于作者生活和写作该作品的时代，结合其他学科知识进行综合分析和考量。

二、"反智主义"：作为现象或方法

"反智主义"既是一种文化现象，也是一种研究当代文学的有效手段。"反智主义"以讽刺的形式弱化知识、"污名化"知识分子，进而无限制地放大大众文化的能量，对传统精英文学格局造成影响。以"反智主义"为视角观察文学，为新世纪文学与文化的既有样貌及发展态势提供了一种批判性的视角。这种观察视角，有利于反思无底线的大众文学狂欢所带来的文化乱象，也有利于规避新世纪文学未来发展道路上的障碍和误区。

"反智主义"术语在当代中国的流行，源于美国著名历史学家霍夫施塔特的《美国生活中的反智主义》一书。该书首先辨识了智力（intelligence）和智识（intellect）两个概念。作者认为，智力和智识之间的差别难以被定义，但是前者侧重头脑，而后者则侧重心灵。区分智力和智识两个概念，可以帮助我们进一步理解知识分子的概念，同时也可以区分社会上"反智主义"的两种取向，即反对知识和反对知识分子。该书的中间四章分别从宗教、政治、文化和教育四个角度揭示美国社会中的反智主义现象生成的原因。作者指出，人们不愿对创造力的充分发挥保持信心，而更愿意对知识活动采取自怜和绝望的态度，这种态度造成知识分子在民主社会最终被异化和征服。在我国，自"反智主义"术语流行以来，许多学者都深入中国的文化传统，分析反智主义现象在中国自古以来的发展。学者们通过研究发现，无论是在中国古代、"五四"时期、"文革"时期还是当今，中国都始终存在着反智主义的传统。然而，处于政治高压下的中国生发出的"反智主义"，与资本主义的民主社会产生的"反智主义"，在产生缘由、表现方式和发展趋向上都有所不同。对中国文学中的反智主义的分析，需要放置在特定的经济政治语境之中，才能得出贴近实际情况的结论。

新世纪以来，小说中体现出的"反智"现象具有多重来源，也经历了复杂的变化。其中，直接来源是90年代商品经济大潮带来的文化、出版界的改革，文学期刊和文学出版的"断奶"致使知识成为一种商品参与经济竞争。新媒体，尤其是网络的出现和发展使得文学再一次走下神坛，成为大众可以随意尝试、评判的玩物，与此同时，从事文学工作的作家、评论家、大学教授等人，也从受尊敬到被贬低、被嘲笑。以上现象无论在大众文化领域，还是在以知识分子为主体的精英文化领域，所造成的影响都不容忽视。王朔90年代的《一点正经没有》等作品所带来的贬低作家、文学和文化的潮流，在新世纪被更多的作家所效仿。最终，反对知识、反对知识分子成为一些小说反映问题的普遍态度。当我们还在纠结于贾平凹的《废都》和格非的《欲望的旗帜》所塑造的负面知识分子形象，到底是对知识分子深刻入骨的批判，还是知识精神的褪色时，新世纪小说就粗暴地中断了我们的思考，用越来越多的负面形象将知识分子群体的地位拉入谷底。小说中的知识分子，或者在生活作风上堕落、腐化，或者沉溺于权力与金钱的纠葛，或者两者皆有。小说的结局也都停留在知识分子为性爱而迷狂或是被权力所收编。阎真的《沧浪之水》《活着之上》，张者的《桃花》《桃李》《桃夭》，阎连科的《风雅颂》，格非的《不过是垃圾》，葛红兵的《沙床》等,都呈现了麻木、堕落的知识分子形象。无论是《沧浪之水》中的池大为,还是《活着之上》中的聂志远,都曾经在知识分子的道德底线之间徘徊,最终放弃了原则,投入了欲望的洪流。张者"大学三部曲"中出现的知识分子,从一开始就带着实用主义和功利主义的态度对待学术和工作,按照利益最大化的原则操纵生活,书中甚少学术活动的描写,反而充斥着金钱交换和声色犬马,令人唏嘘。而阿袁的《长门赋》、《郑袖的梨园》、《汤梨的革命》等小说则过分侧重于知识分子的情爱描写,忽略了知识分子的社会生活。《所谓教授》、《所谓大学》、《教授变形记》、《大学轶事》等一系列作品模仿黑幕小说的创作手法,过分夸大校园内的腐败现象,将大学校园异化为障碍重重的权力场。除此之外,池莉、张抗抗、刘震云等作家的小说中出现的知识分子,也往往带有上述特征。

除了文学创作领域,文化领域的反智现象影响更广,同样不能被忽略。2008年,薛涌以"反智的书生"为招牌,在《南方周末》连续发表几篇文章,宣扬中国所需要的"反智主义",他声称"中国知识分子习惯凭借自己对知识的垄断占据道德高地",而反智主义的目标是"取消这种制度特权"。① 同时为了扩大影响,他利用博客等网络传播手段进一步激发网民的热议。他的言论很快遭到吴稼祥等人的批判,但是这一举动却将"反智主义"再次提上台面,被普通大众所熟知,自然也进一步激发了中国的"反智主义"思潮的蔓延。不仅在文化领域,在经济、政治、科技等各个方面,都出现了标榜"反智主义"的言论。反智的思潮愈演愈烈,直至今天也没有停歇。就在这两年,以"揭露知识分子腐败"为主旨的长篇小说就有《蟠虺》、《活着之上》、《桃夭》等,通俗文学、网络文学由于与大众审美更为贴近,更是存在着大量此类文本,例如纪华文的"高校反腐三部曲",李师江的《中文系》等。

表现负面知识分子形象题材的流行,既可以看成"反智主义"现象的一种表征,同时也可能是"反智"成了作家新的创作手段。陶东风用文学的"祛魅"

---

① 薛涌:《"反智主义"思潮的崛起》,《南方周末》,2008年3月13日。

总结新时期以来中国文学的发展路向。在他看来,文学在 80 年代被精英知识分子"祛魅"和重新"赋魅",在 90 年代却又被大众"祛魅",最终文学和文化领域都出现了去精英化的现象,在 80 年代刚刚由知识分子建立起来的大学精神,也在 90 年代迅速消解。① 这种现象愈演愈烈,直到新世纪的十几年后依然具有话语优势。如果说"五四"时期、"文革"时期,甚至包括 90 年代的"反智主义"思潮的出现,都主要由于动荡的特殊政治环境的影响,那么在进入新世纪十几年后的今天,政治、经济环境都相对平稳,"反智主义"依然盛行的原因就值得我们思索。这个时期的"反智主义",与新世纪大众文化和民粹主义理念的传播、艺术审美上的转变、意识形态和道德上的改变都有所关联。这些外部影响反映在文学作品上,就具化为小说中对知识、知识者以及智力活动的轻视、嘲笑等负面态度。笔者希望以文本为立足点,兼及文化研究的方法,通过梳理新世纪小说中的"反智主义"现象,有效地把握新世纪文学中"反智主义"现象的发展变化,结合整个文化环境的演变,给予新世纪文学在文学史上的有效定位,进而推测新世纪文学的发展趋势。

虽然本书的论述范围限定在"新世纪文学"的框架之内,但是并不希望以 2001 年为界将 21 世纪与 20 世纪的中国文学割裂开来。事实上,新世纪文学无论是题材内容还是艺术手法,都与 20 世纪文学有着明显的继承关系。因而,在论述的过程中,虽然 2001 年以后的小说是本书所关注的重点,但是为了体现文学史的延续性,本书对八九十年代的小说文本也多有引用,并期望从对照比较中观察得出新世纪小说新的特点。尤其在讨论一些较早从事创作的作家的作品的时候,他们在新世纪之前的小说尤其具有借鉴价值。通过对同一个作家不同时期作品的纵向对比,能够更加直观地看出新的经济政治环境对作家创作上的影响。在讨论到新世纪小说出现反智现象的原因时,为了更好地追溯反智观念的源头,尤其是考察政治意识形态对文学创作的影响时,本书

---

① 陶东风:《文学的祛魅》,《文艺研究》2006 年第 1 期。

也对 20 世纪二三十年代的部分文本有所提及。

本书重点讨论新世纪小说中的反智现象,即小说文本中体现出的对知识和知识分子贬低、否定的思想意识,并按照逻辑关系探查这一现象的原因以及后果。由于反智的概念主要关涉知识分子群体,本书在文本的选择上也较多地选用了知识分子题材的作品,例如张者的"大学三部曲",阎真的《沧浪之水》和《活着之上》,以及史生荣、南翔、邱华栋、李师江、阿袁等人的大学题材作品。为了能够从社会环境、经济环境等综合因素考虑知识分子的生存现状,以高等院校为创作背景、以高校教师教学和生活为题材的小说成为本书重点关注的对象。通过对这类作品的考察,本书希望能够较为全面地总结出新世纪小说反智现象的整体面貌。除此之外,对于非知识分子题材的小说,本书也并未忽略,而是选取了其中一些比较典型的作品进行讨论。例如池莉、刘震云等新写实作家的部分作品,虽然并不是知识分子题材,也与高等院校没有关系,但是其中出现的知识分子配角却格外引人注目。对这一类型的小说中知识分子形象的考察,有助于整理普通民众眼中的知识分子形象,同时也能够为大众文化思潮中的反智主义找到切实依据。在小说文体的选择上,本书以长篇小说为主,并辅以中篇小说和短篇小说。长篇小说篇幅较长,往往更易完整地呈现故事发展的前后脉络,并通过情节的演进较为全面地展现社会的整体背景。以长篇小说为主进行研究,能够更好地把握人物形象的个体发展与群体关系,并进一步得出小说中反智现象的原因所在。中篇小说和短篇小说更专注于某个较小场景的细致描写,注重人物的对话和人物心理描写,也能够成为本书研究的重要例证。

精英文学与通俗文学的关系是现在文学界的一个讨论热点。在以往的论述中,精英文学、纯文学文本往往是被默认的研究对象,而通俗文学,尤其是网络文学作品则容易被忽略。本书的研究范围集中在 21 世纪,网络的发展以及网络文学的产生是新世纪不容忽视的重要社会和文化现象,因此,本书在讨论的过程中,对通俗文学、网络文学也有所涉及。通俗小说之所以成为本书讨论反智主义现象的重要文本，是因为通俗小说有助于帮助研究者跳出学院派研究的圈子，并暂时远离理论研究的范式，从一名普通读者的立场体会真正流行在大众中间的文学样式，从而更为全面地把握新世纪小说的整体情况。网络文学的飞速发展使得它已经成为21世纪无法忽略的一种文学样式，也成为讨论新世纪小说所必须面对的领域。由于阅读经验的限制，本书对网络文学的研究并不是专注于文本，而是更多地将其作为一种文学现象，与其他文学作品一道进行讨论。除了网络文学，本书对90年代以后的几次文学思潮、文学论争和具有典型意义的文化事件也都有所涉及。

第一章　新世纪小说"反智"现象的来源

　　新世纪小说"反智"现象主要有两个来源。其一是西方的"反智主义"思潮,其中包括美国六十年代社会生活中的反智主义,还有美国知识界、文化界和媒体界、教育界的反智主义。西方的反智主义思潮是新世纪小说反智现象的主要理论来源,同时也是新世纪文化意义上反智主义的主要源头。其二是中国传统的反智主义,其中包含传统政治活动中的反智主义以及民间文艺中的反智主义。在传统政治生活中,封建统治者通过"愚民"政策抑制知识分子和人民大众的思想和行动能力,这种抑制措施发展到极致,就产生了"焚书"、"坑儒"等政治事件。反智主义在民间文化中同样无处不在,民间故事和民歌中,知识分子的迂腐、虚伪与农民的善良、勤劳形成了鲜明对比,知识分子往往成为人民大众的取笑对象。"五四"以来,中国文学中的反智叙事随着历次革命运动发生了嬗变,从宣扬"劳工神圣"的"五四"文学,到"为政治服务"、"为工农兵"服务的延安文学,文学上的反智主义的内涵也在悄然发生着改变。90年代以来,在相对开放的经济和思想环境下,知识分子重新获得了社会地位,但是由于"文革"的影响,部分知识分子采取"躲避崇高"的创作模式,试图避免政治一元论在文学中的再次出现。在以上背景之下,新世纪的小说中的反智现象开始集中出现,并且生发出不同的生长模式。

第一节　西方的"反智主义"思潮

宣扬民主和平等的美国是"反智主义"思潮的集中爆发地。霍夫施塔特的《美国生活中的反智主义》的出版,使得二战以后社会中的反智主义现象引起了美国学者乃至美国民众的注意。更为重要的是,反智主义在美国教育行业中也普遍存在。美国高中重视体育技能而忽视文化水平的传统,在高等院校进一步发展成为集体性的对体能的关注和对智识水平的忽略。同样,反智主义思潮在文化、娱乐和经济生活领域也无处不在,成为当代美国不可忽略的重要社会思潮。

一、霍夫施塔特和《美国生活中的反智主义》

学界通常认为,反智主义一词在当代社会的流行,出自霍夫施塔特20世纪60年代的《美国生活中的反智主义》(*Anti-Intellectualism in American Life*)一书。该书不是讨论反智现象的最初文本,但对反智主义现象的起源、表现和后果都做了详细的探讨。霍氏一再声称,该书并非严格的历史鉴定,而是用反智主义术语回应了20世纪50年代美国社会文化环境中的种种现象,只是个人学术观点的表达。不过该书出版之后引起了极大反响,被学界公认为研究反智主义现象不可跳过的最重要文本。霍夫施塔特本人对反智主义持有否定态度,是一个"反反智主义者"[①]。该书出版以后,反智主义术语开始流行于美国社会生活的各个方面,也一再在社会的各个领域被讨论,直到今天,反智主义在美国社会中还有着不可小觑的影响。

霍夫施塔特将美国生活中的反智主义概括为三种类型,第一种是宗教反对主义,即以信仰为保护,认为情感胜于理智,情感是温暖的,而理智是冷酷

---

① Philip Gleason:Review:Anti-Intellectualism and Other Reconsiderations,*The Review of Politics*, Vol. 28, No. 2 (Apr., 1966), pp. 238–242.菲利普·格里森:《反智主义及其他思考》。

的;第二种是民粹主义的反精英主义,即先是对旧贵族满怀敌意,继而怀疑进步的政治体制,支持诸如麦卡锡这样的人物;第三种是盲目工具主义,即认为一般知识是毫无价值的,除非能够直接带来物质利益,例如更高的工资或更多的利润。

20世纪50年代,原本鲜为人知的"反智主义"术语,渐渐成了美国的流行词汇,也正是在这一时期,原本存在于知识分子内部的自我反思与批判,扩大成了一场全国范围内的反智运动。1950年代的政治动乱和教育争议,使得反智主义术语成为美国民众评价自我价值中心的核心词汇;尽管定义尚不明确,这一术语已经悄然被使用在人们生活的方方面面,通常用于描述各种不受欢迎的现象。美国生活中的反智倾向集中表现在麦卡锡时代。麦卡锡是美国历史上影响最大的煽动家之一,他善于通过演说,煽动美国社会中的不满情绪,并巧妙地加以利用,"通过攻击知识分子,赢得反知识分子社会势力的欢心"[①]。虽然知识分子不是他想要攻击的主要目标,但麦卡锡还是挑起了知识分子和民众间的矛盾。麦卡锡主义(McCarthyism)声称,知识分子聪慧的头脑会给国家带来威胁,从而影响政治形势和国际关系。在这种言论下,知识分子遭受了政府及其控制下的舆论系统的打击。很快,在全美范围内,群众对知识分子的恐慌情绪开始蔓延,继而造成了反智的浪潮。1952年,艾森豪威尔代表共和党参加美国选举,而同时参与选举的另一方是民主党候选人史蒂文森。史蒂文森亲近知识分子,能言善辩,谈吐幽默,演讲词也书生气十足。最后,相对而言不善言辞的艾森豪威尔赢得了选举,他讽刺对手以及拥护对手的知识分子为"鸡蛋脑袋"(Egghead)。在1952年的竞选期间,美国人民似乎需要一些更加尖锐有力的词汇来嘲笑和讽刺知识分子,"鸡蛋脑袋"的出现恰好符合了蔓延在社会之中的反智思潮。在《美国俚语词典》里,"鸡蛋脑袋"(Egghead)被定

---

① 张红路:《麦卡锡主义》,武汉大学出版社1987年版,第11页。

义为"知识分子,思想者,史蒂文森的追随者"①,在《现代美国俚语和非常规英语》中则被定义为"知识分子,通常是科学家,非常聪明的人",甚至衍生出了形容词 Eggheaded,表示"缺乏常识的知识分子"②。当时,美国时代周刊报道,艾森豪威尔的竞选揭示出了美国民众由来已久的怀疑:在美国,知识分子和群众之间有一条不可逾越的鸿沟。随着反智主义思潮的蔓延,美国的高等院校,尤其是著名高校,很快被右翼批评者视为攻击的目标。当科学家和高校教授一再被嘲讽为"鸡蛋脑袋"的时候,美国媒体开始向群众宣称,他们的孩子其实没有必要接受高等教育。

通过对美国社会各个方面片段的分析比对,霍夫施塔特得出了此时的知识分子在反智主义者眼中的形象:狂妄自负、恃才傲物、虚伪狡诈、缺乏男子气概且具有颠覆国家的危险。霍氏认为,反对知识分子的各种观念之所以能够相互黏合,是因为一种共同的力量,即"对思想生活和拥有思想生活的人群的一种怨恨和怀疑",这种怨恨和怀疑,具有"不断贬低思想生活的倾向"③。霍夫施塔特继续解释,在辨别反智主义的概念时,需要与反理性主义(Anti-rationalist)区别开来,许多思想家如尼采、索绪尔、伯格森、爱默生,以及作家劳伦斯、海明威等人,都可以被称为反理性主义者,但不能被称为反智主义者。"我关心的是广泛传播的社会心态、政治行为,以及社会中下层的反应,偶然会涉及理论。我最感兴趣的是一些某种程度上使我们的生活行之有效的心态,这些心态严重地抑制了思想文化生活。"④这样一来,霍夫施塔特书中所提到的反智主义就具有了基本明确的概念,主要指一种社会中下层间出现的敌视知识

---

① Barbara Ann Kipfer and Robert L. Chapman. eds, *Dictionary of American Slang*, New York: Harper Collins, 2007, p. 241.《美国俚语词典》。

② Tom Dalzell, ed., The Routledge: *Dictionary of Modern American Slang and Unconventional English*, New York and London: Routledge, 2015, p. 338.《现代美国俚语和非常规英语词典》。

③ Richard Hofstadter: *Anti-intellectualism in American life*, New York: Alfred A. Knope, 1963, p. 7. 霍夫施塔特:《美国生活中的反智主义》。

④ Richard Hofstadter: *Anti-intellectualism in American life*, New York: Alfred A. Knope, 1963, p. 9. 霍夫施塔特:《美国生活中的反智主义》。

分子、抑制文化生活的社会心态。

　　作者进一步辨析了智力(intelligence)和智识(intellect)两个概念。"虽然,智力和智识之间的差别更多是被想象的,而不是被定义的,但流行语境下,能够分辨的区别,几乎已经被普遍理解:即智力是头脑上的卓越,只能在有限的框架内表现出来,而无法触及心灵深处。它可以普遍表现在日常工作中,无论是简单或是复杂的头脑都能够欣赏它。智识则是心灵批评、创造和沉思的一面。智力寻求的是理解、操作、排序、调整、审视、思考、探究,形成理论、批判和想象,能够把握一种局势的现实意义并即刻解决问题。智识则做出评估,从整体上寻求解决方案。智力是动物也会拥有的品质,而智识是人类尊严的一种独特的表现形式,作为人的一种品质同时受到赞扬和抨击。"[1]拥有智力和专业技能的人很多,例如作家、批评家、教授、记者、科学家、律师等,但是他们并不都是知识分子。借用马克思·韦伯关于政治的观点,或许可以得出知识分子概念的核心:即知识分子以专业知识为生,而不是为专业知识而活。专业人员的专业技能,并不能让他成为一个知识分子,只能使他成为一部工作的机器,而真正促使专业人员成为知识分子的,则是专业之外的认知能力。专业人员的专业技能,有可能将来会被科学技术取代,但是心灵的批评和创造则是永恒的,是属于全人类的。知识分子甚至具有神职人员的性质:能够直指事物的价值和人类存在的意义。霍氏对智力和智识两个概念的区分,有助于进一步理解知识分子的概念,同时也可以区分社会上反智主义的两种取向,即反对知识和反对知识分子。反对知识者认为,知识本身是无用的,而反对知识分子的人则更愿意将具体的知识者个人视为仇视的对象。

　　《美国生活中的反智主义》从宗教、政治、文化和教育四方面反映美国的反智主义现象生成的原因。霍夫施塔特认为,宗教是美国知识生活的最初来源,相应的,也率先成为美国反智主义思潮的舞台。在基督教内部,头脑与心灵、

---

[1] Richard Hofstadter: *Anti-intellectualism in American life*, New York: Alfred A.Knope, 1963, p. 24. 霍夫施塔特:《美国生活中的反智主义》。

情感与理智之间一直存在着一种紧张关系。在美洲新大陆被发现之前,基督教内部存在两种不同的意见:"一种认为智识(intellect)在宗教中应该占有更加重要的位置,另一种则坚持智识应当让位于情感(emotion)。"①当一些宗教的狂热分子来到美洲大陆之后,两种意见之间的平衡被打破了,带有反智主义倾向的后者赢得了更多群众的拥护。与欧洲大陆相比,美洲大陆缺少完善的宗教体制,成了牧师们宣扬宗教狂热的绝佳地点。一批宗教狂热分子表示,宗教的真谛在于人与上帝的直接沟通,并不需要知识者作为中介。到了18世纪的大觉醒时期,美国宗教界的反智主义倾向日益明显,一群宗教复兴主义者宣称,人人都拥有平等地面对上帝的权利,"但是对于语言和自由科学的知识并不是绝对必要的,尽管这些知识非常便捷,而且使用方便,然而一旦涉及上帝的精神,就会给他们的追随者们设下圈套"②。18世纪宗教大觉醒期间的反智主义观点,被后来的美国宗教复兴主义者接受并延续了下去。在几位没有接受过正规教育的传教士的影响下,20世纪的美国依然笼罩着反智的阴影。天主教以决定性的方式促成了全美社会的反智主义,在美国的天主教大学中,无论是在自然科学还是人文科学领域,智识上的成就都"惊人的低下"③。与右翼势力一道,天主教力量也在麦卡锡时期扮演了重要的角色,形成了美国社会上的反智格局。

在美国,民主的政治政策同样催生了反智主义现象。新中国成立之初,美国的知识分子阶层与领袖阶层互相重叠,知识分子以启蒙思想和专业精神为美国的建设做出了巨大的贡献,他们处理国家事务,拥有话语权力。但是,随着民主政治的发展,社会开始多元化,"知识分子逐渐被视为一种微不足道的

---

① Richard Hofstadter: *Anti-intellectualism in American life*, New York: Alfred A.Knope, 1963, p. 55. 霍夫施塔特:《美国生活中的反智主义》。

② Richard Hofstadter: *Anti-intellectualism in American life*, New York: Alfred A.Knope, 1963, p. 71. 霍夫施塔特:《美国生活中的反智主义》。

③ Richard Hofstadter: *Anti-intellectualism in American life*, New York: Alfred A.Knope, 1963, p. 140. 霍夫施塔特:《美国生活中的反智主义》。

力量,可是作为统治阶层的知识分子依然是社会各个部分的领袖"①。然而,美国智识阶层的衰落并不能完全归罪于民主制度本身。法国革命运动期间,美国和法国发生了短暂的冲突,当时,联邦党人控制下的国会通过了《惩治煽动叛乱法案》(Alien and Sedition Acts),以控制海外移民。一些移居美国的法国移民带来的共产主义思想,引起了联邦党人的恐惧。联邦党人为了争夺政治主导权,成为反智主义者,四个法案中的《煽动叛乱法》(Sedition Act)限制了美国公民的言论自由。任何人若是撰写、印刷和出版反对美国政府和国会的错误言论,都要受到惩罚。首先成为反智主义受害者的是正在竞选美国总统的托马斯·杰斐逊。除了政治事业,杰斐逊在哲学、农业学、园艺学、考古学等各个领域均有造诣,后来被美国民众认为是历任总统中智慧最高的一位。杰斐逊的攻击者声称,杰斐逊是一名哲学家,而哲学家"有时候会异想天开,会根据某些既定的原则处理事务,而不考虑人伦天性"②。很快,杰斐逊在公众眼中的形象就变为空谈大话而不切实际。霍夫施塔特认为,1800年竞选中对杰斐逊的攻击仅仅是反智主义的一个侧面。这场运动虽然促使了美国民主运动向前发展,但是在某种程度上也赋予了美国人民反智的冲动,美国民众关于知识和教育的向往被无情地破坏了。随后,霍夫施塔特继续考察了美国历史上的几次著名的政治运动,这几次运动与美国上层社会的密切联系引发了下层群众对智识阶级的仇视心理。第二次世界大战以后,高等院校内的教授阶层开始参加国家事务,再一次引起了群众的不满,反智主义的传统再次被唤醒并广泛为人所熟知。事实上,美国的反智主义与美国民主政治之间具有微妙而又复杂的关系。民主政治制度对于平等的要求催生了反智主义思潮,而反智主义思潮在某种程度上又破坏了民主政治制度提升大众的智识水平的目标。

---

① Richard Hofstadter:*Anti-intellectualism in American life*,New York:Alfred A.Knope,1963,p. 145. 霍夫施塔特:《美国生活中的反智主义》。

② Richard Hofstadter:*Anti-intellectualism in American life*,New York:Alfred A.Knope,1963,p. 147. 霍夫施塔特:《美国生活中的反智主义》。

在美国社会占据主导地位的商业文化同样也是反智主义思潮形成的原因之一。美国建国之初,文化产业不易得到政府的支持,文化资助者往往是一些商人,旧式商人们与知识分子之间的关系十分融洽。然而随着工业主义的发展,社会文明飞速进步,商人们却缺乏建设自身文化修养的闲暇时间,商人和知识分子之间开始出现了不和谐的因素,知识分子逐渐成了商业文化的潜在威胁,"由于知识分子在进步主义改革和新政施行过程中发挥了重大作用,受到美国政府和公众的重视,商人日益将知识分子想象为夺去他们社会威望的敌人"[1],霍夫施塔特认为,"知识分子和商人之间的紧张关系,象征着一个不可争议的事实,即许多知识分子背叛了养育他们的商业家族"[2]。因为随着知识分子在社会改革中作用不断变大,美国政府和公众都将知识分子视为国家的统治阶层,这种改变激发了一直以来支持知识分子的商人们的不满。霍夫施塔特之所以强调美国商业文化中的反智主义,并非由于企业比美国社会的其他领域更加反智,而是由于商业文化是美国社会中占据统治地位的力量。商人的反智主义,既是在政治上对知识分子的敌视,也是一种对智识本身的怀疑,在商业文化中,反智主义逐渐成为工业社会体制不可分割的一个重要部分。

美国教育事业也未能幸免于反智主义的冲击。20世纪初,世界文化形势发生改变,美国形成了与欧洲文化两极对立的状态。欧洲文化被认为是古旧和僵化的,美国文化则被认为是活力的和民主的。美国的高等教育体制自诞生之初,就埋下了反智的种子。在美国,总有一股反对学术自由的社会力量,这股力量否定知识的作用,认为其缺乏实用价值。在霍夫施塔特看来,美国的教育制度存在着严重的功利性:"对大众教育的信念不是建立在对思想进步的热情上,也不是建立在对于学问和文化的自豪感上,而是建立在教育所期的政

---

[1] 陈茂华:《霍夫施塔特史学研究》,上海人民出版社2013年版,第63页。
[2] Richard Hofstadter: *Anti-intellectualism in American life*, New York: Alfred A.Knope, 1963, p. 236. 霍夫施塔特:《美国生活中的反智主义》。

治和经济效益上。"①教育事业的民主化,不仅未能让普通民众享受知识的乐趣,反而造成了思想上的平庸,而且日益成为政治家攫取社会和经济资源的手段。工具理性占据了教育理念的主导,大学校园内充斥着高度专业化和功利化的学科。训练自身的修养和追求真理不再是大学教育的目标,而经济社会效益成为衡量教育的主要指标。在这样的教育环境中,反智主义思潮开始在民众中间迅速发展起来。

二、当代美国社会的反智主义

1950年代,战后政治格局的调整,促使美国知识分子对自己的文化地位进行新的思索和考量。美国在战争上的胜利,造就了新的政治、经济和军事霸权,在文化方面也拥有了新的世界地位。以欧洲为中心的世界文化格局,在这一时期开始发生转变,美国逐渐从边缘走向中心。美国在战争中获得的强大势力,促使了美国知识和文化领域前所未有的大规模发展。高等教育的进一步扩大,智囊团和艺术基金会的扩散,导致联邦机构需要的政策专家和政治分析家数量持续增长,知识分子开始与实体机构产生联系。以此时的情势来看,美国的知识分子获得了空前的发展机遇,反智主义理应消失在美国的知识界。然而,奇怪的是,在战后的美国社会,人们在享受着智识生活的复兴的时候,却产生了一种具有民族自豪感的"本土情绪",这种情绪转而与美国知识分子的批判精神形成对抗。"反智主义再一次成为形容这些对抗情绪的词汇,虽然在1950年代,这个术语的意义是全新的,但是词汇本身和美国人关于这个词汇的想象还是停留在旧时阶段。"②1950年代的知识分子,在享受安逸的环境的同

---

① Richard Hofstadter: *Anti-intellectualism in American life*, New York: Alfred A. Knope, 1963, p. 305. 霍夫施塔特:《美国生活中的反智主义》。
② Jennifer Ratner-Rosenhagen: Anti-Intellectualism as Romantic Discourse, *Daedalus*, Vol. 138, No. 2, Emerging Voices (Spring, 2009), pp. 41–52. 珍妮弗·拉特纳-罗森哈根:《作为浪漫话语的反智主义》。

时,开始逐渐顺从于国家机构的管制。依附于政府机构的知识分子,也开始顺从大众的力量。20世纪60年代,美国学术界和思想界的一些知识分子,逐渐认识到了自己与大众的关系,看到了位于知识分子和大众之间的裂隙,他们开始认真研究和讨论大众文化中的"反智"倾向。1967年,在越南战争中,以哈佛大学为代表的众多大学,采用罢课和举办宣讲会的形式宣传反战思想,人们通过对越南事务的质疑,开始重新思考普遍的道德准则。不过,这次知识分子的集体行动并未获得实质性的进展,到了20世纪80年代里根执政期间,一系列违反知识分子道德准则的信息机构被建立起来。报纸、广播和电视实际上成了教育民众的信息机构,大众取代精英成了文化教育的中心。有评论者认为,在当代,美国的反智主义不但没有消失,反而越来越与主流文化融合在一起:"许多观察家认为,在50年代出现的反智主义,到了60年代中期已经结束了,然而,它已经成为有组织的政治制度中的正常因素,并占据主导地位。"[1]事实上,反智主义并未在20世纪60年代走向消亡,而是逐渐复杂化和多元化,出现在社会生活的各个方面。

  冷战结束之后,在世界整体格局走向和平、渐进的同时,美国作为唯一的超级大国,出现了价值观念的改变。战争所带来的割裂局面,给美国人民的心灵造成了创伤,当时的美国文化极力宣扬传统的美国精神,用一个个实现美国梦的励志故事激励群众重返传统价值观念。1994年的美国电影《阿甘正传》是宣传美国从20世纪50年代以来形成的反智主义价值观的典型电影。电影的背景被设置在20世纪60年代,当时的美国青年被称为"迷惘的一代"、"垮掉的一代",青年借助酗酒、赌博、吸毒等糜烂的生活方式表达对社会的不满,但是电影中智商不高的阿甘是其中的另类。电影极力宣扬阿甘的真诚、善良和执着,并向读者传达出这样一个价值观念:智力高低并不重要,只要有良好的品质,就会收获上天的眷顾。此外,阿甘身上所拥有的运动天赋,也被归因为

---

[1] Bromwich David: Anti-Intellectualism, *Raritan A Quarterly Review*, Volume 16, Issue 1 (Summer,1996),pp. 18-27.布朗维奇·大卫:《反智主义》。

上帝的恩赐。电影将传统的美国精神投射到阿甘身上，并由他来完成了典型的美国梦。与之相对，具有独立思想和反叛精神的珍妮却始终与毒品、酒精和暴力纠缠在一起，并最终不得不依靠阿甘的救赎。电影上映之后即引起了巨大反响，获得包括最佳影片和最佳男主角等多项奥斯卡大奖。直到今天，《阿甘正传》依然承担着宣扬美国传统价值观念的重要作用。事实上，《阿甘正传》所传达的思想观念违背了启蒙主义理念。知识、知识分子和独立思考的批判精神不再被追求和褒奖，反而成了堕落的标志。相对的，美国另一部至今影响甚大的电影《肖申克的救赎》恰好解释了知识分子的困境。安迪的被困表达了政府对知识分子的限制和压制，影片通过夸大狱卒的残忍暴戾，突出精英知识分子的生存困境。《肖申克的救赎》顺从了 90 年代电影的主流思想，留下了一个光明的结局，影片的主旨再一次指向了个人奋斗的重要作用，表达了当时美国精神的主要价值观念。尽管《肖申克的救赎》收获了无数鲜花和掌声，但更早的一部美国电影《飞跃疯人院》传达的思想或许才是美国社会的现状。当知识分子开始独立思考并试图与体制对抗时，等待他们的将是无情的制裁。在 21 世纪以来的美国商业电影中，反智主义的倾向则愈发明显。野心勃勃的科学家，人工智能，基因变异的怪兽，邪恶的机器人等高智能、高科技的产物，均以负面的形象出现在美国电影中。在这类电影里，科学家往往狂妄自大、野心勃勃，企图通过科学技术统治世界，而具有真诚、善良等美国传统品质的主人公，总是能够凭借强大的信仰和内心力量取得胜利。21 世纪以来，随着大众传媒的兴起，反智主义开始与大众文化结合在一起，借助多种形式反映在人们的生活当中。对机器人、人工智能等科学技术发展的哲学思索，本意是给科学技术提供必要的伦理框架，但是，这种哲学思想却在大众传媒领域被异化为反智主义倾向。

相对于文化领域，存在于美国教育，尤其是高等教育领域的反智主义倾向更令人忧心。霍夫施塔特在五十年代的《美国学术自由的发展》（*The Development of Academic Freedom in America*）一书中就探讨了美国的学术自由问题,霍氏反对麦卡锡主义对知识分子横加干涉,坚持要求学术的独立和自由。根据书中的观点,美国国内战争以后,大学得到了充分的发展,民主社会赋予大学教师追求真理的权利,并设置了各种措施以保护这种权利。然而,美国社会传统中的共产主义力量却存在着反对自由学术的倾向,有评论者认为"共产主义的可怕的幽灵玷污了学术自由的镜子"[1],只有在共产主义势力消失以后,美国的大学校园才能重返学术自由。讽刺的是,美国校园其实从未摆脱过反智主义思潮的控制。《美国生活中的反智主义》一书,详细探讨了美国为了避免教育的不公,采取中庸的处理手段,在学校培养大量平庸之辈的现象。从20世纪40年代到今天,美国大学的入学率逐步提高,扩招改变了大学以往的精英结构模式,大量素质平平的学生开始进入大学。值得注意的是,当时美国的社会舆论一直在讨论高等教育在"民主化"方面的进步,大学扩招与民主进步的联系使得这种改革行为得到了社会大众的认可。事实上,美国大学的核心在于卓越的研究和创新水平,大学按照学科分类,也是希望获取专业人才的举措,通过智力和科研水平筛选学生,可以有效地达到这一目的。但是,由于反智主义的影响,现在全美即使是最优秀的大学也拒绝这种处事原则。对智力要求的放宽,给普通学生敞开了大学的大门,美国大学不再期待具有较高科研水平的研究型人才,而是更加青睐那些体育成绩优秀、热衷社会活动的学生。学习成绩优秀的亚洲学生往往被冠以"书呆子"(Nerd)的称号而遭到其他学生的嘲笑和排挤。这类带有民粹主义色彩的教育方式和宣传方式,对于建设一个纯粹的学术研究的校园是不利的。据美国学者研究,反智主义在高校的蔓延,也由于部分媒体的宣扬。Dane S. Clausse 的《美国媒体中的反智主

---

[1] Brown · S. Ralph: Book Review: The Development of Academic Freedom in the United States & Academic Freedom in Our Time, *Yale Law School Faculty Scholarship Series* (1956), p. 2742.布朗·S·拉夫:《美国学术自由的发展和我们时代的学术自由》。

义》(Anti-intellectualism in American Media)①一书,收集了1944年至1996年美国媒体的大量例证,以分析存在于美国媒体中的反智主义倾向。作者分析了反对理性、反对科学、保卫权威,以及赞成或反对非智能化课程的新闻报道的大量例子,并得出结论:"一般来说,国家杂志大多是反智的,即使他们不总是如此。"②

美国高等学校中的反智主义者,与大众传媒合谋,给那些在大学中专注于智力活动的学生贴上了危险的标签——例如孤独,怪异和抑郁,进一步加剧了这部分学生被孤立的状况。媒体对于大学生活的宣传,也基本集中在丰富多彩的课余活动和各种各样的公益事业上,这使得公众认知中的大学生活具有了固有的形象,"大学校园成了一个玩乐和游戏的据点,人们很难想象,学生在教室、图书馆和实验室的生活"③。根据 Clausse 的观点,如果美国高等教育的未来取决于大众舆论,大众舆论则在很大程度上取决于新闻媒体,而新闻业是一个反直觉的反智识产业,主要由反智识新闻学校的毕业生组成。近年来,美国对高等教育的资助不断减少,毕业率也几乎没有增长。普通民众对大学的了解,仅限于他们在各大体育赛事中的表现。针对这种情况,美国高等院校,甚至初等学校,都急迫地需要改进课程教学,完善教育体制。

不仅在学生中存在这样的现象,甚至在专家的培养上也具有反智的色彩。在美国的研究型大学,尤其是人文学科,对学科科研规律的熟稔成为最高的评价标准:"判断一位文科学院的教授是否能够获得教书资格的标准,不是在人

---

① Dane S. Clausse: *Anti-Intellectualism in American Media*: *Magazines & Higher Education*, Peter Lang Inc., International Academic Publishers, 2003.迪恩·克劳森:《美国媒体中的反智主义:杂志和高等教育》。

② Dane S. Clausse: A Brief History of Anti-intellectualism in American Media, *Academe*, Vol. 97, No. 3, The Media and Higher Education in Hard Times (MAY-JUNE 2011), pp. 8 - 13.迪恩·克劳森:《美国媒体中的反智主义简史》。

③ David W. Park: Reviewed Work(s): Anti-Intellectualism in American Media: Magazines and Higher Education by Dane S. Claussen, *Academe*, Vol. 90, No. 5 (Sep. -Oct., 2004), pp. 78 - 79.大卫·帕克:《书评:美国媒体中的反智主义》。

文学科方面的深刻造诣,而是学科研究的技术技巧。"①在大学校园,教学和科研两者虽然紧密联系却又存在区别,教学技巧也难以等同于科研能力。大学按照自己的标准培养出的教授专家,精通授课技巧,却不一定能真正培养出高水平的人才。同样的,学科建设的分野也体现出了高等教育领域的反智主义和平庸主义倾向。正如霍夫施塔特所总结的,美国教育向来具有十分功利性的目标,而这种功利性的目标发展到现在,则表现为实用技术学科的振兴和人文学科的衰落。的确,向缺少逻辑思维和哲理思想的人传授深奥的文学和哲学内容,并不符合大众教育的目标。对物质和技术的依赖,导致了先进教育大体集中在实用科学领域,有评论者提出,这种现象正是说明了美国社会的"卓越"文化已不再是主流,以反智主义和民粹主义为代表的平庸文化成了多数人的选择。为了应对这种现象,高等院校必须积极应对民主运动带来的挑战,始终坚持自己的精英地位:"要继续严肃的学术研究和奖学金制度。对于政府对言论和选择的干涉,必须予以坚决抵制。有担当的人士必须要有展示自己信念的勇气,敢于冒险并承担风险——不仅要诉诸笔端,更要落实到实际行动中。精英院校必须努力保持其滩头堡地位,因为那里是卓越诞生的摇篮。"②

第二节 中国传统反智主义的表现

中国传统政治生活中的反智主义,集中于道家和法家的思想理念之中。封建君主采用愚民政策限制民众自由思考的能力,并通过焚书坑儒等强制手段阻断了知识分子思考和言论的自由。这种为了巩固统治而采取的反智措施,成为中国当代反智主义的传统来源。除此以外,在中国民间故事中,也同

---

① John B. Cobb Jr.: The Anti-Intellectualism of the American University, *An Interdisciplinary Journal*, Vol. 98, No. 2 (2015), pp. 218-232.约翰·柯布:《美国大学中的反智主义》。
② [美]马克·布里斯:《警惕美国"反智主义"回归》,赵纪萍编译,《社会科学报》,2013 年 5 月 9 日。

样具有嘲笑知识分子的传统叙述模式。民歌和民间故事的广泛流传,形成了当代文化中反智主义的民间根基。

一、 中国传统政治活动中的反智主义

"知识分子"一词源自西方,不过关于知识和知识分子的传统,中国古已有之。中国古代的"士",与西方的知识分子概念相近,"士"是中国古代最为重要的文化现象之一,也是中原文化的载体。一般认为,中国古代的"士"诞生于春秋战国时期,以孔子为代表的儒家学者是"士"的主要组成部分。按照西方知识分子的标准,知识分子除了专业工作,还需要对社会和国家具有深切的关怀,对社会问题能够独立思考并具有批判精神。同时,知识分子对社会的关怀需要超越个人私利,而形成一种带有宗教色彩的社会关怀。按照这一标准,"士"作为一个特殊阶层,与西方的知识分子类似,承担了关怀中国社会的职能。关于"士"的起源问题,顾颉刚和余英时的观点有所分歧。顾颉刚认为,文士皆由武士转变而来,"吾国古代之士,皆武士也。士为低级之贵族,居于国中(即都城中),有统驭平民之权利,亦有执干戈以卫社稷之义务,故谓之'国士'以示其地位之高"[1],在孔子时代,文士与武士尚未分离,孔子逝世以后,两者则开始相互区别,孔子的门人弟子"渐倾向于内心之修养而不以习武事为急"[2],宁越、苏秦等人不再务农、务工商,而是开始专注读书学习,这一类人的出现,正说明了一部分"武士"正在逐渐转变为"文士"。到了战国时期,武士慷慨赴死的精神比春秋更甚,这些武士彼此之间形成了小团体,并减少与所谓文士之间的接触,以示区别。自此,文士与武士两个对立的集团开始形成,两者也拥有了不同的精神气质,"文者谓之'儒',武者谓之'侠'。儒重名誉,侠重义气"[3]。与顾颉刚类似,余英时同样认为"士"是最低一级的贵族,"士"以下皆为

---

[1] 顾颉刚:《史林杂识 初编》,中华书局1963年版,第85页。
[2] 顾颉刚:《史林杂识 初编》,中华书局1963年版,第87页。
[3] 顾颉刚:《史林杂识 初编》,中华书局1963年版,第88页。

庶民,但是他不同意顾颉刚将士的转化归因于孔子弟子重视内心修养:"'内心修养'不但文士需要具备,武士也同样不能缺少。"①贵族阶层和庶民阶层的相互流动导致了"士"阶级的不断壮大。在森严的封建体系下,社会阶层的流动性不大,但是到了春秋时期,各国之间的战乱纷争加速了阶级的流动,传统的身份等级制开始逐渐被打破,平民开始获得身份进阶的机会。位于贵族与平民之间的"士"阶层,是封建秩序解体过程中的薄弱环节,因而在这个时期开始出现了裂隙。余英时认为,周代贵族弟子也不会尚文而弃武,"周代贵族弟子的教育是文武兼备的,以具体科目言,则六艺之说大体可信"②因此,文士并非从武士蜕变而来,他们有着自己的文化渊源。随着封建社会礼乐的崩坏,"士"脱离了固有的阶级身份,成为"可以自由流动的四民之首",形成了一般意义上的知识分子群体。除了在社会变化层面理解古代知识阶层的兴起,余英时也关注思想学术的发展史,并由此入手,讨论知识阶级兴起的一些文化原因。"哲学的突破"被余英时视为古代知识阶级兴起的关键因素,"文化系统从此与社会系统分化而具有相对的独立性",而分化后的知识阶层,则"主要成为新教义的创建者和传衍者,而不是官方宗教的代表"。不但如此,"哲学的突破"同时带来不同学派的论争,"因而复有正统与异端的分歧"③。根据社会阶层的分化和流动理论,顾颉刚和余英时都认同,中国古代的知识分子在春秋时期已经产生。

余英时进一步提出,在中国传统的政治活动中,其实一直存在着反智主义。为了阐明这一问题,余英时在三篇文章《反智论与中国政治传统——论儒、道、法三家政治思想的分野与汇流》、《"君尊臣卑"下的君权与相权——〈反智论与中国政治传统〉余论》和《从〈反智论〉谈起》中都有所论及。文章在香港和台湾发表,而当时的中国大陆正处在"文化大革命"当中,社会对知识分子的

---

① 余英时:《士与中国文化》,上海人民出版社1987年版,第8页。
② 余英时:《士与中国文化》,上海人民出版社1987年版,第23页。
③ 余英时:《士与中国文化》,上海人民出版社1987年版,第32页。

打压已经到了史无前例的地步。文章发表之后,迅速引起知识分子思想上的共鸣,直至今日依然还有着很大影响。余英时认为,在现代中国,政治上的反智主义主要来自极权主义的世界潮流,但是,中国传统文化中也有不能忽略的反智根源。若是没有传统文化的接纳,中国现代社会的反智主义也很难在短时期内泛滥到如此地步,正因为此,余英时在文章中总结了中国的反智传统。在他看来,中国的反智传统主要来自道家和法家的思想,而儒家则主张积极运用智识,尊重知识。尤其是对知识分子参政和议政的问题上,儒家一般都直接体现出重视知识、重视智性的观点。孔子就对知识分子从政持有赞成的态度:"他自己就曾一再表示有用世之志,他当然也赞成他的弟子们有机会去改善当时的政治和社会。"①当然,孔子所谓的知识分子从政,是以实现儒家政治理想为前提的。道家尚自然而轻文化,不过庄子和老子的观点也有差异,庄子主张"无为而治",而道家在政治上的反智论则主要源于老子。老子主张"愚民",对待民众要"实其腹"、"强其骨",同时,也要"虚其心"和"弱其志",即让人民拥有强健的体质,却不能获得自由的精神。这样一来,民众就不得不完全听从"圣人"的安排,积极从事战争和体力劳动,一心一意地奉行"圣人"所指定的路线政策。

中国政治思想上的反智主义传统,在法家的思想体系中得到了最为充分的发展,并且,法家思想中的反智论,对中国后来的政治传统产生了持久而深远的影响。法家反智论的前提是对人性本恶的假定。法家认为,人性是爱慕权势且贪生怕死的,因此,只要掌握了经济资源,并辅以适当的惩戒手段,便能够牢牢地控制住人民。"尊君"构成法家反智论的重要内容,"在君主的心中,知识分子最不可爱的性格之一便是他们对于国家的基本政策或政治路线往往

---

① 余英时:《反智论与中国政治传统——论儒、道、法三家政治思想的分野与汇流》,《中国思想传统及其现代变迁》第 2 版,沈志佳编,广西师范大学出版社 2014 年版,第 337 页。

不肯死心塌地地接受；不但不肯接受，有时还要提出种种疑问和批评"①。从战国时代开始，法家就一步步将"尊君"的观念付诸实践，"'焚书'和'坑儒'这两件大事便是法家反智论在政治实践上的最后归宿"②。法家按照既定逻辑，将"尊君"观念与"卑臣"观念相互系连，"尊君必预设卑臣，而普遍地把知识分子的气焰镇压下去正是开创'尊君卑臣'的局面的一个始点"③。在这一理念的指导下，君权与相权开始出现了高下分野，"君权是绝对的（absolute）、最后的（ultimate）；相权则是孽生的（derivative），它直接来自皇帝，换言之，与君尊臣卑相应，君权与相权是有上下之别的"④。以相权为代表的官僚制度，在中国传统政治中是能够与君权相抗衡的重要力量。虽然官僚制度对君权有制约作用，但是君主不得不依靠这一套行政机构来控制和治理帝国。马克斯·韦伯在 19 世纪针对资本主义社会提出了官僚集权组织理论，在他看来，组织以合法权威为基础，合法权威可以消除混乱，维持秩序，保证实现组织目标。正是在工具理性和价值理性两者的基础上，合法权威得以创设，"经协商或强制而确立的、至少是要求组织成员服从任何既定的合法规范"⑤。而合法权威的纯粹类型则与官僚制度密不可分，必然要借助官僚机制的一套行为系统才能使合法权威得以有效地行使："只有组织的最高首脑才能因占用、选举或者指定继承而居于支配地位，但即使他的权威，也是在合法'权限'的范围之内。"⑥余英时认为，按照韦伯的观点，官僚制度具有基本的理性，而君权则缺乏相应的理性传统，这就是君权是反智主义源泉的原因。余英时通过对中国古代儒、

---

① 余英时：《反智论与中国政治传统——论儒、道、法三家政治思想的分野与汇流》，《中国思想传统及其现代变迁》第 2 版，沈志佳编，广西师范大学出版社 2014 年版，第 359 页。

② 余英时：《反智论与中国政治传统——论儒、道、法三家政治思想的分野与汇流》，《中国思想传统及其现代变迁》第 2 版，沈志佳编，广西师范大学出版社 2014 年版，第 362 页。

③ 余英时：《反智论与中国政治传统——论儒、道、法三家政治思想的分野与汇流》，《中国思想传统及其现代变迁》第 2 版，沈志佳编，广西师范大学出版社 2014 年版，第 363 页。

④ 余英时：《"君尊臣卑"下的君权与相权——〈反智论与中国政治传统〉余论》，《中国思想传统及其现代变迁》第 2 版，沈志佳编，广西师范大学出版社 2014 年版，第 383 页。

⑤ [德]马克思·韦伯：《经济与社会（第一卷）》，阎克文译，上海人民出版社 2010 年版，第 323 页。

⑥ [德]马克思·韦伯：《经济与社会（第一卷）》，阎克文译，上海人民出版社 2010 年版，第 326 页。

道、法三家政治理念的整理,梳理出一条中国传统政治活动中的反智主义路线。反智主义以君权为依托,通过对知识分子等异己分子的控制和打压,实现稳固统治的目的。中国传统的反智主义主要有政治和道德两个来源。第一个来源就是政治,"历史上打天下而创业垂统的人往往鄙视知识和知识分子,以为他们只是一群无用的废物";而另一个源头则和道德相关,尤其是政治化了的道德:"皇帝在理论上是道德最高的人。"[①]来源于政治和道德的反智主义,经历了传统社会长期的发展,在现代中国,与西方的极权政治和民主主义合流,形成了新的反智主义思潮,智力、智识和知识分子公开地遭到唾弃和抵制。

二、民间文艺中的反智主义

民间故事往往记述了古老的口头文学,在经久不息的传颂中,这些民间故事依据一定的母题和特定的结构方式,产生发展和变异,形成了庞大的民间故事传统。民间文艺和常见的知识分子的文艺作品相比,有着较大的不同之处。文人的文学创作一般以个体为单位,常常是文人独立创作的成果。而在民间文艺中,集体创作占有相当的数量。民间文艺作品最初虽然诞生于集团内的某个个人,但是该作品的修改和传扬则得益于一个集团的集体力量。同时,集体共同的思想情感也容易通过民间文艺表达出来。民间文艺的口头传播方式,也使其传播范围更广,形式变化也更加灵活。有学者认为,民间文艺与文人文艺间机能上的差异是两者最重要的区别。文人文艺所表现的机能,并不能适用于民间文艺,与此同时,大部分民间文艺所具有的机能,也无法在文人文艺中找到相应的内容:"例如民间文艺往往和民众最要紧的物质生活的手段(狩猎、渔捞、耕种等)密切地联结着,甚至它已成了这种生活手段构成的一部分。换言之,它在这里,是民众维持生存的一种卑近而重要的工具。它和一般

---

① 余英时:《从〈反智论〉谈起》,《中国思想传统及其现代变迁》第2版,沈志佳编,广西师范大学出版社2014年版,第413页。

所谓高级的精神的表现物或慰藉物是很不同的。"①民间文艺外表质朴,形式单纯,实用性很强,是观察民间生态的良好参照物。

  在中国,民间故事和其他文化相互交融,缓慢地形成了一些固定的形式。艾伯华认为,中国民间故事"是由许多母题耦合而成的。这些母题是非常稳定的,往往在一两千年后也很少发生变化"②。在传统的民间故事中,中国古代重视农业生产的传统致使劳动人民获得了较高的声誉,农村的典型文化形态也在民间故事中得到了很好的表达,田地、农夫等成为民间故事的主要元素。而以秀才、书生为代表的知识分子,则以"一心只读圣贤书"的形象在民间故事中出现,他们呆板、木讷、缺乏生活经验。艾伯华在《中国民间故事类型》一书中,总结了大量的民间故事类型,其中一类就是"蠢秀才"类型。作者将这个类型故事的发展归纳为两点:"(1) 一个(或几个)男人由于骄傲自大说话文绉绉的,让普通人无法理解。(2) 他们或者其他人因此陷入困境。"③根据艾伯华的考据,这一类型的故事在浙江、江苏、福建等地广为流传。丁乃通编著的《中国民间故事类型索引》同样收入了一些嘲笑和讽刺知识分子的故事类型。如"切遵教诫,一成不变"④类型讽刺了书呆子的死板和不知变通;"顽童和粪坑里的老师"⑤讲述了顽童捉弄教师的故事;"近视眼的趣闻"⑥系列讲述了近视眼由于看不清而遭遇的窘境。如果说以上故事主要表达了民间文化对知识分子的嘲讽和蔑视,以下的几个例子则集中表达对知识本身的轻视。在故事"不由自

---

  ① 钟敬文:《中国民间故事型式》,《钟敬文文集·民间文艺学卷》,安徽教育出版社2002年版,第6页。
  ② [德]艾伯华:《中国民间故事类型》,王燕生、周祖生译,商务印书馆1999年版,第431页。
  ③ [德]艾伯华:《中国民间故事类型》,王燕生、周祖生译,商务印书馆1999年版,第322页。
  ④ [美]丁乃通编著《中国民间故事类型索引》,郑建成等译,中国民间文艺出版社1986年版,第416页。
  ⑤ [美]丁乃通编著《中国民间故事类型索引》,郑建成等译,中国民间文艺出版社1986年版,第428页。
  ⑥ [美]丁乃通编著《中国民间故事类型索引》,郑建成等译,中国民间文艺出版社1986年版,第485—489页。

主成学士"①中,国王在宫墙上贴上告示,上面写着许多难认的字,认出这些字的人就可以娶公主为妻。一个不识字的补鞋匠被误认为认出了所有的字,到了宫殿和公主完婚。虽然他对国王的提问答非所问,给出的答案也错误百出,但是却吓坏了宫廷里有学问的人,他们只好不懂装懂,称赞他的回答。"农民塾师"的故事讲述了有钱却无知的人家希望通过考核给孩子找个老师,结果真正有学问的人没能通过考试,愚蠢的农民却成功通过了测试。"伪装饱学做新郎"的故事讲述无知者凭借好运气无意间通过了测试,迎娶了富家小姐。"不由自主成领航员"也讲述了无知的农民阴差阳错报名成了领航员。钟敬文在《中国民间故事型式》一文中总结出了针对知识分子的"书呆子掉文型"②故事。故事的主要内容是书呆子遇到祸事时用文言请求他人帮助,但是众人都无法理解,最终酿成大祸。在这些民间故事中,"读书无用"的观念被一再表达,在知识分子受到嘲讽的同时,体力劳动者则受到礼赞。中国文化中的反智主义传统,使得知识、知识分子和知识分子的乌托邦情怀,在底层民众口中被彻底消解,成为生活中的笑料。有学者认为,这正是体现了"农业社会、乡土中国无法通过读书而走入上层的劳苦大众的自我解嘲、自我安慰"③。

民间概念由陈思和在20世纪90年代提出,他的《民间的浮沉——对抗战到"文革"文学史的一个尝试性解释》和《民间的还原——"文革"后文学史某种走向的解释》两文,从文学史的角度提出了民间的价值和意义。陈思和对民间问题的讨论集中在现代文学领域,他将民间视为一个与国家相对的概念,认为民间处在国家权力控制力度相对薄弱的地区,作为一个相对自由的文学空间,回避了意识形态的思维定式。陈思和用"藏污纳垢"概括民间的形态:"它既然

---

① [美]丁乃通编著《中国民间故事类型索引》,郑建成等译,中国民间文艺出版社1986年版,第448页。
② 钟敬文:《中国民间故事型式》,《钟敬文文集·民间文艺学卷》,安徽教育出版社2002年版,第633页。
③ 黄轶:《论民间故事中"反智主义"的生成动因》,《黄河科技大学学报》2007年第6期。

拥有民间宗教、哲学、文学艺术的传统背景,用政治术语说,民主性的精华与封建性的糟粕交杂在一起,构成了独特的藏污纳垢的形态。"①虽然当代文学处于政治意识形态的控制之下,但是在艺术的审美形态上依然保存了民间意识,因此,民间成了"文革"后新时期文学的两个源头之一,并成了创作的"元因素"。民间价值立场与知识分子的精英立场既相互区别又有联系,因为民间话语的多元性,"既没有一神教的统治也没有启蒙哲学的神圣光环,宗教、自然、世俗均可成为它的人生价值取向。它也不排斥政治和知识分子的启蒙精神,但是当它用民间独特的语汇去表达它们的时候,实际上已经消解了它们的本来意义"②。在陈思和看来,80年代出现的寻根文学、90年代出现的新历史小说和新写实小说,都体现了一种民间的还原。知识分子的精英意识被遮蔽,传统的现实主义创作格局被打破,原有的价值标准也发生了转换,国家权力意识形态、知识分子新文学传统和民间文化成为当代文学史的三重格局。

陈思和将中国传统的民间概念,与西方民间社会、公共空间、广场等概念相结合,试图解释现代中国文学史中在主流文学样式之外的一股创作潜流。他的观点在学界所遭受的质疑主要集中在民间概念与知识分子精英文化之间的关系上。有些学者认为,民间的"藏污纳垢"与知识分子的启蒙精神相对立,坚持民间立场,也就具有了反智取向。尽管民间文学、底层文学、通俗文学的地位一再得到提升,但是精英文化传统提供的价值体系和人文理想,依然是时代文化建设中的重要内容。还有学者认为,目前对知识分子精英文化的贬斥,与中国的反智主义传统密切相关。知识分子将启蒙失败的原因归结到自身,并产生了相应的自我贬低和自我嘲讽:"知识分子精英文化常有自身选择的失误,如与'正统'话语共谋,对这个危险,陈先生及学界有足够的警觉,而危险的另一面却是非知识分子形态的文化对知识分子精英文化的蚕食与侵略,它正

---

① 陈思和:《民间的浮沉——对抗战到文革文学史的一个尝试性解释》,《上海文学》1994年第1期。
② 陈思和:《民间的还原——文革后文学史某种走向的解释》,《文艺争鸣》1994年第1期。

以某种历史的合理性为尺度大举推进。"①源自中国古代传统文化中的民间文艺,经过长期的发展和变异,已然成为可以与政治意识形态相抗衡的一股力量,而以知识分子为主题的精英文化,在两者夹缝中的生存则更加艰难。

第三节 "五四"以来中国文学反智叙事的嬗变

20世纪以后,在法国无政府主义、俄国民粹主义的影响之下,反智主义思想开始传入中国。"五四"时期出现的关注"劳工神圣"话题的诗歌和小说就是其重要表现形式。尽管也有知识分子对"劳工神圣"的理念产生了怀疑,但是愈演愈烈的革命热忱淹没了质疑的声音。虽然改革开放以后,知识分子重新恢复了社会地位,但是世界经济形势的改变促使他们转向另一种选择,即以大众喜好为导向创作文艺作品,以期获得更大的经济利益。新世纪以来,在各种力量的影响之下,文学中的反智主义现象越来越多,大众文艺、通俗文学、网络文学从边缘走向中心,传统纯文学则陷入危机。

一、"劳工神圣"与"五四"反智思潮

知识与劳动之间的对立关系,以及随之而来的反智主义社会潮流在现代中国的萌生,主要受到外来思想的影响。尽管在中国传统文化中一直存在着反智的潜流,但是在进入20世纪以后,法国无政府主义和俄国民粹主义的合流将反智主义思想带入了中国现代社会。1917年,苏联十月革命取得了胜利,劳动者的力量得到了中国革命的领导者的重视。随之而来的无政府主义和民粹主义作为一种社会思潮,在现代中国引起了重要反响,并很快发展为一种文学思潮,对"五四"新文学影响很大。事实上,在新文学开始之初,胡适、周作人等就开始提倡书写平民文学,将普通大众纳入文学作品,但是响应者寥寥。

---

① 王晓明等:《民间文化 知识分子 文学史》,《上海文学》1994年第9期。

1918年,蔡元培提出"劳工神圣"的口号,并在1920年的《新青年》的首页上发表了该口号的题词①,很快在社会各界引起广泛的响应。《新青年》、《民国日报》、《新潮》等刊物,开始对这一话题展开集中讨论,劳动人民的生活和思想成为作家创作的新题材。有研究表明,直到1918年底,表现劳动人民的作品还非常少,仅有胡适的诗歌《人力车夫》等。但是,在"劳工神圣"思潮兴起后,"《新青年》上的这类作品就猛增了近三倍",且仅在1920年,"上海《民国日报觉悟副刊》所发表的写劳动人民的诗歌、剧本和小说,竟多达一百十四篇,从而在全国当时的报刊中,从产量上创了这类作品的最高纪录"②。鲁迅自1919年起,就陆续发表了《一件小事》、《明天》、《阿Q正传》等小说。甚至在当时以娱乐为主要目的的通俗文学刊物《礼拜六》都登出了针对"劳工神圣"的回应文章。③ 事实上,蔡元培的"劳工神圣"观点,在很大程度遭到了误读,这种误读主要集中在对"劳工"概念的理解上。蔡元培在演讲中提出:"我说的劳工,不但是金工木工等等,凡用自己的劳力,作成有益他人的事业,不管他用的是体力,是智力,都是劳工。所以农是种植的工;商是转运的工;学校职员,著述家,发明家,是教育的工。"④按照蔡元培的观点,这里的"劳工"是一个和继承遗产的纨绔子弟、卖国营私的政府官吏等人相对的概念。蔡元培不但将知识分子视为劳工的一部分,而且还在被排除出"劳工"队伍的官吏、军官、议员等名词前面都加上了限定性的定语。然而,随着"劳工神圣"口号传播范围的扩大,"劳工"所表现的意义范围反而缩小了,不但政府官员和资本家被剔除出劳工的队伍,从事脑力劳动的知识分子也被"劳工"这一名词拒之门外。事实上,当时就有文章发现了这个趋势,认为现在对劳工的解释出现了分歧,发生了误解,"筋肉劳动和精神劳动分了家,就发生了'精神劳动非劳工'底争议",文章指出,现

---

① 蔡元培:《劳工神圣》(题词),《新青年》1920年第7卷第6期。
② 王强:《"劳工神圣"与五四新文学》,《上海师范大学学报(哲学社会科学版)》1985年第2期。
③ 详见周梦熊:《劳工神圣》,《礼拜六》1921年第122期。
④ 蔡元培:《附录:劳工神圣!》(演说词),《新潮》1919年第1卷第2期。

在很多人有意将精神劳动和肉体劳动区分开来，不仅因为精神劳动的劳动成果不易转化为具体产品，可以直接分配和享用，还因为这部分人"对于旧社会底考试科名（如说文凭饭碗）十分憎恶、厌弃"①。这些受到无政府主义、民粹思想影响的人们，厌恶知识和知识分子，由此而带动起反智主义的思潮。这股思潮，导致"劳工神圣"口号宣传期间产生的文学作品，都集中在表现人力车夫、农民、仆役等下层劳动人民。

胡适的诗歌《人力车夫》在1918年1月15日发表于《新青年》上，该诗通过直白描写，表现未成年车夫生存的艰辛。尽管诗歌在艺术上并无可圈可点之处，却在某种程度上显示出知识分子与劳动人民的关系。在诗中，胡适塑造了车夫和客人两个对立的形象。客人认为车夫未成年，本来不应该拉车，"你年纪太小，我不坐你车。我坐你车，我心中凄惨"②。诗中的客人很可能是一名知识分子，而他看到了社会的不公平现象，希望通过自己对不公平现象的拒绝，来缓解社会矛盾。然而，车夫的话点出了知识分子当时的社会处境："我半日没有生意，又寒又饥，你老的好心肠，饱不了我的饿肚皮，我年纪小拉车，警察还不管，你老又是谁？"虽然知识分子敏锐地注意到了社会的残酷现实，且希望通过行动改变社会的现状，但是，这种做法显然是徒劳的。处于权力中心的警察尚且放任事态的发展，而游离于权力场之外的知识分子更没有改变现实的力量。知识分子的"好心肠"并不能填饱底层劳动人民的肚皮，知识分子自认为的启蒙也自然难以真正触及底层人民。沈尹默的同名诗歌《人力车夫》发表在同一期《新青年》上，诗歌以"日光淡淡，白云悠悠"③开头，虽然诗人最后点出了穿棉衣的车上人和穿单衣的车夫之间的强烈对比，但也仅仅停留在流露同情之心上面，甚至生出几分闲适的感觉。其实，鲁迅1919年12月1日发表在北京《晨报·周年纪念增刊》上的《一件小事》，对知识分子的沉沦与麻木的

---

① 玄庐：《评论："劳工神圣"底意义》，《民国日报·觉悟》1920年第10卷第26期。
② 胡适：《尝试集》，江苏文艺出版社2013年版，第79页。
③ 《沈尹默诗词集》，书目文献出版社1983年版，第7页。

表现则更加彻底。在这篇著名的小说中,鲁迅分析了人力车夫和知识分子在道德层面上的高下之分。鲁迅对人力车夫的态度非常温和,认为他们"须仰视才见",而人力车夫面前的文人则显得异常渺小,"甚而至于要榨出皮袍下面藏着的'小'来"①。文人面对人力车夫,不仅在道德上处于下风,而且由于"文治武力"的险恶环境,已然失去了对家国命运的信心和对社会问题的批判性思考,落入了麻木和虚无。这件小事使"我"重新思考知识分子和劳苦大众之间的关系,人力车夫和文人在道德上的差异,给了自诩为启蒙者的知识分子当头一棒。知识分子拥有的启蒙大众、改变社会的正当性开始发生动摇。事实上,小说除了知识分子的自我批判和反思,还表现出对底层民众的畏惧和警惕之心,这一点正是来源于"五四"时期弥漫于社会上的反智思潮。人力车夫对"我""渐渐地又几乎变成一种威压",试图"榨"出皮袍下面自私狭隘的品质缺陷。"威压"和"榨"展现了底层民众占据道德高点之后给知识分子带来的心理阴影。人力车夫高耸而阴郁的背影,在促使知识分子自我批判和反思的同时,以一种理性之外、几乎是道德绑架的态势让知识分子惊惧不已。在"五四"时期"劳工神圣"的光环下,人力车夫的形象虽然闪烁着圣洁的光辉,但是究竟只是知识分子在启蒙道路上的浪漫幻想,是知识分子自我反思的一面镜子。梁实秋的《现代中国文学之浪漫的趋势》发表于1926年,在他看来,人们对人力车夫的歌颂和同情,实际上是浪漫主义情感的泛滥,因为"人力车夫凭他的血汗赚钱糊口,也可以算得是诚实的生活,既没有什么可怜恤的,更没有什么可赞美的"②。实际上,梁实秋认为书写人力车夫的文学无意义的观点引起了鲁迅的注意。虽然当时没有直接攻击梁实秋,但鲁迅在1927年的《革命时代的文学》一文中明确反驳了梁的观点。鲁迅认为,这些叫苦鸣不平的文学有反抗

---

① 鲁迅:《一件小事》,《鲁迅全集》第一卷,人民文学出版社2005年版,第482页。
② 梁实秋:《现代中国文学之浪漫的趋势》,《浪漫的与古典的 文学的纪律》,人民文学出版社1988年版,第17页。

性的,这种反抗的态度能够转变成为怒吼,因为"怒吼的文学一出现,反抗就快到了"①。反抗意识正是鲁迅期望能从群众身上看到的,也是打破"铁屋子"的先决条件。事实上,正是梁实秋和鲁迅在"人力车夫"问题上的分歧,开启了二人震撼整个中国文坛的论战。② 虽然鲁迅一再赞扬以人力车夫为代表的底层民众,但他在《一件小事》中所留下的阴郁影子,表明他已经开始担忧知识分子的命运。1921 年,鲁迅在《晨报副刊》发表了《智识即罪恶》,用以反驳同年朱谦之的《教育上的反智主义》。朱文认为,知识就是罪恶,而知识的所有者则是盗贼,知识与情感是相互对立的两个方面,知识的出现会造成淳朴情感的溃散,继而扰乱社会的道德秩序。《智识即罪恶》嘲讽了朱谦之的观点,在文章中,受到新文学运动影响的小伙计通过努力习得了知识,却突然魂飞阎王府遭受审判,而审判的依据则是知识的多寡。讽刺的是,在地狱里,原来的大富翁没有得到惩罚,反而成为阎罗王,可以肆意评判智识者的罪行,将他们送入"油豆滑跌小地狱"③接受惩罚。地狱里的智识者如同神话中的希绪弗斯,无数次地跌倒又爬起,只因为生前没有"昏"一点。当小伙计回过神来,发现一切只是一场虚幻之后,立即决定放弃智识而用感情解决问题。小说以荒谬的形式批判了朱谦之的观点,也体现了鲁迅在关怀底层群众的同时,并未放弃知识分子的启蒙者地位。

瞿秋白也对这一问题有过讨论,他在《中国知识阶级的家庭》一文中展现中国知识阶级的家庭生活,并对旧知识分子提出严厉批评。在他看来,知识阶级的罪恶成为一系列社会不公现象的源头。中国的知识阶级就是"向来自命为劳心者治人的一班人"④,旧知识是旧道德、旧制度的代名词,而革命要求人们推翻旧道德。在《知识是赃物》一文中,瞿秋白将知识与蒲鲁东口中的财产

---

① 鲁迅:《革命时代的文学》,《鲁迅全集》第三卷,人民文学出版社 2005 年版,第 438 页。
② 关于这一观点的论述,详见《鲁迅梁实秋论战实录》,黎照编,华龄出版社 1997 年版,第 1—4 页。
③ 鲁迅:《智识即罪恶》,《鲁迅全集》第一卷,人民文学出版社 2005 年版,第 391 页。
④ 《瞿秋白文集(政治理论编)》第一卷,人民出版社 2013 年版,第 14 页。

对比,认为知识只是一种工具,"用来维持精神的生命改善精神的生活的工具"①,知识分子不能将知识作为一种所有物。瞿秋白认为,一切知识都是人类共同拥有的财富,"是依于全人类意识的潜势力而进步的,不过是成熟的时候偶然借一个人的著作发表出来。一般什么教主、学者就据为已有了"②。知识分子通过巧取豪夺劳动者的劳动时间获得更多的知识,这是一种掠夺的行为,是财产私有制下所生出的罪恶。在攻击知识的同时,瞿秋白对工人阶级、劳动活动极尽赞美,认为劳动才是"社会的福音",是改变旧的社会秩序的根本方法。在"劳工神圣"的光环之下,工农阶级的地位得到了提高,但是知识分子却受到了不公正的道德定位。"五四"运动在带来民主与革命思潮的同时,也将知识分子置于矛盾的风口浪尖,直接导致在国民革命时期知识分子地位的再次下降。

二、革命文学与反智主义的兴起

如果说"劳工神圣"的口号主要在政治意识形态上指导了文学创作,那么1928年以来出现的革命文学,对现代中国文学的影响更为直接。成仿吾与创造社同人的革命文学观念深刻地影响了"五四"以后中国文坛的构成,革命文学代替启蒙文学,成了中国文坛实际上的主流,以蒋光慈为代表的一些遵循"革命加恋爱"的创作公式的作家,置换了爱情的内涵与革命的意义,其影响一直持续到1949年新中国成立之后。1924年,鲁迅在北京女子高等师范学校举办了著名的《娜拉走后怎样》的演讲,该演讲主要讨论了革命时期女性自身的命运选择。鲁迅认为,女性出走之后只有两条路可走,"不是堕落,就是回来",新女性希冀求得的真正意义上的解放,必须通过经济独立来达成,"她还需更富有,提包里有准备,直白地说,就是要有钱"③。1926年,鲁迅通过小说《伤

---

① 《瞿秋白文集(政治理论编)》第一卷,人民出版社2013年版,第40页。
② 《瞿秋白文集(政治理论编)》第一卷,人民出版社2013年版,第44页。
③ 鲁迅:《娜拉走后怎样》,《鲁迅全集》第一卷,人民文学出版社2005年版,第166—167页。

逝》回答了娜拉的出路问题,同时深切反思了知识分子的命运。《伤逝》中涓生和子君的悲惨命运,一方面受到社会大环境的影响,另一方面也暴露出知识分子自身的弱点。在革命文学中,对自由恋爱的追求是冲破社会桎梏、打破道德礼教的革命行为,鲁迅却从另一方面冷静地反思了此举的后果。鲁迅担心知识分子的软弱无力抵抗革命的潮流,最终不得不沦为革命的牺牲品。茅盾的《蚀》三部曲也是思考知识分子命运的重要小说。在静女士、慧女士、孙舞阳和章秋柳身上,革命的激情随着大革命的失败逐渐褪色,转而变为对自我命运的反思。茅盾试图在小说中兼顾左翼革命思想的表达和艺术上的创作规律,但是受到革命失败的影响,精神苦闷与情绪波动最终使得作品成了"狂乱的混合物"①。随着钱杏邨等人对《蚀》的批评,革命文学的旗帜已然拉起。

1926年,郭沫若在《革命与文学》一文中,以阶级论的观点阐释了革命与文学的关系。郭沫若认为,革命与文学应该始终是一致的,"凡是革命的文学就是应该受赞美的文学,而凡是反革命文学便是应该受反对的文学"②。通过将革命精神与时代精神相等同,郭沫若混淆了文学与革命的概念。随后,成仿吾的《从文学革命到革命文学》再一次掀起了革命文学大潮。该文否定了新文学运动的成就,批判了以胡适为代表的一批知识分子,认为他们并没有继续文学革命的道路。成仿吾认为,否定旧思想和介绍新思想是新文学运动需要完成的两项工作,但是如今都未能完成,因为"从事这两种工作的人们对于旧思想的否定不完全,而对于新思想的介绍更不负责"。该文认为,胡适等人不能了解时代和认识读者,甚至难以全面地认识自己,导致了新文学运动的失败,而想要"维持文学革命的运动使它不至于跟着新文化运动同归于尽"③,必须依靠创造社的力量。成仿吾继续对语丝派进行攻击,认为他们是标榜趣味性的有

---

① 茅盾:《从牯岭到东京》,《茅盾全集》第十九卷,人民文学出版社1991年版,第176—194页。
② 中国社会科学院文学研究所现代文学研究室编《"革命文学"论争资料选编(上)》,知识产权出版社2010年版,第6页。
③ 中国社会科学院文学研究所现代文学研究室编《"革命文学"论争资料选编(上)》,知识产权出版社2010年版,第97—102页。

闲的资产阶级知识分子,已经不能引领文学今后的发展方向。创造社同人认为,在现阶段,必须将文学革命转变为革命文学,以唯物辩证法为方法,以阶级意识为指导,以工农大众为表现对象,才能促进文学运动的进步。随后,蒋光慈的《关于革命文学》、李初梨的《怎样地建设革命文学》等文章相继刊出,直至钱杏邨的《死去了的阿Q时代》终于掀起革命文学论争的高潮。钱杏邨认为,鲁迅在"五四"时期的创作已经不能代表现在的时代精神,反而暴露出小资产阶级的恶习,而《阿Q正传》的艺术手法也已经与时代的需要背道而驰。"我们如果没有忘却时代,我们早就应该把阿Q埋葬起来! 勇敢的农民为我们又创造了许多可宝贵的健全的光荣的创作的材料了,我们是永不需阿Q时代了!"钱杏邨在文末带有反智意味的呼唤促使了20世纪20年代末期革命文学的兴盛,农民等底层民众取代知识分子成为时代的中心,而"现在的时代不是阴险刻毒的文艺表现者所能抓住的时代,现在的时代不是纤巧俏皮的作家的笔所能表现出的时代,现在的时代不是没有政治思想的作家所能表现出的时代!"[①]钱杏邨对作家冠以"阴险刻毒"的名声,宣扬以政治思想统领文艺创作,在他的思想的指导下,以蒋光慈为代表的作家出版了一系列"革命加恋爱"的文学作品。这些作品政治意识明确却缺乏艺术上的表现力,将革命与情爱进行同构和置换,用革命的激情取代了人类之间的感情,同时也将政治意识形态牢牢植入了文学创作之中。随着革命文学的不断升温,加上随后而来的抗日战争的历史环境,以丁玲为代表的一批"五四"作家,放弃了启蒙主义的人文立场,纷纷转变为左翼作家。这些"向左转"的作家们与战争时期的"国防文学"作家一道,引发了随之而来的延安文学以及1949年以后的文学中的反智主义热潮。

三、 延安文学与反智叙事的发展

"革命文学"为处于惶惑和茫然中的知识分子指明了一条前进的道路,即

---

① 中国社会科学院文学研究所现代文学研究室编《"革命文学"论争资料选编(上)》,知识产权出版社2010年版,第143页。

以革命的激情代替启蒙精神，以十字街头取代象牙之塔。然而，此时的革命文学作家大多缺乏必要的革命实践，因此也未能很好地表现革命文学的要义。随着革命文学的深化和发展，左翼作家群体逐渐壮大，他们提倡将文学活动和革命运动直接相连，以文学作品表现被压抑的底层大众。事实上，革命文学时期的文学并不完全是政治表达。在革命文学的倡导者看来，鼓励知识分子走出文学的局限，走向具体的革命实践是革命文学的重要目的。但是，随着大革命的失败，文学与革命的关系日渐简单化、一元化，到延安文艺时期发展到顶峰。1930年代的左翼文学思潮，发展到40年代已然成为中国文学的主流形态。1937年，抗日战事爆发，红军进驻延安，成立了巩固的敌后抗日根据地，中国共产党的力量因此得到了壮大，也为延安文艺的产生和发展提供了有力基础。延安文艺思潮接续了1930年代的左翼文学思潮，鼓励知识分子积极参与社会活动，表达精神诉求，要求文艺作品书写底层群众的生存状态。当时蒋介石和国民政府在抗日战争上的摇摆态度，使许多知识分子对社会现状十分忧虑，而此时在延安出现的新政权成为部分知识分子期待的对象。延安早期的宣传，恰恰迎合了许多知识分子对文学的乌托邦式的幻想。以丁玲、周扬为代表的一部分作家来到延安，希望在新的阵地实现自己的文学理想。1936年，被囚禁三年之久的丁玲到达保安，中共中央以极高的规格接待了丁玲，毛泽东、周恩来等人都出席了丁玲的欢迎会，毛泽东写下著名的《临江仙·给丁玲同志》，称丁玲为"昨天文小姐，今日武将军"①，并以"三千毛瑟精兵"比喻丁玲的写作能力。毛泽东将"文小姐"与"武将军"并列，以"毛瑟精兵"比喻一支"纤笔"，暗示了他日后文艺政策的主要方向。以毛泽东为中心的共产党认识到，文学对民族解放运动的意义不容小觑，如何利用文学实现其政治理想是日后革命工作必须重视的内容。

  1942年，毛泽东《在延安文艺座谈会上的讲话》（后文简称《讲话》）发表，延

---

① 《毛泽东诗词集》，中央文献出版社1996年版，第174页。

安文艺中涉及工农兵、底层和人民大众的内容得到了重新解释,文艺为工农兵服务的政策被重新提出。文艺与革命、与人民大众、与政治活动之间的关系也被重新建构起来。毛泽东以亲身经历为例,解释自己对知识分子的情感变化,并对知识分子提出批评。从阶级观念入手,毛泽东将知识分子定性为小资产阶级,知识分子同时成为可以团结的对象和合法的规训对象。学生时期,毛泽东曾经十分尊重知识分子,"那时,我觉得世界上干净的人只有知识分子,工人农民总是比较脏的";但是,参加革命的经历转变了其情感认识,毛泽东逐渐否定了之前的资产阶级和小资产阶级感情:"拿未曾改造的知识分子和工人农民比较,就觉得知识分子不干净了,最干净的还是工人农民,尽管他们手是黑的,脚上有牛屎,还是比资产阶级和小资产阶级知识分子都干净。这就叫作感情起了变化,由一个阶级变到另一个阶级。我们知识分子出身的文艺工作者,要使自己的作品为群众所欢迎,就得把自己的思想感情来一个变化,来一番改造。"①从阶级立场出发,毛泽东倡导知识分子自我批评、自我改造,以群众的喜好作为创作的标杆,知识分子创作自由开始得到限制。毛泽东还回答了文艺的目标、方法、原则等问题,提出文艺为人民服务、为政治服务的著名观点。同时,他还对人民大众的标准进行了解释,他认为,四类人都可以看成是最广大的人民群众:"第一是为工人的,这是领导革命的阶级。第二是为农民的,他们是革命中最广大最坚决的同盟军。第三是为武装起来了的工人农民即八路军、新四军和其他人民武装队伍的,这是革命战争的主力。第四是为城市小资产阶级劳动群众和知识分子的,他们也是革命的同盟者,他们是能够长期地和我们合作的。"②在这里,毛泽东已经将小资产阶级知识分子与工农兵一道,纳入了人民群众的范围。毛泽东认为,只要小资产阶级知识分子能够转变阶级立场,从为资产阶级服务转变为为人民群众服务,就能成为人民群众中间的一员。但是,毛泽东依然强调,上述的四种人里,工农兵是最主要的,文艺应该主

---

① 《毛泽东选集》第三卷,人民出版社1991年版,第851页。
② 《毛泽东选集》第三卷,人民出版社1991年版,第855页。

要为他们服务。随后,毛泽东很快对知识分子提出批评,认为许多文艺工作者固守资产阶级或是小资产阶级的立场,同情小资产阶级,缺乏对工农兵的关注。在《讲话》中,毛泽东对这种同情小资产阶级的创作表示了否定和批判。

关于如何更好地让文艺为工农兵服务的问题,毛泽东也提出了自己的观点。他表示,在现阶段,文艺的普及比文艺的提高更加重要。但是这种普及,并不是知识分子观念中的普及,而是要站在工农兵的立场上,按照工农兵所能够达到的标准进行普及。对于从事文艺普及工作的知识分子,则也必须服从工农兵的文艺需要,虽然,尊重专家、尊重专家宝贵的工作经验必不可少,但是人民群众始终应该成为第一标准:"一切革命的文学家艺术家只有联系群众,表现群众,把自己当作群众的忠实的代言人,他们的工作才有意义。只有代表群众才能教育群众,只有做群众的学生才能做群众的先生。"[①]"五四"时期的知识分子,相对于人民群众来说,处于启蒙者的地位,承担着启发民智的责任,但是,在延安时期,知识分子的地位从"群众的先生"下降至"群众的学生"。在革命文学时期,知识分子尚可以通过走出文学的小圈子,参与革命来实现自己的政治抱负和文学理想,但是在延安文艺时期,知识分子必须经过自我改造才能够不被视为阶级敌人。

《讲话》对文艺与政治的关系也进行了必要的解释,认为文艺从属于政治,知识分子是革命活动中的齿轮和螺丝钉,文艺批评也必须以政治为第一标准。更为重要的是,毛泽东在将"五四"运动的成果纳入共产党的革命功绩的同时,对"五四"时期的一些重要观点进行了重新阐释。他在《讲话》中就对"人性论"的观点做出了批驳。毛泽东认为,人性不是抽象的,而是具体的,"在阶级社会里就是只有带着阶级性的人性,而没有什么超阶级的人性"[②]。这样一来,"五四"时期形成的民主、自由的文学精神,以及文学"为人生"的创作口号,在延安文艺时期被大大弱化,知识分子,尤其是自由主义知识分子失去了把握自己命

---

① 《毛泽东选集》第三卷,人民出版社1991年版,第864页。
② 《毛泽东选集》第三卷,人民出版社1991年版,第870页。

运的能力。

延安偏居一隅,在政治上和文学上都处于相对被隔离的位置,所受到的外来影响较小。在毛泽东的《讲话》发表以后,延安文学思想在局部区域开始拥有绝对话语权,在一定意义上甚至具有官方文学的色彩。政治的一体化造成了思想文化上的一元化倾向,延安文学拒绝除了苏联之外的外来文化影响,仅仅注重中国传统的民间文学,秧歌、民歌、地方戏曲等民间文化成为文艺作品的主流。知识分子的地位急剧下降,被迫放弃了"五四"时期的主体地位,成为客体,成为被改造、被整风的对象。随着这种反智主义的思潮进一步扩大,文学的地位也一再被边缘化。

四、90年代以来"躲避崇高"的叙事

1989年以后,整个80年代的新启蒙进程遭遇了坎坷,中国的知识分子不得不重新开始思考自己的历史角色和历史地位。1992年,邓小平的南方谈话提出重视经济建设,进一步深化改革开放,并同时强调要警惕改革开放中"左"的错误:"右可以葬送社会主义,'左'也可以葬送社会主义。中国要警惕右,但主要是防止'左'。右的东西有,动乱就是右的!'左'的东西也有。把改革开放说成是引进和发展资本主义,认为和平演变的主要危险来自经济领域,这些就是'左'。我们必须保持清醒的头脑,这样就不会犯大错误,出现问题也容易纠正和改正。"[1]邓小平对党内"左"的问题的讨论,虽与之前发生的政治事件不无关联,但也可看出此次重提改革开放的决心。改革开放所带来的经济政策的变化继而带动了文化的转向,也构成了1993—1994年知识分子人文精神讨论的重要背景。

早在1984年,国务院就颁布了针对文学期刊的文件《国务院关于对期刊出版实行自负盈亏的通知》,通知规定,除了少数应用技术期刊、中央一级的期

---

[1] 邓小平:《在武昌、深圳、珠海、上海等地的谈话要点》,《中国特色社会主义理论基本著作及重要文献选编》,丛松日、邱正福编,山东大学出版社2014年版,第42页。

刊和用外文和少数民族文字印制的期刊之外,其余期刊一概自负盈亏。缺乏经费、经营不善的期刊杂志,一律关停并转。即使是拥有行政事业费补贴的期刊,也需要"积极改善经营管理,精打细算,杜绝浪费",而其余没有补贴的期刊则需要"独立核算,自负盈亏"。虽然国务院要求期刊自负盈亏,但是对于期刊的定价还掌握着管控权,即使期刊能够合理调价,也需要遵守"保本薄利"[①]的原则,文学开始成为一种商品进入市场。20 世纪 90 年代,当中国基本完成从"阶级斗争为纲"向"经济建设为中心"的转变时,文学离开了政治中心,在经济市场与消费社会中日益处于被边缘化的地位。

1993 年,以王晓明为代表的一群上海学者发起了关于人文精神的讨论,讨论主要集中在有没有人文精神、什么是人文精神以及如何保存和发扬人文精神上面。讨论针对当时在文学和影视市场上非常火爆的"王朔现象",批判以王朔为代表的"痞子文学"。在对王朔的一片讨伐声中,王蒙的《躲避崇高》再一次点燃了战火。王蒙在文章中基本肯定了王朔的创作路向,认为王朔拒绝大写的人,反对英雄主义,这种贴近平民大众的创作方式代表了中国 90 年代以来新的写作趋向。王蒙认为,当前的市场环境已经与 80 年代截然不同,文学的理想主义遭到了打击,教育功能也无法起到实际效用:"在雄狮们因为无力扭转乾坤而尴尬、为回忆而骄傲的时候,猴子活活泼泼地满山打滚,满地开花。他赢得了读者。它令人耳目一新,虽然很难说成清新,不妨认作'浊新'。"[②]王朔以平白的语言机智地躲闪着"崇高","敢砍敢抢,而又适当搂着——不往枪口上碰",这种机智的行文方式,与其说是对文学调侃和玩乐,不如说是一种投机。王朔精准地把握住了调侃和讽刺政治的程度,不越雷池一步,而同时赢得了读者的喜爱。事实上,《躲避崇高》虽然从表面上看称赞了王朔的文学艺术作品,但王蒙心中也深知王朔的文学作品的真实情况:"读他的

---

① 国务院法制办公室编《中华人民共和国法规汇编》(第六卷),中国法制出版社 2005 年版,第 573 页。
② 王蒙:《躲避崇高》,《读书》1993 年第 1 期。

作品你觉得轻松地如同吸一口香烟或者玩一圈麻将牌,没有营养,不十分符合卫生的原则与上级的号召,谈不上感动……但也多少地满足了一下自己的个人兴趣,甚至多少尝到了一下触犯规范与调皮的快乐,不再活得那么傻,那么累。"①尽管王蒙认识到了王朔作品的基本内涵,但他依然鼓吹"躲避崇高"的原因,就在于对政治专制主义的惧怕。在王蒙眼中,人文精神的终极关怀在当前的中国并没有发展空间。因此,如果说王朔的调侃只是投机讨巧的文学表达形式,是获得市场和读者的必要手段,那么"对于王蒙,调侃政治就是一场战斗,一场特殊的战斗。在表面的不在乎嬉皮笑脸嬉笑怒骂满不正经的后面,恰好是骨子里的认真较劲毫不放松"②。在"五四"文学、革命文学和延安文学时期,人民追求自由、民主的热情最终都被转变为获得政治资本的路径,成为谋取利益的政治手段。讽刺的是,在 90 年代,人们对专制政治的极力躲避也造成了另一个极端。人文精神、终极理想被有意或无意地与政治文化下所制造的崇高相等同,人们在"躲避崇高"的同时,也拒绝了对人文精神价值的追求。

事实上,王朔与宣扬人文精神的知识分子之间的矛盾,在于 90 年代以后社会价值观念的变化。当 80 年代的主流价值观念在 90 年代消失以后,整个社会的主流价值观处于空缺的状态,而建立新的社会主流价值观成为知识分子的迫切希望。王朔自称没有接受过正规的高等教育,不会站在道德的高点评论问题,从而讽刺高等院校的文科知识分子为政府的卫道者:"我成长过程中看到太多知识被滥用、被迷信、被用来歪曲人性,导致我对任何一个自称知识分子的人都不信任,反感乃至仇视。"③在王朔看来,所谓的知识分子写作,实际上是带有偏见的欺世盗名之作,其目的是为主流政治辩护,带有"文革"的余毒:"中国有很多神话,最大的神话就是知识分子受迫害。英勇无辜为国为民的知识分子先烈充斥史书文献。那些令人发指的罪行使人无不同情如果称不

---

① 王蒙:《躲避崇高》,《读书》1993 年第 1 期。
② 陶东风:《从"王蒙现象"谈到文化价值的建构》,《文艺争鸣》1995 年第 3 期。
③ 《王朔文集·随笔集》,云南人民出版社 2003 年版,第 38 页。

上是争相效法,结果掩盖了自相残杀的实质。杀知识分子的都是知识分子。"①但是,在宣扬人文精神的知识分子眼中,王朔带有"北京大院"风味的写作,将"文革"的灾难处理成"阳光灿烂的日子",实际上遮蔽了"文革"的本来面目。王朔和部分学院派知识分子的辩论,表现了当经济发展成为社会主流的时候,人文知识分子的忧虑之心。知识分子,包括王朔在内,都深刻地认识到"文革"的毒害,他们都希望以自己的方式,将"文革"的遗风驱逐出90年代的文坛。然而,轰轰烈烈的人文精神大讨论,由于没有明确的概念和理论支撑,加上未能提出解决现有社会问题的方法,最终浮于表面,而没能产生更为深远的影响。而由王朔的写作异化而来的大众文学,则开始占领主流文坛。其实,王朔本人也意识到了这个现象,他的写作和言论虽一直带有反智色彩,但是他向来自认为是知识分子中的一员:"我想说的是我在多年写作中已经变成一个知识分子。这变化使我非常不舒服又无可奈何。"②虽然被称为"痞子",但王朔认为自己属于"文痞",虽然另类,但也属于知识分子群体,"痞子,也是文痞。他们还别想把我开除出去,我还就拼死跟他们站在一起,推也不动地方,拿脚踹也不出列"③。王朔此后很少再从事文学创作,而是一心钻研电视剧和电影剧本的编写,因为他已然认识到大众文艺的强大态势,作为一个投机者和逐利者,王朔很快投身于大众文艺的滚滚热潮之中。不过,此时的王朔却有着少见的清醒,他认识到,真正的大众文艺必须符合社会的主流价值观念,那种爱国主义和理想主义的主流观点与他自己的写作也是不相符合的,他轻视大众的文化趣味,在想方设法得到大众关注的同时又极力避免与他们混为一体,而是依然希望能够回归知识分子群体:"不管知识分子对我多么排斥,强调我的知识结构、人品德行,以至来历去向和他们的云泥之别,但是,对不起,我还是你们

---

① 《王朔文集·随笔集》,云南人民出版社2003年版,第45页。
② 《王朔文集·随笔集》,云南人民出版社2003年版,第38页。
③ 《王朔文集·随笔集》,云南人民出版社2003年版,第112页。

中的一员,至多是比较糟糕的那一种。"①不管王朔是不是拥有知识分子身份,也不论"人文精神"派知识分子与王朔之间的矛盾是内部矛盾还是外部矛盾,王朔的写作给90年代乃至新世纪的文学造成的负面影响是非常巨大的。王朔之后,反智思潮日益汹涌,嬉笑叫骂、哗众取宠成为作家获得成功的捷径,作家开始与媒体合谋,通过舆论造势宣扬自己的文学观点。大众文艺的发展造成了作家个性的消失,为了符合大众的口味,文学成了批量生产的工业产品。

---

① 《王朔文集·随笔集》,云南人民出版社2003年版,第177页。

第二章　新世纪小说思想内容中的反智现象

1999年,虹影的《K》出版,书中大胆的情欲描写和性爱情节,被认为影射20世纪30年代在武汉大学任教的凌叔华、陈西滢与朱利安三人之间的三角关系。小说出版后引发轩然大波,凌叔华与陈西滢之女陈小滢将虹影告上法庭,要求禁止该书出版。2002年,法院判决禁止《K》在中国大陆发行,虹影还需赔偿陈小滢精神损失费。《K》的出现,是世纪之交之时中国知识分子形象的再次颠覆。如果说卫慧、棉棉等人90年代关于都市与欲望的小说的火爆,代表了大众文学对纯文学的冲击,那么虹影的《K》则直接面向知识分子群体,掀起了他们高雅与神秘的面纱,逆转了民国知识分子自由儒雅的形象。《K》看似模仿了30年代风靡一时的"革命加恋爱"创作模式,但仔细阅读却能发现,战争只是小说模糊不清的背景,甚至仅仅是为了增加小说的中国风味而添加的佐料。作为重点的性与欲望的描写十分大胆,夺人眼球,成为小说事实上的重点。其中还穿插了虹影本人对两性关系以及东西方关系的思考。虽然《K》所依附的历史真相已经无从觅得,但是《K》以知识分子的私人生活作为宣传噱头,显然极受大众的欢迎。《K》的读者群体,恐怕大多并不了解凌叔华的创作历程,也对陈西滢的学术思想知之甚少。可是,《K》依然触及了他们的兴奋点,不仅有裸露的性爱描写,而且还有对知识分子隐私的窥探。在拉康的凝视理论中,凝视存在于观看者、被观看者和他者的三元关系之中。窥视的欲望向来为大众所共有,它作为一种欲望功能,同时也维持了人的主体性。凝视是一种具有先在性的功能,无所不在,主体在凝视的同时也时刻处于"被凝视"之中。① 对他人隐私的兴趣,尤其是对原本高高在上的知识分子群体私生活的好奇,使得《K》广受瞩目。在观众窥视的目光下,《K》中的知识分子褪去了高雅的外衣,人性的部分被选择性地忽略,而动物性、生物性的部分则被无限放大。小说不仅影射了凌叔华和陈西滢,还用略带嘲讽的语气提到"新月派"群体中的徐志摩、卞之琳、闻一多等人。在《K》案始末,虹影本人和支持她的评论家,都宣称文学创作应该有基本的自由,而小说是虚构作品,不能将现实生活中的人物对号入座。讽刺的是,关于《K》的宣传和随后对《K》的讨论,又在反复强调着小说创作素材的真实性。虹影当时的丈夫赵毅衡在 2000 年的《朱利安与凌叔华》一文中就提到了《K》,这一举动也是对《K》真实性的又一次肯定。

2001 年,旅新女作家九丹出版小说《乌鸦》,该书以留学新加坡的中国女学生为表现对象,称她们为"小龙女",直露地描写中国女留学生的卖身现象。该书出版后同样引发讨论,甚至被读者斥责为"妓女文学",直露的欲望和性爱描写也让九丹成为和卫慧比肩的作家。在新世纪伊始,《K》和《乌鸦》的出现,表明九十年代以来"身体写作"的表现对象已经开始转变和扩大,从边缘女性到普通上班族女性,最终到知识女性。在大众眼中,当代的知识分子群体因为和金钱、权力之间千丝万缕的关系,已经失去了纯粹性,但民国时期的知识分子尚且保留着无瑕的美好形象。《K》的出现将这群知识分子拉下神坛,不仅拉下了神坛,还褪去衣服,使他们毫无遮挡地暴露在大众面前。2010 年,冰心的孙子因为家庭纠纷,在冰心的墓碑上刷上红漆大字"教子无方 枉为人表"。新闻刊出后引起了轩然大波,并引发了对知识分子群体的讨论。在新世纪的中国,知识分子不但早已从"立法者"变为"阐释者",甚至已然沦为"被阐释者",成了可以随意评判、随意言说的新鲜题材,更可悲的是,这个题材的新鲜程度也比不上许多综艺和娱乐节目。

---

① 详见 Lacan J, The Four Fundamental Concepts of Psychoanalysis, Trans. Alan Sheridan, W.W. Norton & Company, 1998, pp. 67 - 105. 拉康:《心理分析的四个基本概念》。

在新世纪文学中,无论是在纯文学领域还是大众文学领域,知识分子题材的小说数量并不少,可是仔细阅读,却发现它们都有着相似的叙述模式:在面对金钱、权力、欲望的诱惑时,大部分知识分子屈服了,或是沦为权力的帮凶,或是沉溺于欲望的海洋。选择坚持底线的知识分子,则不仅生活清贫,思想上更是无时无刻不遭受着折磨。这些小说中的知识分子通常面临着三种结局:逃离、堕落或是自我否定。作家为知识分子精心选择的三种结局,表现了一些知识分子对自身命运的失望,以及知识分子地位在新世纪的又一次改变。

第一节 知识分子的背叛与逃离

面对社会经济和政治的压力,知识分子往往容易流露出犹疑、矛盾的态度,"五四"时期以来,这种态度成了知识分子题材小说的主流情绪。但是,到了1949年以后,这种情绪已经被重新改写。20世纪80年代对"五四"精神的重申似乎引发了一波知识分子自我反思的热潮,但是到了90年代以后,这股潮流已经被经济社会的重大变革淹没。文学作品中的知识分子形象,从坚持道德底线的"坚守者"逐渐转变为"变节者"和"背叛者"。新世纪文学的这股书写态势,或多或少地受到了90年代出版的《废都》的影响。作为90年代城市小说、知识分子题材小说的代表,《废都》在世纪末总结和讨论了一个世纪的知识分子问题,如何面对知识分子在市场经济的大潮中被边缘化的命运,成为小说主要表达的隐忧。一个世纪的结束,同时也预示着知识分子理想主义的终结,面对飞速急转的社会形势,贾平凹用寓言化的方式,对知识分子群体提出了讽刺和批判。然而,贾平凹式的反讽姿态,在新世纪似乎已经变味,知识分子的变节和堕落不再是文学作品的批判内容,反而成为寻找知识分子出路的一种解决方式。

一、知识分子的堕落与腐化

在阎真 2001 年的小说《沧浪之水》里,主人公池大为的奋斗历程,可以看作知识分子背叛知识、背叛自身的完整进程。阎真本人出生于知识分子家庭,在大学任教的同时从事文学创作。《沧浪之水》中的池大为,从一个普通的毕业生一路奋斗,加官晋爵,终于得到了家人和社会的承认,但是同时也违背了自己的本心。池大为原本向往带有中国传统色彩的生活方式,可最终让步于经济、家庭和社会的压迫。做一名旧式的、不问政治的知识分子,在远离权力纷争的同时也被权力和金钱体系排除在外,只能固守清贫。在当了七年的科员以后,池大为受到了过着隐士一般生活的退休职工晏之鹤的点拨,蓦然惊醒,开始扭转自己的人生。他在几年之内迅速升职,最终成了权力在握的官员。理解《沧浪之水》的角度很多,小说表面上看重在表现官场现状,然而其核心关注点还是知识分子面对社会压力的应对措施。促使原本内心坚定的池大为迅速转变的原因,主要来源于社会价值观的引导,来源于妻子和朋友的游说。池大为固然拥有选择生存方式的自由,但是面对风云变化的社会环境,他自身的需求开始退后,而社会的认可成为肯定个人价值的首要指标。在池大为身上,知识分子的独立精神人格已经消失不见,取而代之的是他人的眼光和看法。萨特的戏剧《禁闭》表现了在人与人的交往关系中的胶着状态,每个人被随机地抛入世界,并生活在他人的注视之下,甚至必须借助他人这面"镜子"才能够看清自己,即"当我不照镜子时,我摸自己也没有用,我怀疑自己是否真的还存在"①。萨特认为,存在先于本质,但是,人在社会中想要获得价值,必须依靠他人,必须牺牲自己的自由,自愿地处于他人的凝视之下。《沧浪之水》也反复表现了池大为的这种生存状态,作者将池大为的堕落与变节描写为无奈的,甚至是可以理解的。事实上,在《沧浪之水》的开头,池大为埋葬父亲的情

---

① 《萨特戏剧集》,人民文学出版社 1985 年版,第 122 页。

节,已经预示了传统知识分子的消失和死亡。在一次次面临诱惑和机会时,父亲的形象曾多次出现,最终则消失不见,而池大为本人也从一名恪守道德标准的传统知识分子变为追求权力的官僚。小说结尾,池大为在祭拜父亲时说出自己不得不选择另一条路的悲戚心情:"那里有鲜花,有掌声,有虚拟的尊严和真实的利益。于是我失去了信念,放弃了坚守,成了一个被迫的虚无主义者。我的心中也有隐痛,用洒脱掩饰起来的隐痛,无法与别人交流的隐痛,这是一个时代的苦闷。请原谅我没有力量拒绝,儿子是俗骨凡胎,也不可能以下地狱的决心去追求那些被时间规定了不可能的东西。"①这段话即是池大为为自己背叛的辩解,也是作者为所有的知识分子的辩白。多年以后,阎真在创作谈中也提道:"我以理解的态度去描写池大为,他要生存、要发展,他不得不顺应生活中的规则和潜规则。他自己也知道这样有违做人的原则,但他别无选择。《沧浪之水》有清兮浊兮的区别,一个人选择了浊,他不但是可以理解的,简直是别无选择的。"②这样看来,池大为的变节其实并非别无选择的结果,而是他"要生存、要发展","不可能以下地狱的决心去追求那些被时间规定了不可能的东西"。《沧浪之水》原本想要表现知识分子的被迫与无奈,最终却展现出了主动与醒悟的形态。阎真的处理还有另一个令人困惑的地方,就是池大为一旦开始选择追求权力和金钱,就势如破竹,连连击败了他加官晋爵道路上的所有对手——那些早已在这条道路上摸爬滚打了数十年的人。这样就带来了另一重的讽刺意味,知识分子的背叛如此简单、惹人同情,甚至还能收获极好的结局,很难说不是对其他知识分子的又一重诱惑。

2014年,阎真再次创作知识分子题材的小说《活着之上》,通过对青年知识分子的生活描写,揭露了当前学术界腐败、堕落的环境。主人公聂致远和池大为一样,一开始也在坚持与放弃道德底线之间徘徊,数次面临金钱的诱惑,都经受住了考验,守住了知识分子的良知。在行文中,阎真以史为镜,将曹雪芹

---

① 阎真:《沧浪之水》,人民文学出版社2001年版,第522页。
② 阎真:《从〈沧浪之水〉到〈活着之上〉》,《南方文坛》2015年第4期。

以及其创作《红楼梦》时的境遇和心态与对文中人物的精神境界相互对照,并呼唤传统文人的道德情操。从童年时期到考上博士,曹雪芹以及《红楼梦》一直是聂志远的精神安慰剂,但是很快,精神上的丰富并不能带来必需的物质基础,曹雪芹在他心中的地位也相应发生了改变。曹雪芹不再是他的精神导师,而变成了异想天开的赚钱方式:"这天突然来了灵感。曹雪芹不是卖画为生很多年吗?那么多画总会留下几张吧!万一在门头村搜罗到一张两张,那就了不得了。"①可是,聂志远的搜寻并无结果,门头村老槐树,也因被人下了药而奄奄一息。垂死的老槐树代表日渐颓败的传统文人的气节和风骨。十几年后,聂志远来到门头村时,却发觉那里已变成新建的都市,曹雪芹和老槐树的故事则无人知晓。聂志远敬仰先人们用血泪和生命昭示的价值意义,却在坚守前人留下的道德精神的道路上举步维艰。最终,与许许多多无可奈何的知识分子一样,聂志远屈从于时代的价值观念,放弃了前人的精神选择。在"活着"的压力面前,想要追求"活着之上"的生存意义变得虚无缥缈。

张者也是一名专注于知识分子题材的作家,他的"大学三部曲"表现了在知识经济时代,纯洁的"象牙塔"如何一步步屈从于金钱的诱惑。在环境的影响下,教授、导师等传道授业解惑的角色也开始变异为趋名逐利的领路人。在《桃李》的开头就提到,在知识经济时代,导师的身份已经开始发生改变,从"老师"变成了"老板",既有江湖味又有时代感,"第一,把导师称作老板喊着踏实,叫着通俗,显得导师有钱有势;第二,老板这称呼在同学们心中已赋予了新的含义,老板已不是生意人,也不是一般人理解的大款了。大款算什么,大款只有几个臭钱,而老板不仅是大款也是大师、大家"②。在经济与知识相结合的大潮下,生活的方方面面都只能趋附于这种趋势,大学也不能幸免。"有钱有势"、"大款"、"大师"三者的结合,成了新世纪的大学生眼中最佳的导师模板。跟随这样的导师,学术上的收获是次要的,重要的是经济、地位和名利上的收

---

① 阎真:《活着之上》,《收获》2014 年第 6 期。
② 张者:《大学三部曲·桃李》,人民文学出版社 2016 年版,第 1 页。

获。邵景文和他所带领的一群法律系的学生认为,在社会转型期应用学科更应得到重视,文学已经成为不切实际的边缘学科,而法律由于其极强的应用性成了名利双收的热门专业。在随后的《桃花》里,张者再次详细描述了研究生选择导师的所谓"标准":"第一,要有真才实学,这是最基本的;第二,就是要找一个导师,而不是老板;第三,年龄要在55岁左右,不能太年轻,年轻了容易被'80后'勾引,也容易被女弟子看上。最后一个条件就是,导师要有点人文精神,也就是有中国传统知识分子的美德,这个条件有些虚,不容易看出来,要慢慢考察才行。"①

这段文字中所提到的标准,恰恰切中了知识经济时代利益为上的处事原则。高等学校中的教师和知识分子,在张者的笔下都成了"精致的利己主义者",学生对导师的选择,不仅是看重其学术素养,更重要的是在社会上具有政治地位和经济地位。同时,张者还通过这段话揭露了高等院校中已成风气的知识分子道德败坏问题。可笑的是,导师的"人文精神"和传统知识分子美德,因为"有些虚",沦落为此标准中的最后一条。自然,与明显有利可图的政治和经济地位相比,人文素养和传统美德确实很难带来直接的经济利益,难免被认为是选择导师标准中最不重要的一条。《桃李》中的教授邵景文,最终由于男女关系混乱,在其续篇《桃花》里被情人杀死,他的悲惨命运让人唏嘘,同时也引发了对知识分子道德底线的再次思考。张者曾在访谈中提到,《桃李》是放纵的,而《桃花》则相对有了自己的坚守。《桃李》中放纵、堕落的知识分子最终走到了末路,但《桃花》中的坚守者也没有得到好的结果。知识分子的矛盾就体现在这里,面对急剧变化的社会,似乎无论将自己放置在怎样的位置,都难以摆脱社会潮流的裹挟,最终在身体和精神的双重重压下不得不走向灭亡。2015年,张者发表了"大学三部曲"的第三部《桃夭》②,小说延续了前两部的人物和题材,关注知识分子群体中的教授、律师、法官等。与前两部不同,张者笔

---

① 张者:《大学三部曲·桃花》,人民文学出版社2016年版,第15—16页。
② 张者:《大学三部曲·桃夭》,人民文学出版社2016年版。

下的学生们已经走出了校园,全身心地投入了追逐名利的过程。小说还利用各种调侃的段子讽刺和总结了社会热点。与80年代的校园生活相比,今天充满了金钱气息的校园仿佛一个绝佳的讽刺。虽然校园依旧,但是人事已非,看似清纯的学妹已经开始出入风月场所并从事身体交易,看似婚姻美满的导师却去嫖娼……小说的最后,主人公邓冰站在三十年前暗恋自己的白涟漪墓前深深地忏悔,因为与白涟漪一同埋葬的,不仅是80年代的大学精神和人文气息,还有知识分子引以为傲的道德和良知。

二、知识分子的出走与逃离

除了这些堕落腐化的知识分子,还有一些知识分子面对压力选择了逃离。《桃花》中的导师梁石秋在外嫖娼被抓,最后选择留下一封信后离家出走。梁石秋在信中直言自己肉体的欲望,并表示这种肉体欲望实际上来自精神上的压抑。主流意识形态的政治话语,占据了他独立思考的精神空间,使得他不得不将肉体作为发泄的对象,但不巧被扫黄民警抓获。导师最终选择放弃所有的身外之物,离家出走寻求一种田园牧歌式的生活。一名教授、学术带头人,在留给学生的信中反复表达对体制和主流意识形态的不满,将自己嫖娼的违法行为归咎为精神上的压力,甚至苛责中国的法律制度不能将嫖娼合法化。不仅如此,这位导师还标榜自己为了"不对女学生下手"才采取了嫖娼的下策,使得自己的不道德行为有了相对高尚的意义。他不但违法,还不能够承认自己的错误,也不能正确面对和纠正错误,而是简单地选择一走了之。如果说《桃李》的放纵是欲望长期压抑的表达,《桃花》的坚持是希望抵抗的力量,那么《桃夭》的出走则是知识分子堕落之后的自暴自弃。在张者笔下,知识分子非但没有承担社会责任和学术道义,在随波逐流和堕落腐化之后,还将原因完全归咎为社会和体制。背叛者和逃离者的双重身份,难免使得知识分子受到社会的谴责和鄙视,最终导致了知识分子形象的"污名化"。

"污名"(Stigma)一词被认为由古希腊人发明,指为了暴露人道德上的不光彩而烙下的身体记号。"污名化"概念由美国社会学家戈夫曼率先开始研究，戈夫曼并没有明确地定义"污名"一词，而是概括了这个词被广泛使用的含义，即"污名一词将用来指一种令人大大丢脸的特征，但应当看见，真正需要的，是用语言揭示各种关系，而不是用它描述各种特征"①。对关系的强调使得污名的概念分为蒙受污名者和他人两个方面。蒙受污名者由于拥有了某种特点，导致其无法在社会交往中为他人所接受，而他所拥有的特质更会遭到常人的厌恶。戈夫曼将污名分为三种，即身体残缺，性格缺点和身处种族、民族和宗教相关的集团。戈夫曼从微观案例出发，将污名的产生归咎于社会秩序。戈夫曼之后，西方有许多流派对污名现象进行了进一步阐释，主要分为社会心理学派、历史学派和社会学派。②可以发现，蒙受污名的群体最初集中在艾滋病人、精神病人等具有身体和心理残缺的人类群体，但是很快，污名现象似乎具有了蔓延的趋势，在社会的各个阶层和领域都有出现。知识分子长期作为文化传承者而受到尊敬，但是新世纪以来却被冠以"叫兽"、"砖家"等称号，具有陷入污名化的危险。有学者从消费学角度探讨了公共知识分子文化消费价值的贬值和文化品牌效应的破灭现象③，提出应当警惕这种知识分子的污名化现象。知识分子走下神坛，甚至遭遇污名，是大众在信任缺失的情况下生发出的一种反智现象。文学作品作为社会现象的载体很快响应，导致一系列背叛、出走的知识分子形象的出现。这些知识分子不仅不再是精神的领跑者，反而成为懦弱、胆怯和随波逐流的代名词。

董立勃在小说《米香》④中塑造了许明这一逃离者的形象。与单纯、善良且充满了原始生气的女性米香不同，许明胆怯、懦弱，不敢大胆表达感情，面对投

---

① [美]欧文·戈夫曼：《污名——受损身份管理札记》，宋立宏译，商务印书馆2009年版，第3页。
② 详见郭金华：《污名研究：概念、理论和模型的演进》，《学海》2015年第2期。
③ 文军、罗峰：《公共知识分子的污名化：一个消费社会学的解释视角》，《学术月刊》2014年第4期。
④ 董立勃：《米香》，《当代》2007年第1期。

怀送抱的女性也不会加以拒绝。面对政治地位的诱惑,可以不假思索地背叛怀孕的米香,否认曾和她发生过关系。许明的形象在某种程度上代表了大众对知识分子的一种认识,即缺乏原始的野性,不敢抗争和承担,总是随波逐流,向权力和利益妥协。这种知识分子形象,与"五四"时期以鲁迅为代表的知识分子相比,已经发生重大的改变。许明不但不再能够在大众之前面对冲击,成为大众的精神向导,而且躲入了劳动人民的背后,让米香承担了原本应该由自己承担的责任。许明对爱情、责任和道义的逃避,无疑是知识分子遭遇"污名化"的一个原因,也是新世纪小说出现了反智倾向的印证。

与上述小说中彻底的背叛或逃离稍有不同,张炜在《能不忆蜀葵》中塑造的知识分子似乎更具有矛盾性。事实上,张炜向来关注知识分子的精神生活,他八十年代的作品《请挽救艺术家》就已经表现出时代对知识分子的逼迫和压制,张炜认为,这一"艺术的瞎眼时代"不能辨别艺术的高雅与粗鄙,也无法发掘真正有才华的艺术家:"这种时代无论其他领域有多大的成就,但就精神生活而言,是非常渺小的、不值一提的。这种时代往往可以扼杀一个艺术家,使他郁郁萎缩,最后在艺术的峰巅之下躺倒。"[①]将文学家、艺术家不得志的原因归结给时代是许多作家常见的处理手段,不过可贵的是,《能不忆蜀葵》突破了将艺术家的潦倒原因归结给社会的写作模式。当众多的知识分子题材小说专注于描写资本对人的异化时,张炜这一次并没有将人的欲望归结为社会的压迫,而是正视欲望的生发和发展,并想方设法进行实践。小说中的淳于阳立是一个天赋异禀、个性奔放的画家,乡村的成长经历让他的画作充满了生命力,尤其是生长在童年乡村的蜀葵,一再成为他作品的重要主题。淳于阳立逼人的才气为他聚集起了一群追随者,有学生、模特,甚至还有附近大学的一名教授。这些人聚集在淳于的画室里,欣赏并学习他的画作,还包办了淳于的生活琐事。淳于不羁的个性导致他作为一名画家并未得到很好的发展,而多情的

---

① 张炜:《请挽救艺术家》,安徽文艺出版社2012年版。

性格也使得对爱情的一次次追求浪费了他太多的时间和精力。对于淳于的形象在学界向来说法不一,他究竟是一个堕落的知识分子,还是坚持初心的人文精神的坚守者呢？在这个问题上,陈思和将淳于的个性特征概括为"恶魔性"①。陈思和将淳于和与魔鬼签订了协议的浮士德相比,分析了艺术家在追求消费享乐的年代如何自我尝试和冒险。受到昔日同学老广建的影响,淳于决定投入商海。虽然此时的淳于已经逐渐开始偏离知识分子的道路,但是他内心的犹豫和挣扎却传达出有别于堕落的另一种观点,即采用逃离的方式规避时代所带来的不得已和无奈:"他的理由复杂而充分,实际上却十分晦涩。他一会儿是对整个商业时代艺术和精神无序状态的愤怒,是尝试艺术家在新时期的波希米亚式的反抗;一会儿又是对自由竞争的全面礼赞。"②淳于的愤怒来自他精神上的矛盾与碰撞,面对无序的商业时代,是应该承担起知识分子的责任,还是抛却知识分子的外衣,投身于自由竞争的市场经济,成了他整个创业阶段的主要思考。淳于对商海的纵身一跃,既是对商业时代的妥协,也是为保留艺术精神的最后一搏。然而,他的骄傲自大和缺乏经验最终使得他的投资血本无归。和淳于相对的一个人物形象是他的好友桤明。不同于淳于的暴烈和野性,桤明一直小心翼翼、按部就班,这也使得他的画家道路一帆风顺,很快赢得了名誉和金钱。桤明和淳于象征着知识分子在经济时代的两条道路,前者因随波逐流而丧失个性,后者因反抗挣扎而堕入虚无。面对挫折和失败,淳于往往选择逃离和躲避。无论是小岛、城堡还是记忆中的石屋,都成为淳于暂时抛下现实冲突的乌托邦。因此,他在绘画中一而再再而三地选取蜀葵作为表现场景,但是讽刺的是,他费尽心血画出的蜀葵,在画商那里却难以获得应有的价值。事实上,尽管淳于表面看上去带有艺术家的癫狂性,但实际上他对整个艺术界以及自己本人都有着清晰的认识,文学界、艺术界看似平台广

---

① 陈思和:《欲望:时代与人性的另一面——试论张炜小说中的恶魔性因素》,《文学评论》2002年第6期。
② 张炜:《能不忆蜀葵》,《当代》2001年第6期。

阔,实际上留给自己这类艺术家的位置却异常狭小:"而唯有这里才是真正的艺术家的存活之所。很可惜,自己早就逃离了这个地带,已不再属于这片狭地了。"①淳于认识到自己既无法适应现代商业社会中艺术家的生存法则,也无法在幸存的狭小地带孤独地坚守,他最终选择了带着不被画商赏识的蜀葵画作逃离了艺术界,同时也逃离了现代社会所谓的文明的生存方式。

与前文提到的带有反智倾向的书写不同,淳于的逃离是一个矛盾的现象,正如陈思和的总结,"恶魔性"凸现了他人格中的复杂内涵。在商品经济时代,知识分子的传统人文精神和启蒙精神已经不足以应对金钱和权力的诱惑,当知识分子被"污名化"、被嘲讽和鄙夷的时候,如何看待知识分子性格中的矛盾特质,并从人性的欲望深处挖掘出应对环境变化的精神资源,成为重塑知识分子形象的重要环节。尽管淳于的失败似乎再次为新世纪小说中的反智书写加上了浓墨重彩的一笔,但是他的尝试无疑也为解决知识分子精神危机提供了一条途径。

三、知识分子的自我否定

葛红兵的《沙床》同样描摹知识分子的堕落生活。在其他小说中,知识分子的堕落往往与金钱和权力关系密切。但有所不同的是,《沙床》更强调欲望和美色对人的诱惑能力。《沙床》里的"我"沉迷于美色、欲望和享乐,喜欢名为"赤裸的晕眩"的饮料,并享受与多个女性的同居生活。酒精、摇滚乐等改革开放以后的常见都市元素,在小说中聚集在一起,"我"不但抛弃了知识分子的精神追求,甚至也抛弃了常人苦苦挣扎的现实生活,而彻底臣服于欲望,在享乐中堕入虚无:"身体是欲望的载体,现在,这个载体出了问题,它让我不得不成了一个道德主义者;社会也是欲望的载体,现在这个载体倒是非常积极,但是,它把我拉向的是金钱和地位的泥淖。相比较而言,我宁可沿着身体当初给我

---

① 张炜:《能不忍蜀葵》,《当代》2001 年第 6 期。

的伟大指引前行,也不愿意沿着社会给我的诱惑攀爬。"①葛红兵在访谈中也直言知识分子的当代遭遇,认为时代赋予作家、艺术家、专家学者知识分子的称号,看似是一种赞誉,实际上却是贬义的,"我们看到有那么多知识分子都是学舌的鹦鹉,我为自己的教授和作家身份感到可耻,就像我们面对纯真的小孩子的眼睛时一样,我们成人反而是怯懦的,为什么?因为许多有知识的人却有一颗冷漠的心"②。知识分子称号的贬义化,正是反智的一种表现。作为一代人精神向导的知识分子,在新的历史时期却成了社会贬斥的对象。而且,不但他人将知识分子作为贬义的象征,知识分子也为自己的身份而感到可耻,呈现出自我否定的倾向。知识分子的自我否定,正是他们在消费时代的双重溃败。一方面,知识分子在物质上不得不为基本的生存需求而随波逐流;另一方面,他们在精神上也抛弃了自己的价值信仰,最终呈现出一种玩世不恭的状态,看似抛下一切、看透一切,实则为放弃抵抗之后的自暴自弃。

第二节 主流意识形态对知识分子的贬低与否定

　　1942年毛泽东《在延安文艺座谈会上的讲话》的发表迄今为止都是中国文学史上的重大政治事件。1949年以后,《讲话》作为政府意识形态的理论成果,成为统领整个知识界、文艺界的纲领性文件。毛泽东在《讲话》中讨论了文艺工作者的立场、态度和工作对象。《讲话》提出的"文艺为政治服务"的口号始终是主流意识形态的重要部分。"五四"以来现代知识分子的批判意识,被革命话语和政治话语削弱,知识分子的地位不断后撤,最终成为被否定、被贬低的对象。八十年代以来,批判、回忆旧时代的小说就层出不穷,从最开始的以控诉为主要目的的"伤痕"小说开始,到"反思"和"改革"题材的小说,大多都集

---

① 葛红兵:《沙床》,长江文艺出版社2003年版,第121页。
② 李冰:《瞧,这群文化动物》,新世界出版社2005年版,第52页。

中反映知识分子的地位变化问题。1989年以来,政治风向的转变使得人们在90年代迅速进入消费文化的语境,社会环境的多方变迁,早已使知识分子被边缘化,难以再入主流意识形态的法眼。但是,新世纪以来,依然有许多小说涉及革命历史时期以及"整风"、"反右"的题材,其中知识分子的地位并未发生改变,依然处于主流意识形态的否定之下。与此同时,还有许多小说关注当下的社会状况,将知识分子放入社会的整体加以关照,借此判断知识分子地位的变化情况。在这些当下题材的小说中,知识分子依然处于压制之下,他们有的甘愿臣服,放弃了自己的道德操守,有的敢于反抗,却最终难逃悲剧的命运。

一、"反右"、"文革"题材小说中的知识分子

贾平凹的中篇小说《艺术家韩起祥》时间跨度很长,系连了从40年代时期到80年代的重大政治和历史事件,通过盲人说书者韩起祥的生活变迁,侧面烘托出知识分子的命运。韩起祥虽然不识字,但一路说书来到延安,受到了驻扎在延安的共产党军队的注意,毛泽东也邀请他前去说书,宣传共产党的文艺思想。原本的要饭瞎子一下成了边区文工队的一员,并且编写新书的水平比作家和知识分子还高:"周扬带了几个作家为他编写新书,却怎么编都不生动,反倒是他们一出新点子,韩起祥很快就以他的话说出一大溜。"[①]韩起祥编写的《翻身记》由于符合共产党的政治思想,很快在战区宣扬开来。他本人也凭借《翻身记》从乞丐成了文联干部,一路上行至西安,最终调到了北京。在韩起祥受到重视的同时,一批知识分子却在各种运动中被打倒。政府宁可让不识字的韩起祥充当宣传文艺方针的角色,也不愿意启用文化和艺术素养都高于韩起祥的知识分子,对韩起祥的褒奖暗含了对知识分子的贬低和否认。小说还表现了学术机构对政府任命的艺术家的主动靠拢和逢迎。与韩起祥同在北京表演的艺术家侯宝林就被北京大学聘为名誉教授,韩起祥甚至为自己没

---

① 贾平凹:《艺术家韩起祥》,《当代》2003年03期。

有接到北大的通知而表达了不满。知识分子聚集的最高学府,聘用学术水平不高的艺术家为名誉教授,在今天已经成为普遍现象。艺术界、体育界甚至娱乐人物都能接到各大高校伸出的橄榄枝。如果说这种做法在五六十年代,是学院为了迎合主流意识形态的表现,那么在21世纪的今天,则更多地体现为经济环境、国际形势、政治活动等多重因素的组合。讽刺的是,在每一次政治运动中,韩起祥都修改了《翻身记》中要"打倒"的人物的名字,从右派到彭德怀再到邓小平,人物的名字随着政治风向的变动而改变。尤其是邓小平恢复工作以后,"打断邓小个子狗脊梁"就变成了"小平是一个大好人,他为人民掌了舵"。面对政治风暴,人往往像草木一样倒伏,不仅韩起祥这样的没有文化的说书者如此,知识分子也面临同样的命运,这也许也能从侧面窥得权力机关对知识分子贬低和否定态度的缘由。

严歌苓广受好评的长篇小说《陆犯焉识》①也关注"反右"时期的知识分子生存状况。不过,与其说知识分子陆焉识是小说的男主角,不如说他只是故事的一个冗长而沉重的背景。作家将笔墨和感情更多地倾注在陆焉识的妻子冯婉喻身上。陆焉识被母亲指婚之后出国留学,与妻子并没有什么感情,只是在北大荒改造的二十年间,他渐渐意识到了妻子对自己的重要性。冯婉喻作为一名旧式的中国女子,为了等待丈夫的归来,二十年如一日地养育子女,抵抗了种种诱惑,最后丈夫归来时却失去了记忆。冯婉喻的悲惨经历使她成了一名伟大的女性,成为忠贞爱情的象征。小说在2014年被张艺谋改编为电影《归来》,女演员巩俐的演绎再一次使得冯婉喻(电影将原著人物名改为冯婉瑜)成为荧幕的中心,在特殊政治环境中女性所承担的苦难被进一步放大,而最深重的苦难的承担者,知识分子陆焉识则在妻子的背后隐去。小说和电影在受到各方好评的同时,作为政治斗争的牺牲者,精神和身体的苦难的承受者知识分子,不仅在小说中被主流意识话语所否定,而且还在观众和读者的眼中

---

① 严歌苓:《陆犯焉识》,作家出版社2011年版。

再一次遭受了忽略。小说《陆犯焉识》及其电影改编版本《归来》,在有意无意间承接起了知识分子形象从五六十年代直到今天的变化。刚刚从政治环境的压抑中恢复过来的知识分子,在经历了80年代短暂的春天之后,再一次遭遇了意想不到的忽视。而面对远比政治意识形态更为无孔不入的大众消费文化环境,知识分子也很难重拾失落已久的人文精神。

二、当代权力机构中的知识分子

知识分子与权力两者之间具有复杂的共生关系。鲍曼曾在《立法者与阐释者》一书中分析了这种共生关系的社会起源。进入现代社会以来,"无主者"开始出现在社会上,他们拥有正常的智力和劳动能力,却不从事劳动活动。"无主者"数量的剧增导致了社会环境的不稳定。许多"无主者"都以"流浪汉"的面目出现,他们的突然涌入,打破了原有的宁静,成为守旧的地方共同体世界里的闯入者。为了管理这些"无主者",管理者采用了现代的监控手段,将他们纳入了监控范围,在社会的各个领域建立起了类似于边沁的"全景式监狱"的模式。这种模式由监视者和被监视者两种人组成。大多数人都处在被监视者的地位上,他们没有自己的权力,也无法打破监视者的监视。而监视者,则在权力的分配中成为权力的拥有者,他们共同建立了一个全新的社会运作模式。鲍曼提出,在这种不均衡的监控模式中,监视者的选择是非常重要的,它要求将专家置于监视者的位置:"它要具有专业实践知识和技能的人的参与,它需要人类行为工程师。不均衡性监视所产生的,与其说是一些彻头彻尾施行高压政治的行家里手,不如说是一种'教育家'角色的人物。"专家、知识者、教育家成为教化一般群众的重要角色:"一方面,这种实践使人类个体的不完善性得以再造并被'客观化',但另一方面,它最终把教育者(专家)带入权力领域,他们教化人类,使后者臻于至善之境,这种至善是社会秩序所必需的,我们可以恰如其分地把它称作'共同利益'。"当教育成为权力结构中不能缺少的要素的时候,掌权者不但需要了解共同利益的组成方式,还需要建构一种适合共同利益的行为模式。这样一来，特定的知识成为掌权者所必须掌握的对象："权力需要知识，知识赋予权力以合法性和有效性（两者中有着必然联系）。拥有知识就是拥有权力。"①至此，知识与权力两者之间形成了共生关系。

知识分子与权力的关系在中国语境中一般具有三种形态。第一种是知识分子直接进入权力机关，成为权力的直接受益者，这种形态产生了一群文人式官员，他们拥有较高的学历背景，毕业之后未从事学术科研工作而进入了权力机构。第二种是知识分子在权力系统之外却被权力系统所收编。这种情况也非常普遍，尤其在新闻传媒等行业中最为常见。第三种则是最为罕见的一种，知识分子坚持自己的独立人格，与权力进行对抗。第三种形态在"五四"时期曾经非常常见，但是随着政权的更迭，这类知识分子越来越少，或是变得沉默不语，或是干脆投靠了权力机构。新世纪的许多小说都关注前两种知识分子与权力的关系。王跃文自从九十年代发表《国画》以后，一直关注官场题材，他的小说因揭示官场的内幕而为人所知。在他的小说中，屡屡出现知识分子被否定、被打压的场景。《苍黄》中的文人官员舒光泽，因为不服从组织安排的充当选举差配的任务，屡屡遭到诬陷，被关进了精神病院并最后死去。他的妻子因愤愤不平而打击报复，在幼儿园的午餐中投毒，被关入牢狱。同样是《苍黄》中的李济运，始终在权力欲望与知识分子的良知之间平衡取舍，他希望能在遵守官场游戏规则的同时获得独立的自由精神。然而这一切还是徒劳，尽管李济运一直如履薄冰，最终还是因为举报书记而失去了新任领导的信任，被调离了工作岗位。除了这些个别的案例，《苍黄》还描写了一个有趣的场景，在幼儿园投毒案破案之后，上千家长在政府办公室门口示威，要求政府赔偿。李济运与妻子舒瑾的处理方式，是迅速掌握幼儿园学生的家庭情况。舒瑾"很快把幼儿园学生的家庭情况送来了，有一百多学生是干部的小孩。知道有这么多干

---

① ［英］鲍曼：《立法者与阐释者：论现代性、后现代性与知识分子》，洪涛译，上海人民出版社2000年版，第63—64页。

部的孩子,李济运暗自高兴。普通老百姓不好对付,对待干部就好办多了"①。李济运之所以暗自高兴,是因为他深知,在处理事故的过程中,老百姓因为束缚较少,加上家庭情况一般,是不好对付的。但是干部作为知识分子,因为行政职务的束缚,不得不在多方面受到牵制,也不能像老百姓一样不顾一切地索要赔偿。李济运本人就因儿子和同学的纠纷,受到同学家长的威胁。当这位屠夫家长拿着杀猪刀闯入李济运家中时,李济运第一步就想到通过和解的方式化解纠纷,而不要引起老百姓的更大反感。由此看来,普通知识分子不但相对掌权者处于弱势地位,相对平民百姓还是处于弱势地位。由于主流意识形态的否定和鄙视,他们一次次被当成解决问题的突破口和薄弱环节。

  从政的知识分子,还会面临一种境地,即自己的学识不但不被上级肯定,反而会被认为是迂腐、不灵活的象征。王跃文的短篇小说《天气不好》里的小刘,一直在县里从事文字工作,由于开会时想到笑话不小心笑了,受到了领导的批判,在解释的时候,小刘犯了错误:"他说成年人的注意力集中最多三十分钟要跳跃一次,小孩子注意力集中时间更短一些,这是心理学原理。向主任发火了,嚷道,我说你是读书读多了!"②主任脱口而出的话语无意间表现了反智的思维方式。知识的多寡、学历的高低,很多时候并不是个人实力的认证。尤其在权力机关内部,在上级面前卖弄知识非但不能得到肯定,反而会对从政的知识分子的政治前途造成影响。事实上,知识分子行为逻辑与官场处事方式的不同,是造成这种现象的原因之一。知识分子所受到的教育,要求他往往以客观事实和真理作为行为准则,却不知,这种行为逻辑无法在官场运行。国家权力机构的运行,所遵循的是一套复杂的处事方式,需要权衡和调节多方面的利益情况,无法做出非黑即白的判断。小刘与许多年轻的从政知识分子所犯的错误,就是试图用"智性"解释官场的行为规则,因此难免遭受打压和否定。

---

 ① 王跃文:《苍黄》,江苏人民出版社2009年版,第137页。
 ② 王跃文:《天气不好》,长江文艺出版社2006年版,第83页。

同样,在官场经历长时间训练的知识分子,大多随波逐流,放弃了独立思考的能力,而沦为主流意识形态的附庸。王跃文在《梅次故事》里就借朱怀镜之口表示,在大部分西方国家,顶尖人才不会选择进入政府机关,而更多地愿意在工商界直接创造社会财富,同时也承担了更大的社会责任,"而在我们中国,精英分子却相对集中在党政机关,无缘进机关的才去工商界或别的行业"①。中国的社会环境致使知识的拥有者同时成了权力簇拥者,他们不满足于直接创造社会财富,而是希望能够依靠权力运作获取社会地位。因此,中国的精英知识分子未能投身于创造社会财富的工作,反而在日复一日的官场打磨中丧失了原本的知识技能,因而"优者变庸"而"庸者更庸"。

但是,也不能把优者变庸、庸者更庸的原因完全归结于体制,在相当情况下,是知识分子自己选择了向体制靠拢。《梅次故事》里的尹校长为了升官,每天到朱怀镜家里帮他的儿子补习数学,而他的妻子则充当整理家务的保姆。尹校长的付出很快得到了回报,放弃尊严和原则,谄媚于权力,自然也就被体制所收编。《苍黄》里的记者成鄂渝更是从一开始就充当了政府的传声筒,他不但放弃了知识分子的精神人格,反而利用自己的记者身份和强大的后台到处收受贿赂。事发后,成记者非但没有受到处分,反而被任命为宣传部长。在知识分子所收获的"污名"中,记者往往被大众戏称为"妓者",暗示了新闻媒体行业为了经济和政治利益,掩盖事实,颠倒是非,与贪官污吏沆瀣一气的行为。须一瓜的《别人》②揭露了媒体行业介于民众的呼声和政府的命令之间的两难处境。女记者庞贝坚持在《日子报》揭露黑幕,为民发声,但却被上级机构打压,导致报纸生存艰难。在这些关注现实的小说中,知识分子与权力之间,似乎已不再具有鲍曼阐述的共生关系,而是知识分子单方面地成为权力的附庸。在主流意识形态的否定和打击之下,知识分子不得不放弃"智性"的社会生活秩序,而顺从于权力机制中生成的那套复杂体系。若是企图与权力机构对抗,

---

① 王跃文:《梅次故事》,人民文学出版社2001年版,第172页。
② 须一瓜:《别人》,《人民文学》2015年第7期。

知识分子将不得不面临悲惨的境遇。

第三节 大众对知识分子的轻视与嘲笑

在当代文学中，知识分子形象并非仅仅出现在知识分子题材小说中，在许多其他题材的小说中，也会有知识分子出现。一批具有民间立场的作家，如刘震云、池莉、方方等，往往在小说中对知识分子持轻视、嘲笑的态度。中国知识分子在经历了80年代的短暂春天后跌入了谷底，启蒙主义话语的断裂使得知识分子一时间无所依傍，难以找到新的精神寄托。与此同时，市场经济的发展导致了知识分子群体内部的分裂。陶东风认为，"商海的诱惑、大众文化的兴起、知识分子自身角色的分裂与多元化"[1]，这些在21世纪政治经济上出现的新情况，造成了很多精英知识分子文化身份的崩塌。到了新世纪，知识分子非但没能改变当前的状况，反而随着网络、电子商务等新兴技术的进一步发展而愈加受到普通民众的轻视。而且，在知识群体内部，人文知识分子承受的打击，无论在物质还是精神方面，都是最大的。事实上，人文知识分子的地位自科举取消之后就逐渐回落，陈平原认为，当代中国的人文学者已经日益走向边缘，他们不但对"立法者"的角色避而远之，同时也远离了启蒙民众、振兴家国的重任，这是因为"社会分化早就剥夺了人文学者'立法'的权利，只不过过分浓密的政治斗争风雨，掩盖了这一真相"[2]。自然，在政治风暴暂时过去的21世纪，人文知识分子被边缘化的命运开始完全暴露在大众面前，成为人们任意品评、嘲讽的对象。

---

[1] 陶东风主编《知识分子与社会转型》，河南大学出版社2003年版，第17页。
[2] 陈平原：《当代中国人文学者的命运及其选择》，《知识分子与社会转型》，陶东风主编，河南大学出版社2003年版，第173页。

一、虚伪的知识分子

刘震云新世纪以来的小说以及评论和访谈,都对中国知识分子持有怀疑和否定态度。他在小说《温故一九四二》中,就对中国的知识分子表示了不满。刘震云认为,在当时,鲜有知识分子揭露大饥荒事件,即使有报道见报,也很快被当局叫停,当局制止知识分子报道饥荒事件的措施"就是打板子、停报。知道这是从古到今对付文人的最好办法。文人的骨头是容易打断的"①。经过这番处置,知识分子的报道行为自然也就偃旗息鼓了。刘震云借蒋介石政府对文人的看法,给从古至今的所有文人定了性,并且站在大众立场,对知识分子表达了嘲笑和轻视。他不止一次地在访谈中表达中国知识分子无用论的观点,将民间底层民众的地位远置于知识分子之上。奇怪的是,面对知识分子问题,刘震云不自觉地采取了双重的标准。他在《温故一九四二》中,将中国知识分子与外国知识分子截然分开,批评中国知识分子,赞扬外国知识分子:"白修德作为一个美国知识分子,看到'哀鸿遍野',也激起了和中国知识分子相同的同情心与愤怒,也发了文章,不过不是发在中国,而是发到美国。文章发在美国,与发在中国就又有所不同。发在中国,委员长可以停刊;发在《时代》周刊,委员长如何让《时代》周刊停刊呢?"②由这两段话来看,刘震云将中国知识分子不愿仗义执言的原因,归结为体制和政府。在他看来,中国政府和西方政府存在专制与民主的差别,而这种差别,导致了中国知识分子不合时宜的声音被消解和掩盖,而只有生活在外国民主社会的知识分子,才有可能担当起解决社会问题的责任。刘震云写作的早期,还曾以知识分子自居,然而到了中后期,则放弃了知识分子的写作立场,转而将民间底层作为创作园地。新世纪以来,刘震云对知识分子日趋边缘化的地位进行了深刻思考,并在小说中塑造了一批

---

① 刘震云:《温故一九四二》,《温故流传》,江苏文艺出版社1996年版,第337页。
② 刘震云:《温故一九四二》,《温故流传》,江苏文艺出版社1996年版,第338页。

延宕、犹豫、唯唯诺诺的知识分子。为大众所熟知的小说《手机》①中的严守一和费墨,就是两个处于时代转型中的知识分子形象。严守一利用手机周旋于多个女人之间,沉迷于权力和美色的双重诱惑。作为知名主持人,他非但没有发挥公共知识分子的效力,积极关心社会问题,反而用玩世不恭的态度对待工作和生活。严守一的形象类似于王朔在 90 年代塑造出的"顽主"②,"顽主"们天天不务正业,没有理想和道德追求,满足于一时的快感而从不做长远的打算。他们是 80 年代市场经济的产物,否定知识、反对传统,以享乐为自己的人生追求。但是,王朔的"顽主"们毕竟被定位为一群缺乏知识和素养的无业青年,他们的思想和行为方式更多地体现了狂欢时代人们的精神动荡。到新世纪,"顽主"形象从大众文化领域进一步蔓延至知识分子身上。严守一就是带有"顽主"色彩的知识分子,他虽然受到过良好的教育,但是和"顽主"相同,以玩世不恭的态度对待事业和婚姻。严守一仿佛 80 年代西方的"雅皮士",外表光鲜亮丽,但个人的享乐成为生活的目的,缺乏知识分子的批判精神。在美国,雅皮士的说法在 20 世纪 80 年代出现,专指一些"生活在都市的年轻的专业人员"。他们"年轻、生活在都市、职业发展向上流动,是美国当时充满抱负但焦躁不安的社会生活的典型代表"③。如果说严守一是表里如一的"顽主",那么费墨的形象则更加耐人寻味。作为大学教授的费墨,并没有全身心投入教学和科研工作,而是跟随严守一到处收受贿赂,还与女学生暧昧不清。与严守一不同,费墨注重外表,道貌岸然,然而内心活动却不免肮脏黑暗。费墨的改变,与其说是他的主动选择,不如说是在社会潮流和人群引导之下的被动变化。可怕的是,费墨本人并没有意识到自己的这种变化,在不知不觉中,他就随着时代从一个严肃的知识分子转变为娱乐人物,知识分子的形象也自此轰

---

① 刘震云:《手机》,人民文学出版社 2009 年版。
② 王朔:《顽主》,中国电影出版社 2004 年版。
③ Christopher Beach: *Class, Language, and American Film Comedy*: Cambridge University Press, 2002, p. 179. 克里斯托夫·比奇:《阶级、语言和美国电影喜剧》。

然倒塌。

二、落寞的知识分子

池莉的小说《生活秀》以在吉庆街卖鸭脖的女人来双扬为中心,描绘了鲜活生动的市民生活。来双扬的大胆、泼辣和民间智慧使得她的生活如鱼得水,不仅养活了一家人,还负担起了侄子的学费。相比之下,来家唯一受到高等教育的妹妹来双瑗成了小说嘲笑和讽刺的对象。从事媒体工作的来双瑗,得意于自己"女鲁迅"的称号,一心想出产轰动的大新闻,甚至不惜朝姐姐赖以生存的吉庆街下手,调动防暴队取缔小吃街。来双瑗平时也以自己的知识文化为傲,常常教导姐姐。与来双扬相比,来双瑗的敏感、高傲和脆弱让她无法对抗占据他们老房子的刘老师一家,也无法缴纳原单位的欠款,而这一切都需要姐姐为她解决。外表光鲜亮丽的来双瑗,事实上在面对市井生活时却不堪一击,不得不依赖姐姐的帮助。在姐妹的一场对话中,来双扬细数了自己这段时间办成的事情,包括老房子的产权,调和与父亲和后母、哥哥和嫂子的关系,为来双瑗还清欠款,还给侄子请了新的乒乓球教练,等等。而来双瑗写的新闻虽然使得吉庆街再次遭到了取缔,但是很快又恢复了原状,甚至更加红火了:"她全力以赴地做了档节目,以为可以改天换地,结果天地依旧。"[①]知识分子的事业和野心,在卖鸭脖的来双扬眼里,不过是一场毫无收效的徒劳。当来双瑗表示自己将做一个甘于寂寞的人时,又受到了来双扬的讽刺。知识分子非但不能成为民间的精神领袖,反而在民间顽强的生命力面前完全败下阵来,不得不随波逐流,被藏污纳垢的民间世界所吞噬。被冠以"新写实作家"名号的池莉,向来关注底层琐碎的市民生活,《生活秀》与她90年代作品的不同之处,就在于主人公不再因为生活琐事的缠绕而丧失了热情和意志,转而握起冲锋的号角,成为与生活斗争的英雄。来双扬集合了底层市民身上的锐气、韧性和胆识,不

---

① 池莉:《生活秀》,上海文艺出版社2006年版,第72页。

再拘泥于世俗事务,反而征服了世俗生活,成了真正的胜利者和超脱者。相反的,她的妹妹却以知识分子的身份向生活投降。

池莉2007年的长篇小说《所以》①几乎是一曲知识分子的挽歌。小说中的叶紫是武汉大学中文系毕业的才女,却连连遭遇了男人的背叛,不得不为了生计去改编水平低劣的剧本,最终落下了悲惨的结局。知识分子和女性这两个标签,使得叶紫的性格里有了清高和不妥协的成分。她不满意文化水平不高的初恋男友,对没有共同语言的军官丈夫更是失去了激情,她的外遇对象看似与她志同道合,但实际上还是一个玩弄女性、不负责任的人。池莉将对男性的仇视折射在女知识分子叶紫身上,在突显没有地位的女性悲剧命运的同时还揭示了知识分子的劳动不受尊重的社会现实。伴随着女性的命运变迁,池莉将中国四十年来的社会环境变化作为小说发生的背景,再一次反映出知识分子在不同社会环境中的地位。在政治局势紧张的时段,知识分子是被压迫的对象;当政治情势缓解之后,随之涌来的商品经济浪潮再一次将知识分子推入了边缘地位,网络等新技术的出现,在小说中也成了压垮叶紫的最后一根稻草。

三、乏味的知识分子

方方的小说《惟妙惟肖的爱情》是对她90年代的几篇关注知识分子的短篇小说的改写。书中的双胞胎惟妙、惟肖,前者读书读至博士,并成为大学教授,后者没上大学,凭借做生意获得万贯家财,最后竟也谋得了博士学位。小说处处显示着在新的社会环境影响下发生巨变的大学校园。工程学、经济学等实用学科的教授很快成为市场的同谋,历史、文学等人文学科却由于脱离经济环境而遭到鄙夷。惟妙、惟肖的父亲禾呈一生辛苦研究历史,却不得不自己买书号出书才评上副教授,依靠妻子以自杀相威胁才在退休前获得了教授职

---

① 池莉:《所以》,人民文学出版社2007年版。

称。而禾呈的表姐没有任何学位,因为商业上的成功被校方聘为教授、博导。小说中的知识分子,即禾呈和长子惟妙,因为没有经济实力而处处成为被嘲笑、讽刺的对象,原本介绍给惟妙的女朋友也转而投向弟弟的怀抱,因为"博士又怎么样?博士强在哪里?他们两个长得差不多,一个是书呆子,穷得跟爹妈住在一起。一个有钱又好玩,我为什么不选择这个?再说了,博士智商高情商低,不解风情,除了能满足虚荣心,其他的一概都满足不了。到头来,虚荣心不也都没了?"①面对两兄弟不同的生活境地,父亲禾呈的内心也发生了改变,甚至在考虑未来孩子的姓名时,不再从字典中选取优雅的汉字,而开始考虑妻子所起的名字"有权有势"。小说的结尾,两兄弟都离婚了,不同的是惟妙遭到了妻子的背叛,惟肖却是抛弃了妻子找了年轻漂亮的明星。知识分子完全沦为权力和金钱的笑柄,他们不但不为之斗争,反而逐渐依附于金钱和权力,身体和思想上都发生了改变。在小说《万箭穿心》中,方方在塑造坚韧的女性李宝莉的同时,还塑造了李宝莉的丈夫、公婆、儿子等受过高等教育的人物形象。与李宝莉相反,这些人物懦弱、胆怯、冷血。丈夫马学武因被妻子告发了自己通奸的事实而自杀,自此,公婆和儿子小宝都将李宝莉视为最大的仇人,在使用她的钱度日的同时,给她的心灵造成了极大的伤害,儿子更是在工作之后将李宝莉赶出家门。当李宝莉为了凑齐儿子的大学学费不得不一再出去卖血的时候,她的好友忍不住指责公婆这些年来的不负责任:"你们是知识分子,怎么做,自己看着办!"②空有"知识分子"名号的公婆,不仅未能担负起养育家庭的重任,还对一直辛勤付出的李宝莉冷嘲热讽,也培养出了冷酷无情的儿子。与之对比,在李宝莉处在困难时期时,对她伸出援手的总是没有受过教育的万小景、建建、何姐。没有血缘关系的朋友的热忱,与血浓于水的亲人的冷酷,这两者所产生的强烈对比和反差贯穿了整部小说。在书写底层女性与生活抗争的蓬勃的生命力的同时,方方也对知识分子做出了嘲讽和批评。

---

① 方方:《惟妙惟肖的爱情》,《花城》2014 年第 2 期。
② 方方:《万箭穿心》,《北京文学》2007 年第 5 期。

事实上，在90年代，方方就已经开始关注知识分子问题，小说《定数》中的肖济东就是循规蹈矩的知识分子典型，他因为没评上副教授，决定挑战自己，放弃了高校的工作，反而当起了出租车司机。他的举动惹恼了大学里的同事："同事们愤怒的程度远远超过了前不久大钱做第三者插足他人家庭的事件，因为前者不丢知识分子的份儿，那女人死活要和大钱好，不想跟他当小商贩的丈夫，说明她有眼光，是历史在进步。可肖济东这算什么？这不明摆着向世界宣布：大学老师还不如一个司机么？"①无人关心肖济东辞职的原因，反倒对他损害了知识分子所谓的面子而愤愤不平。肖济东当了司机以后，被摔倒老人讹诈，被警察刁难，替他解决问题的不是台湾富商，就是在警察局有关系的研究生。而肖济东本人，无论作为司机还是作为知识分子，都无力自己解决这些问题。当上出租车司机后，肖济东因为有车得到了妻子和孩子的赞扬，在家庭的地位也提高了，这也是他做教师这么多年未能获得的赞誉。一名知识分子，在学校得不到领导和同事的赏识，反而在开上出租车之后更全面地认识了社会。方方在小说中对知识分子极尽讽刺，不仅是肖济东，大哥的吝啬、系主任的虚伪和同事的凉薄无一不在展现当前高校的学术环境和生存境况。知识分子不但被飞速发展的经济形势甩在身后，成为老板、官员们的附庸，而且成了普通百姓调侃的对象。当肖济东因为同事大钱的死而重返学校的时候，他被当成了下海回归、甘守清贫的典型，肖济东本人对这种说法嗤之以鼻。小说中，知识分子恪守的人道主义与学术精神早已消散，精神世界的垮塌、理想和情怀的破灭导致了他们生存理想的丧失，留在高校不再是为了教书育人和学术钻研，而仅仅是一种必需的生存方式，而这种生存方式与当司机、做生意并无两样。

张抗抗的小说《作女》②因为切中了都市女性的生存方式，发表之后即受到了广泛的讨论。小说中的卓尔是一个不甘于平凡生活的女性，她不断地更换

---

① 方方：《定数》，《山花》1996年第3期。
② 张抗抗：《作女》，作家出版社2009年版。

工作,外出旅行,挑战极限运动,通过一再更改生活的常态,体验新鲜事物带来的刺激,她热情洋溢、充满活力,是男性眼中理想的情人对象。小说充满了对卓尔这种不妥协、不甘心、不后悔、不认命的独立都市女性的溢美之词,同时,对安于平凡生活的知识分子则充满了讽刺。卓尔的前夫刘博是一名大学教师,他工作兢兢业业,维持着自己的生活节奏。在卓尔看来,丈夫的生活无聊而乏味,每天吃同样的菜色,就连夫妻生活的节奏也保持着一致性。刘博作为一名专职科研人员,计划性、规律性的生活是他完成科研项目的保证,高度的自律使得他在妻子的眼中失去了魅力,最终两个人以离婚收场。事实上,卓尔和刘博的离婚,源于两人不同的生活态度和生活习惯,但是小说却对刘博极尽嘲弄,将他视为乏味、无聊的知识分子代表。而处处寻求刺激的卓尔,则被视为对生活充满了激情,"作"成为一种褒义词,成为对平凡生活的不屑和反抗。知识分子在大众眼中又一次成为无趣的人,大众不再愿意了解他们的精神世界,不愿与之进行思想的交锋,规律的生活节奏无法应对光怪陆离的新世纪,知识分子也落入被鄙视、被贬低的边缘地位。人们常常将《作女》视为新世纪女性主义的作品,研究者往往也愿意从性别角度切入研究,然而恰恰忽略了小说中无处不在的反智现象。小说的结尾处,卓尔设计了一个展出方案,将珠宝翡翠冻在冰块之中,放置在露天公园里对外展出。这个情节显然是对90年代行为艺术作品《冰·96中原》的化用。《冰·96中原》由艺术家王晋创作,1996年在河南郑州展出,为了庆祝之前失火的百货公司的重新开业。该艺术作品由长达30米、高2.5米、厚1米的冰墙组成,百货公司的几百件商品交叉封冻在冰墙里,根据主办方的说辞,这座冰墙表现"一片冰心在玉壶"之意,象征百货公司将用圣洁的"冰心"来回馈消费者。王晋提出了这件艺术作品的设计初衷,将物品冻结在冰块中,既对之前发生的火灾表达了合理的解释和相应的应对措施,也期望用冰克火的常识原理,传达给大众一种更为理性的消费理念,给日益激烈的商业战争和愈发白热化的高消费热潮降温:"重要的不是冰的存在时间长短,而是被冰凝冻洗礼过的社会消费物质品性重新呈现出来的这一时刻。"①讽刺的是,王晋意在呼吁消费理性的艺术作品,在展出之后就被围观的市民哄抢一空。在张抗抗的小说里,卓尔设计的会展方案同样吸引了许多市民的注意,这一方案不但将美玉展出,还雇用一群年轻貌美的模特增加了展出的戏剧性效果。展出的最后冰块碎裂,然而策划者却并不担忧,因为他们拿出来展示的商品,实际上是仓库里滞销的库存,他们自愿将这些不值钱的滞销品赠送给市民,不但清空了库存,还给品牌带来了良好的口碑。王晋的艺术原作和张抗抗对它的艺术再造,在偶然间揭露了知识者、艺术家与大众之间的关系。王晋希望将自己的艺术思想传达给大众,希望通过这次结合,能用艺术的纯净洗涤商业社会的肮脏,并以理性的姿态对消费者做出提醒。可是,消费主义的热潮早已不受控制,并非区区几个艺术家就能够扭转,将艺术带入消费领域,只能造成艺术与消费的同流。艺术家、知识者试图将自己的知识冰封起来,起到提醒和警示的作用,却惨遭大众的哄抢,作品的艺术价值如同融化的冰块一般蒸发殆尽,而原本作为道具的商品却喧宾夺主,成为大众真正在意的目标。张抗抗在《作女》中对这一艺术行为的创造性改编,从另一个角度提出了知识者与大众的博弈。策划者将滞销的商品冰封,借此吸引大众,最后,大众得到了商品,而策划者也获得了广告效应。这个场景比真实的案例更具戏剧性,大众表面成为被愚弄的对象,但是愚弄大众的最终目的却又恰恰是获得大众的赞许和肯定。艺术家、知识者、领导者等所谓的都市"精英",在遭到大众无情的嘲弄和讽刺之后决定顺势而为,加入消费社会的洪流,甘愿以艺术作品为外壳衬托一系列商业行为。而知识者、艺术家们,也为自己终于抛却了独立的艺术品格,成为消费时代的一员而沾沾自喜。波德里亚在《消费社会》的结尾总结道:"消费是个神话。也就是说它是当代社会关于自身的一种言说,是我们社会进行自我表达的方式。在某种程度上,消费唯一的客观现实,正是消费的思想,正是这种不断被日常话语和知识界话语提及而获得了常

---

① 王晋、姜波、郭景涵:《关于〈冰·96 中原〉的文化语义》,《美术研究》1996 年第 3 期。

识力量的自省和推论。"①当社会的"消费"属性成为社会生活的首要原则时,人们不得不改变表达自我的方式,消费成了表达的手段,消费的主体大众也自然成为时代的中心。时代精神早已成为不被注意的边缘领域,知识分子自然失却了话语权,他们在被嘲弄和讽刺之后加入了大众和消费的潮流,不再关注人们的精神世界,而将专业知识转而运用在消费的表象之上。

法国社会学家布尔迪厄致力于研究社会生活的多种深层结构以及这些结构得以形成和再生的原因。他的"场域"理论注重文化品位在形成和巩固不同社会阶层中的重要作用。布尔迪厄认为,场域作为一种社会关系结构,对进入其中的任何元素都有制约和改造的作用。权力是场域的重要组成部分,也是人们在场域中争夺的对象。在解释不同场域之间的关系和区别的时候,布尔迪厄采用了"惯习"(habitus)的概念,他认为惯习是历史产生的,规定个人和集体行为的统一原则。② 惯习影响了人的生活习惯和行为方式,同时也成为区分阶级的一种文化指标。布尔迪厄在其阶级理论中将一群具有相似生活习惯和生存条件,并受到相似的约束的人视为同一阶级,他认为法国社会由统治阶级、中间阶级和工人阶级构成。在他看来,不仅经济资本是区分阶级的重要指标,文化资本在区分阶级方面也有着不可忽视的重要作用。因此,大学教授等知识分子被布尔迪厄划分为统治阶级的一个部分,然而,在进一步的细分中,他们又成了"统治阶级中的被统治阶级"。与资本家们奢侈享乐的生活方式不同,因为经济条件的差异,知识分子的惯习往往具有禁欲的色彩。通过调查研究统治阶级内部不同人员的饮食、就医、奢侈品购买、娱乐休闲和后代教育等各个领域的消费习惯,布尔迪厄认为知识分子和资本家的惯习具有较大的区别,他将知识分子的惯习称为"禁欲贵族主义"(ascetic aristocratism):"他们有条不紊地进行着最廉价、最严格的休闲活动,并参与严格的,甚至有些严厉的

---

① [法]波德里亚:《消费社会》,刘成富、全志钢译,南京大学出版社 2000 年版,第 227 页。
② Bourdieu, Pierre: *Outline of a Theory of Practice*. Trans. Richard Nice Vol. 16.Cambridge University press,1977,pp. 82 – 83.皮埃尔·布尔迪厄:《实践理论概述》。

文化实践活动。"①知识分子文化品位和经济条件的差异,使之成为一个矛盾的存在,极易成为权力的附庸。布尔迪厄指出,知识分子身上存在着矛盾性和两面性,"想要获得知识分子的名号,文化生产者必须满足两个条件:一方面,他必须属于一个独立的知识产权的世界(场),独立于宗教、政治和经济等外界力量;另一方面,他必须在政治活动中投入自己在知识场中获得的能力和权威,这必须在知识场之外进行"②。知识分子的两面性以及与政治不可分离的关系,致使知识分子始终难以摆脱权力的阴影,成了"统治者中的被统治者"。周宪认为,知识分子往往处于权力关系的复杂结构中间,同时也不得不在文化生产中扮演相应的角色,他们看似掌握权力,其实只是"统治者中的被统治者","他们是'统治者的一部分',这是因为他们手中掌握了相当的文化和象征权力(或手段),他们拥有相当的文化资本;但他们又是'被统治者',因为相对于掌握政治和经济权力的人来说,他们的影响是有限的和受到制约的"。③ 然而,布尔迪厄笔下知识分子的困惑和挣扎,在中国新世纪以来的文学作品中,往往被作者简化为对权力的依附与膜拜,具有明显的反智倾向。在这些作家笔下,知识分子身体世界的堕落和精神世界的褪色几乎同步进行。面对商品经济的攻击,知识分子很快缴械投降,成为金钱的追逐者和崇拜者,并且利用自身的文化资源换取经济利益,甚至不惜转变、扭曲自己的文化观念。面对政治高压,知识分子也不再有 80 年代的蓬勃的批判欲望,而是悄然投身于权力门下,将知识的象牙塔全面开放为权力运作的场所。面对自身,知识分子从 80 年代的自我批判,到 90 年代的自我否定,在新世纪迎来了全面的放弃和消解,他们不

---

① Bourdieu, Pierre: *Distinction: A social critique of the judgement of taste*. Harvard University Press, 1984, p. 286. 皮埃尔·布尔迪厄:《区分:判断力的社会批判》。

② Bourdieu, Pierre; Gisele Sapiro, and Brian McHale: "Fourth lecture. Universal corporatism: The role of intellectuals in the modern world." *Poetics Today* 12.4 (1991), pp. 655–669. 皮埃尔·布尔迪厄等:《第四讲:知识分子在现代社会中的作用》。

③ 周宪:《知识分子如何想像自己的身份——对于知识分子社会角色的若干定义的反思》,《知识分子与社会转型》,陶东风主编,河南大学出版社 2003 年版,第 21 页。

再将自己视为社会精神文化的引领者，反而一步步后退，不但乐于与大众为伍，甚至开始崇拜具有顽强生命力的底层民众，也受到了民众的讥讽与嘲笑，或是成为带着知识分子面具的商人或从政者，或是沦为无趣、呆板、不懂变通的代言人。

第三章　"大学叙事"与新世纪小说艺术表现中的反智现象

随着高等学校数量的增加和规模的扩大,大学题材小说的数量在新世纪开始快速增长。小说作者不仅有专业作家,而且有高校教师和学生。作为知识分子题材的分支,大学题材小说在新世纪数量上的增长,说明高校教授、学生的生活开始逐渐进入作家群的关注范围,然而,小说创作上的种种缺憾和不足,也暴露出大众对大学的片面认识。在新世纪的知识分子题材小说中,大学、教授往往会被"污名化"。高等学校的招生、评奖、申请项目、申报博士点等日常工作,往往在文学作品中被表现为权力和金钱的战场。在大学失去纯洁性的同时,大众眼中的教师也从教授变为"叫兽"。他们不再是传道授业解惑的领跑者,也不是宣传科学文化的启蒙者,反而成为道德败坏、唯利是图的投机者。只要细查此类知识分子题材的小说,就能够发现其中隐藏的反智倾向。作者们一再声称,小说取材自真实的生活经历,许多作者本身也确实是大学教授,可是这些作品却未能避免艺术表现上的单一性和平面化,显得千篇一律、面目模糊。陈平原长期关注大学问题,他的系列著作兼容历史与现实,对大学科研、教学的现状都提出了自己的担忧。在他看来,学校在追求科研成果的同时,也不能忽略大学精神的建设。大学精神的内涵不能一概而论,也不会静止不变,而是不断随时代向前发展。陈平原表示,当代中国大学想要向西方靠拢,还有很长的路要走:"第一,中国大学要想成为世界一流,任重道远;第二,提升中国学术水平,不能急火烧心,更忌乱吃补药;第三,过多的规划、检查与验收,过于频繁的学术评奖,不利于学术的发展。"①在学术圈几十年的学习与工作,让陈平原发现了中国大学过分世俗化、标准化的倾向,"五四"时期形成的平等、民主、自由的校园文化,也随着新建校舍、扩大招生而渐渐失落。这些现象反映在文学作品中,就形成了所谓"大学叙事"的书写模式。陈平原认为,在当代文化环境中,既存在俗不可耐的大学教授,也存在满怀激情的大学学生,文学艺术家可以根据自己的喜好,书写大学生活的侧面:"描述大学生活,无论是讽刺,还是讴歌,是怀旧,还是幻想,都可能同时被文学史家与教育史家所关注。在这个意义上,众声喧哗的'大学叙事',其实是很幸运的。"②但是,新世纪文学中的大学叙事,真的"众声喧哗"吗？事实上,叙述模式的重复、人物形象的雷同、故事结构的简陋使得新世纪文学中的大学叙事呈现出非常相似的模糊面目,不但未能展现大学的整体面目,反而成为作家嘲笑知识、挖苦知识分子的证据。新世纪大学叙事看似热闹非凡,但是,深究其内容就能发现叙述审美上的单调。为了获取大众的阅读兴趣,作者在叙述上更加简单化、通俗化,小说在失去深度的同时也丧失了审美表现力,而这些都显现出作者对高等院校真实生活的理解偏差。

第一节 重复的叙述模式

在艺术表现方面,新世纪大学题材小说存在的最主要问题是叙述模式上的重复。作者往往将大学预设为丑恶事件的集聚地。将大学"污名化"成为小说普遍的思想情感。在这一预设之下,大学题材小说的叙述模式也形成了套路,"奋斗—妥协"成为这类小说的主要叙述模式,而"富有—贫穷"、"金钱—道德"、"诱惑—自制"等主题常常成对出现,构成了小说的主体内容。因而,新世

---

① 陈平原:《大学何为(修订版)》,北京大学出版社 2016 年版,第 25 页。
② 陈平原:《文学史视野中的"大学叙事"》,《北京大学学报(哲学社会科学版)》2006 年第 2 期。

纪以来的许多小说由于其相似的面目,也失去了对读者的吸引力。

一、"污名化"大学的叙事腔调

污名(Stigma)问题早已存在于在社会生活的各个领域,而对其进行系统的研究是从美国学者戈夫曼开始的。"污名"被戈夫曼定义为人在人际交往中所具有的一种"丢脸"的特征,这种特征来源于生理或心理上的特定属性。《污名——受损身份管理札记》一书介绍了人际关系中"污名"的类型和存在方式,以及蒙受污名者遭受污名以后的反应。戈夫曼没有精确定义污名的含义,这个概念在成为社会科学的核心概念之后,其含义也在一直发生变化。斯塔福德和斯科特提出,污名"是人的一种违背社会规范的特质",这种社会规范被定义为"人在特定时间内,以特定的方式形成的共同信念"。克罗克等人认为,蒙受污名者往往拥有某种属性,这些属性在特定的社会背景下会受到贬斥和否定。琼斯等人提出的定义更加广为人知,他们吸收戈夫曼的观点,认为污名存在于个人属性和刻板印象(Stereotype)两者的关系之中,污名如同一个标记(Mark),将人与其不想拥有的刻板印象相互联结。[①] 琼斯等人对污名的"刻板印象"理解,一度成为解释污名的主要理论。污名,本质上是由于刻板印象而造成的一种主观理解,这种理解很可能片面放大了某些负面的内容,从而具有以偏概全的缺陷。有学者认为,刻板印象理论"与具体的个体认知、态度、言行相契合,关注了污名(刻板印象)形成和作用赖以发生的社会文化、情境的影响"[②]。在新世纪大学题材的小说中,对教授、学者、知识、知识分子的贬低和否定,恰恰显现出琼斯等"刻板印象"派对污名的理解。知识者身上所具有的个别特质,在这些小说中被片面地放大,造成小说的整体叙事呈现出"污名化"大学、"污名化"知识分子的状况。

---

① Bruce G. Link and Jo C. Phelan: Conceptualizing Stigma, *Annual Review of Sociology*, Vol. 27 (2001), pp. 363–385. 布鲁斯·林克和费伦:《污名的概念》。

② 姚星亮、黄盈盈、潘绥铭:《国外污名理论研究综述》,《国外社会科学》2014年第3期。

以"大学"为题的几部小说《站在河对岸的教授们》（倪学礼）、《大学门》（倪学礼）、《大学潜规则》（史生荣）、《大学之林》（朱晓琳）、《大学轶事》（南翔），将小说背景设置在大学校园之内，描写了高校申报博士点、评职称和竞争行政职务的种种黑暗丑恶的现象。由于拥有较高的社会地位，大学教授们本应该受到社会各界的尊重，但是，在这些小说中，他们却成了负面形象的代表，深陷权力斗争和金钱美色之中不能自拔，纯洁如象牙塔般的大学校园也成为乌烟瘴气、藏污纳垢之所。《站在河对岸的教授们》以申报博士点的前前后后为表现内容，描写了大学生活的冰山一角。作者极尽所能，戏剧性地夸大了申报博士点过程中的种种权力争斗，看似平静祥和的大学校园中的暗潮涌动让人不寒而栗。为了申报博士点，E 大不得不在短短十个月内，从几乎一张白纸的状态中准备一套充满说服力的申博材料。最终，凭借几位教授的分头努力，E 大竟完成了一份令人咋舌的材料，作者事无巨细地罗列了所有的细节材料，以显示申博过程的烦琐和校方艰难的运作过程。① 在这份材料中，所有的教授都被纳入其中，他们的职称和职位也被夸大了。不仅如此，虚构专业历史、夸大科研经费、捏造国家项目，甚至连实验室的面积和图书馆藏书的数据都是无中生有的。这种虚假的申博材料，一方面表现出高校为了获得博士点无所不用其极的行为方式，另一方面也体现出国家的评价体系所提出的苛刻标准给高等学校的升级设下了障碍。申报博士点所需的各种烦琐条件，虽然给高校的申报设置了门槛，但是也为其夸大和捏造材料提供了便利。不单这样，作者对 E 大教授在申博过程中的请客、送礼、造假甚至美色交易和权力斗争都大肆书写，大学校园成了丑陋的权力场。

如果说《站在河对岸的教授们》注重大学教授集体的丑陋行径，那么《大学潜规则》则更加注重个人奋斗的变化历程。普通教师申明理买房以后，生活压力陡增，不得不希冀通过考博士增加评职称的砝码，获取更多的经济支持。然

---

① 详见倪学礼：《站在河对岸的教授们》，《十月》2005 年第 5 期。

而,精心备考未能让他获得入学资格,反而是硕士生朱雪梅在幼儿园工作的姨妈找了关系,才让他重新上榜。博士考试讽刺性的录取结果揭露了高校考试的不公正现象,校长的解释更让人哭笑不得:"办这个在职博士班,本来就不是给你们办的,给你们办这样一个班,我们不会办,上级也批不下来。"他甚至赤裸裸地表示:"如果领导不上这个博士班,也就不会有这个博士班。"①在权力的博弈中,博士班赤裸裸地成为领导晋升的加分项。而另一个层面上反映出的现象更值得深思,即中国博士生的质量已然远远跟不上数量的增长。当博士学位成为加官晋爵的条件时,知识分子这个称号也开始具有嘲弄的意味,知识阶级也显然不再能够成为大众尊敬的对象。《大学之林》②同样关注象牙塔内的权欲之争,同时也涉及高校内普遍存在的中外文化冲突问题。在本校学习工作几十年的俞道丕和海归博士薛人杰在外语学院院长的竞争中各显神通,一个利用自己国内多年的人脉关系,一个运用海外的教学资源,展开了争夺院长之位的斗争。在两人的较量中,金钱利益和海外资源成为院长之位的衡量标准,而学术水平和管理水平则被弃置一旁。在高校艰难的体制转型中,接纳具有海外背景的学者原本是增加新鲜血液、提升高校竞争力的有力手段,但是现在却越来越被视为争权夺利的捷径。高校为自我发展、自我提升而对外打开了大门,却一再被少数人加以利用获取私利,这样一来,大学逐渐失去了其最为重要的精神内涵。当淡泊名利的老教授尹夕寒交出核心刊物《英语教学研究》的编辑大权时,严谨公平的治学之道也随之远去,大学再一次成为争权夺利的名利场。

南翔的《大学轶事》对存在于大学校园之内的各种事件进行了全面的点评。小说几乎涵盖大学所能涵盖的全部教育领域,无论是博士生、硕士生,还是本科生、专科生、成人班,甚至校长们,都成为小说所表现的对象。小说中的大学,是权力与金钱的角斗场,却恰恰不是读书学习的神圣之所。在大学被

---

① 史生荣:《大学潜规则》,人民文学出版社2010年版,第122页。
② 朱晓琳:《大学之林》,上海文艺出版社2007年版。

"污名化"的同时,知识也遭受了污名,成为权力的代名词。《博士点》里的郝建设,尚未获得博士学位,仅仅是一个在报社的实习生,就已经能够为家乡的煤矿销售工作起到作用。矿长和郝建设的父亲将振兴家乡煤炭经济的希望寄托在郝建设身上,他们看重的也远远不只是他的博士头衔,而是在其背后所蕴含的强大的权力力量。郝建设临近毕业,他择业的首选并非留校做学问,而是希望能在官场或是新闻机构谋得一个职位。他的导师郁老师一心学术,却临到退休还没有经费举办一场科研会议,而同是博导的范老师,由于与地方官员之间千丝万缕的关系,在科研之余,已经在大操大办自己的个人书画展览了。可笑的是,当知识与权力直接挂钩,知识被污名为权力的附庸的时候,知识的力量反而得到了重新认识。郝建设正是在办事期间体会到了知识的重要性:"博士点的潜在价值,决不止于学问,它作为学问的塔尖,更多的是一种象征,它作为身份的标识,却可以兑取力量、权力与利益。"①在《大学轶事》中,知识自身的价值被忽视,而其使用价值则被放大,成为利益兑换的筹码。同样,史生荣的《教授不教书》也塑造了一批不管学术、一心赚钱的教授形象。博士生导师万中合一心一意研究草原鼠害防治,生活清贫,连买房子都要四处借款,还常常受到妻子的数落。同事朱世贤却凭借养狗场赚取了大批资金,开上了轿车。万中合为了获取经济利益,效仿朱世贤操办了花草公司,公司还没有开始经营,就准备借用公司资金谋取私利,装修房屋。他将嘉奖他科研成就的证书锁进了柜子,"办了公司当了经理,学术上的事自然要放弃一些,学术水平高低,别人也不会再去评说,要评说的是公司挣了多少"②。在小说中,金钱取代学术水平成为衡量事业成功的标准。朱世贤兴办养狗场赚取了大量资金,不但处处享乐,更是与结发妻子离婚,迎娶了万中合的女儿。而万中合成为花草公司经理之后,不但自己常常受人巴结,妻子也官运亨通,一路青云直上。小说一再提及知识与金钱相互牵绊的关系,知识可以换取金钱,金钱也可以反过来购

---

① 南翔:《大学轶事》,花城出版社2001年版,第52页。
② 史生荣:《教授不教书》,《中篇小说选刊》2001年第3期。

买象征着知识与知识分子的博士头衔。朱世贤就希望能够报考万中合的博士,而他读博士,并不是赚钱之余的精神追求,而是为了获得头衔之后更加方便、快捷地攫取金钱:"在社会上混,光有金钱不行,光有学问不行,光有头衔也不行。把这三者结合起来,就所向无敌。"史生荣小说中深谙这一道理的教授们,将教师的本职抛至一边,一心一意钻研赚钱的方法,大学校园也被污名化为污浊的名利场,成为金钱的附庸。

鲍曼著名的《立法者与阐释者》一书梳理了知识与权力的共生现象,鲍曼提到,在拥有知识就是拥有权力的时代,现代社会已经完成了从"荒野文化"到"园艺文化"的转变,社会的主导权以及时间空间的控制权等经历了重新分配,形成了一种新的统治结构,知识和统治力量开始相互交织,专家成为社会力量的主导者。民间文化的瓦解和新文明的建立"导致了一种对于专业'行政管理者、教师和"社会的"科学家'的新的需求,后者的专长就是改造和培育人类的灵魂和肉体"①。新世纪的大学校园,成为知识和权力绝佳的结合场所,"不教书"的新型教授,成为权力的合谋者。同时拥有知识和权力的人,成为现代社会的"园丁",社会下层的人民不由自主地开始向他们靠拢,也就因此而渐渐进入了大学校园,再次助长了校园权力文化的蔓延。20世纪90年代以来,无论是作家还是读者,都受到了消费主义文化的影响,私人经验取代历史经验,成为文学创作的主要来源。大学题材小说的创作者,既有身处高校的教授、学生,也有远离高校文化语境的其他作家。但是,他们的作品往往简单化、平面化,满足于对表象的揭露,而欠缺对原因的深层推敲。有学者批评,这种倾向正是这些作家为了取悦读者,而刻意简单化作品的行为:"它们一味地在解构大学的神圣精神,给其披上丑陋的外衣,或许是作者意图揭露这些顽疾因而给

---

① [英]鲍曼:《立法者与阐释者:论现代性、后现代性与知识分子》,洪涛译,上海人民出版社2000年版,第87页。

予着力渲染，以期降低写作的'不确定性'，从而获得读者的青睐。"①揭露大学黑幕的小说受到了读者的喜爱，读者的追捧转而再次刺激这些作者遵循相似的故事框架与人物设置，形成作者们集体"污名化"大学的叙事腔调。

"五四"精神鼓励人们走出"象牙之塔"，走上"十字街头"，脱离书斋，而亲身参与革命实践。在进入新世纪的今天，知识分子早已走出象牙之塔，如鱼得水地生活在了十字街头。但是此十字街头却拥有了新的含义，走向十字街头，成为一种鼓励知识分子向大众靠拢，向消费社会靠拢，甚至向经济利益低头的行为模式。与此同时，大众却渐渐开始产生走进象牙之塔，一窥其隐秘之处的愿望。越来越多揭露大学黑暗面的作品问世，与其说是为了提醒治学之人，不如说是为了媚俗读者大众。大学题材小说集体"污名化"大学，"污名化"知识与知识分子，是新世纪小说在叙事层面反智的一种重要表现。大学语境之外的作家，或许尚不了解大学的真实情状，他们通过道听途说和想象发挥，创造并夸大了大学的黑暗面，以期吸引读者的眼球。但是，身处大学机制之内的学者型作家的小说，也同样出现了浅薄化、污名化大学的现象。令人忧心的是，他们深谙大学的生存之道，却不能也不愿在简单的现象呈现之外，做出深入的思考和批判。他们或是与大学的腐败分子同流合污，或是自诩清高，事不关己地沉湎于治学的小天地，将知识分子的启蒙理想和责任意识弃置一旁。

二、雷同的结构方式

普罗普在《故事形态学》中对俄国民间故事进行分类分析，他认为角色功能是故事构成不可或缺的元素："角色的功能充当了故事的稳定不变因素，它们不依赖于由谁来完成以及怎样完成。它们构成了故事的基本组成部分。"②根据角色功能的不同组合，故事形成了种种有规律可循的不同形态。提炼故

---

① 雷鸣、赵家文:《消费文化与20世纪90年代以来大学题材小说的叙事成规》，《文艺评论》2014年第1期。
② ［俄］普罗普:《故事形态学》，贾放译，中华书局2006年版，第18页。

事的基本要素,有助于精准地分析出故事的结构方式,进而将故事进行有效的分类。普罗普又总结出神奇故事的角色功能的另外两个特点,即"神奇故事已知的功能项是有限的"和"功能项的排列顺序永远是同一的"。① 普罗普通过角色功能的提炼和列表总结,给每个角色功能冠以代号,总结出了民间故事形成方式的几种一般的公式。普罗普认为,"有很大数量的功能项是成对排列的(禁止—破禁、刺探—获悉、交锋—战胜、追捕—获救等)。另有一些功能项是分组排列的,例如:加害,派遣,决定反抗和离家上路构成了开场"②。借用普罗普的民间故事分析法,可以对"大学叙事"小说的一般规律进行观察。新世纪以来的知识分子题材小说尽管数量众多,类别庞杂,但是其中所包含的关键角色功能却非常类似。大学题材小说的主人公往往出身贫寒,来自偏远的农村,通过个人奋斗取得了硕士、博士学位,获得高等院校的教师工作。他们往往一开始踌躇满志,心怀抱负,但是在写论文、评职称的过程中,遇到了种种个人能力所不能解决的问题,致使他们不得不归顺权力或是甘守贫寒。大学题材小说的结局也往往雷同,主人公放弃了自己的道德操守,屈服于权力、金钱和美色。"奋斗—妥协"成为这类小说的主要功能项,"富有—贫穷"、"金钱—道德"、"诱惑—自制"等主题常常成对出现,而主人公的生活道路也往往呈现出"挣扎—妥协—随波逐流—堕落"的发展路线。这些小说强调,在庞大的社会压力面前,个人弱小而无力,个人的奋斗无法抵抗强大的社会潮流,最终只能放弃道德原则,成为金钱和权力的同流者。

以"奋斗—妥协"为主要结构方式的小说,往往采用第三人称的叙述视角,叙述者冷静、客观,同时也全知全能,故事中人物的命运早已被叙述者悉知。与此同时,叙述者的叙述顺序,也和事态的发展顺序一致,一般都简单地按照时间顺序依次进行,最多加上少许介绍主人公身世背景的片段。平淡的结构方式使得故事只能按部就班地向前发展,小说的结局也难以超出读者的意料,

---

① [俄]普罗普:《故事形态学》,贾放译,中华书局2006年版,第19页。
② [俄]普罗普:《故事形态学》,贾放译,中华书局2006年版,第59页。

给人乏味之感。不仅如此,这些雷同的小说,往往都满足于展现事态的表面现象,在铺陈了一系列发生在高等院校中的黑幕之后,并没有对其原因进行深入的推敲和深刻的批判。其实,许多小说的作者,本人也在大学任教,但是他们在书写作品的时候,并未把自己代入故事之中进行自我批判,反而跳脱出故事的语境,以旁观者的身份完成叙述的过程。或许作者们认为,第三人称的叙述方式更能够展现知识分子生存环境的全貌,但是自我反省的情节在这些小说中的集体缺席引人深思。知识分子失节的原因,被简单地归纳为体制和政策,知识分子个人本应承担的责任,也被作者有意无意地忽视了。

阎真的《沧浪之水》中的池大为,难以固守清贫的岗位,迫于生活压力而向现实屈服:"按说每个朝代的知识分子都是社会的最后一道道德堤坝,可今天这个堤坝已经倒了。连他们都在按利润最大化的方式操作人生,成为操作主义者。"①《活着之上》②中的聂志远也在挣扎之后毫不犹豫地进入追名逐利的队伍。阎真在小说中将知识分子放弃和沉沦的原因全部归结为社会环境的驱使。而知识分子本人,除了发出几声身不由己的感喟之外,并未深刻反省堕落的自身原因。史生荣的《所谓教授》、《所谓大学》、《大学潜规则》、《教授不教书》等小说,也是在这种模式之内的自我重复。在《所谓教授》中,以刘安定为代表的一群农业大学畜牧业专业的教授,原本一心研究学术,但是在个人发展方面遇到瓶颈,不得不放弃个人原则,寻求各种权力关系,最终一边研究动物生殖、胚胎移植,一边做着男娼女盗之事。吊诡的是,刘安定等人所在的兽医系,因为主要研究动物生殖,"人们便给他起了个绰号叫'下流',意思是说他的工作不雅,整天玩弄牛马的生殖器官"③。刘安定曾经为自己的绰号极力辩解,而他随后的行为方式却恰恰印证了教授与"下流"、"禽兽"之间的关系。《所谓

---

① 阎真:《沧浪之水》,人民文学出版社2001年版,第394页。
② 阎真:《活着之上》,《收获》2014年第6期。
③ 史生荣:《所谓教授》,春风文艺出版社2004年版,第2页。

大学》①里的马长有、杜小春夫妇，为了评上副教授职称，四处联络权贵，甚至主动献身。《大学潜规则》里的曹小慧夫妇沦为"房奴"之后，在经济压力之下，抛弃夫妻关系，屈从于金钱的诱惑。相似的故事架构套上不同的主人公，就摇身一变成为新的小说。雷同的结构方式使得小说的吸引力同样大大降低。张者的"大学三部曲"也存在着同样的问题。衡量导师的标准不再是学术水平和授课水平，而是社会地位、经济条件等能够为学生就业起到直接作用的要素。学术腐败、官商勾结、情色交易成了大学生活的常态。以邵景文为代表的教授们，刚开始就抛弃了文学这种没有直接经济利益的专业，转而攻读实用性较强的法学专业。邵景文在专业选择上的经济考虑，受到了学生们的赞成和效仿："社会上少了一个文学青年多了一个大律师还是划算的。"②以文学为代表的人文学科，原本是继承和弘扬大学精神的主力学科，在经济时代却也难逃被逐渐边缘化的命运。葛红兵《沙床》中的诸葛，就认为生命是一场徒劳的忙碌。在他看来，人生的全部经历都具有需要怀疑的理由，无论是完成学业、获得学位，实现了职业生涯上的晋升，还是改善生活环境，提高住房条件，甚至结婚和生养孩子的过程，都是不可靠的："这年头博士的卖价比猪肉还便宜，人家现在是批量生产博士；教授呢？是三年一聘的，房子是贷款的；儿子呢？恐怕要做一次 DNA 测定，才能确认是不是正宗吧。"③当生活成为任务进而走向虚无的时候，葛红兵笔下的知识分子干脆放弃了自我奋斗和努力，彻底沉沦，终日与美酒、美人和摇滚音乐为伴。《沙床》似乎继承了王朔"调侃一切"的叙述模式，用娱乐性消解了知识分子的严肃性。这种叙述模式带有反讽的表层特征却未能完成反讽的深层思考。在反讽的背后是深切的悲哀和严厉的批评，但是在调侃的背后，则只有彻底的放纵与沉沦。

陈平原把中国当代人文学者的命运分成三个阶段，其中，20 世纪初到 40

---

① 史生荣：《所谓大学》，作家出版社 2009 年版。
② 张者：《大学三部曲·桃李》，人民文学出版社 2016 年版，第 20 页。
③ 葛红兵：《沙床》，长江文艺出版社 2003 年版，第 37—38 页。

年代末是个体学术阶段,50 年代初到 80 年代前期属于计划学术阶段,而从 80 年代后期开始则完全进入了市场学术时期。① 随着经济体制的市场化,学术也随之进入了市场,人文学者不可避免地开始分流,形成了文化派人文学者和学院派人文学者:"撰写有独立思想而又为大众所接纳的文化评论并非易事;同样,在商品经济大潮中固守校园,从事相对纯粹的学术研究,也将步履维艰。前者主要是调整研究心态和叙述策略,一旦成功,经济收入可观;后者更符合原有的学术训练及社会期待,只是必须争取到足够的研究资金。"②高校校园里的学院派学者们,本应该成为学术传统的传承人,却因为职称评定和资源资金的压力,不得不抛下纯粹的学术研究,成为钻营生计的大潮中的一员。

　　新世纪以来的知识分子题材小说,之所以具有如此雷同的故事结构,原因之一是小说的作者身份问题。目前,众多知识分子题材小说的创作者,本身也在高校任职,这些"体制内"的作家,能够更加直接方便地观察到大学校园中的种种丑恶行径,并将观察到的现象艺术化为小说作品。格非、李洱、史生荣、南翔、老悟、阿袁等作家,都有在大学校园学习和任教的双重经验。相似的学术背景促使作家关注到了发生在不同大学之内的相似现象,以身边的知识分子为原型创作小说也就得来全不费工夫。与此相对的,另一批体制外的作家,与知识分子的工作和生活环境都有一定的距离,他们往往用自己的理解,结合新闻媒体的报道,架构了想象中大学校园里的知识分子生活状态。这种想象的来源比较单一,因此也难免片面,导致知识分子生活的某些部分被无限地夸大,而其他部分又被集体省略了。两类作者的不同观察方式集中起来,就造成知识分子题材小说结构方式上的千篇一律。当然,在市场化的今天,文学作品的市场效应也不能被忽略。许多文学作品的创作目的,早已从揭露社会问题,批判社会现象转而成为迎合读者的喜好。很大程度上,读者的阅读趣味对创作起主导作用。率先出版的几部所谓揭露学术黑幕的小说,在读者群众中引

---

① 详见陈平原:《当代中国人文观察》,人民文学出版社 2004 年版,第 24 页。
② 陈平原:《当代中国人文观察》,人民文学出版社 2004 年版,第 32 页。

发了较大反响之后，带来了一部分跟风之作。这些作品为了占据小说畅销榜，简单套用此前行之有效的创作模板，加剧了大学题材小说的雷同趋势。

　　事实上，新世纪以来，"奋斗—妥协"模式的小说并非不存在批判意识，它们的批判意识主要集中在两个方面，一是对大学体系的驳斥，二是对社会环境的揭露。首先，对大学体系的驳斥，是最表层的一种批判。高等院校改革以来，大学内部形成了一套体制化的行为模式，大学中的各项活动都受到体制的制约。在多部大学题材小说中，申报博士点都是展现大学污浊氛围的重要情节，也是作品中反智情节暴露得最为突出的部分之一。但不能忽略的是，正是教育部和各高校将博士点数量的多少作为衡量大学学术水平高低的标杆，才导致各个学科的领导不惜一切代价也要取得建设博士点的资格。为了满足申报博士点的各项要求，各级学科领导不得不采取夸大、伪造材料的做法，以使得本校在激烈的竞争中获取有利地位。同样，大学青年科研人员的职称评选制度也是各部小说诟病的对象。一整套以论文、课题为中心的职称评价体系，驱使青年教师牺牲备课授课的时间，以获取足够多的科研成果。不仅如此，大学还设置了一套冗杂的行政管理机制，在管理和限制知识分子学术自由的同时，给知识分子提供了加官晋爵的诱惑。"奋斗—妥协"模式的小说，从不吝啬对大学体例的批判话语，并逐渐将这种批判话语引向了对整个社会环境的批驳。20世纪90年代以来，受消费文化的影响，知识成为商品，文化成为生产力，大学教授与其知识水平一道，被外部社会明码标价。经济收入的高低成为衡量学术水平的标准，教授纷纷落入官场和商海，以期在商品社会谋得一席之地。许多小说通过主人公"奋斗—妥协"的过程，批判社会扭曲的价值立场和唯利是图的恶劣环境。但是，作为知识分子题材小说，不能忽视的另一种批判意识，是对知识分子自身的批判。这些在大学任教的作家们，应该具有将自己代入小说的勇气，通过小说反省自身。但是，这样的反省和批判却很难看到。自省意识的缺失，造成小说完全沦为对知识分子的批判性文本，也是文学上的反智表达。

第二节　单调的审美体验

当机械复制成为新世纪文学生产的主要方式的时候,文学作品的丰富性和多样性也被破坏,在审美上就表现为扁平化的人物形象和新闻化的故事构成。新世纪小说往往从负面表现知识分子,注重凸显知识分子的懦弱、虚伪、道德败坏和学术腐败。"五四"小说中表现出的知识分子情感上的矛盾与纠结被忽略,雷同化、脸谱化成为新世纪小说知识分子形象的主要特征。不仅如此,创作素材的匮乏致使作家直接挪用社会新闻作为小说的情节内容,使得文学作品不但没有"高于生活"的精神升华,反而具有模仿生活的嫌疑。

一、扁平化的人物形象

在小说人物的塑造中,知识分子由于其精神世界的丰富性和复杂性,常常表现出矛盾、纠结的心理状态。在"五四"作家笔下,知识分子面对严峻的战争环境,在"救亡"与"启蒙"的双重压力下展现出人性的力量和精神的火光。魏连殳、倪焕之那种个性鲜明的知识分子形象,在新世纪以来的知识分子题材小说中已经消失不见,取而代之的则是一批平面化、脸谱化的知识分子。作家们不再深入调查体会知识分子的生存现状,而是仅凭社会的固有观念塑造人物,加上对广大读者群体喜好的迎合,小说中的知识分子呈现出千篇一律的个性状态和生活轨迹。学术腐败、权钱交换、情爱诱惑几乎成为新世纪小说中知识分子的普遍行为方式。相当的小说作品中的主人公都似曾相识:"他们都在情感上自私或放纵,身边有一个或几个爱得死心塌地又令人感觉莫名其妙的情人,他们在现实利益面前一律显示出趋利避害的本性,他们有大致相同的处世哲学和成功的路径。"[①] 而这些小说之所以在创作上呈现出十分相似的面目,是

---

① 王卫平、鲁美妍:《新世纪高校题材小说的创作缺失》,《山东师范大学学报(人文社会科学版)》2010年第4期。

因为作者对其所塑造的人物没有基本的了解和调查，更是缺乏思想层面的理解和心灵上的交流。

福斯特在《小说面面观》中讨论了扁平人物与圆形人物。福斯特认为，"真正的扁平人物可以用一个句子表达出来"，而扁平人物的优点是"容易辨认"和"事后容易为读者所记忆"。[①] 小说中扁平人物的性格一般相对单一和固定，不太会随着环境而改变，因此容易受到作者的控制，也容易给读者留下深刻的印象。扁平人物如同漫画一般，在表现小说的喜剧性效果方面具有天然的优势，然而一旦触及带有悲剧意识的严肃的文学作品，扁平人物就显得有些力不从心。显然，采用扁平人物的描写方式塑造新世纪的知识分子形象是不太合适的。仅仅概括知识分子性格的一个方面，甚至夸大其人性的黑暗面，反映出作者在人性深度挖掘上的不足。

新世纪以来的知识分子题材小说，往往会从几个固定的方面，塑造知识分子的负面形象。其一是生活作风的腐化。《所谓教授》中的刘安定，一开始觊觎小姨子的美色，后来又与朋友之妻何秋思搞起婚外情。白明华不但容忍妻子与校党委书记私通，而且公然包起了"二奶"，后来为了利益交换，又把"二奶"让给他人。《沙床》里的主人公毫不掩饰自己对女性的喜爱，并同时与两名女性同居。《大学之林》里的薛人杰，与日本妻子结婚以后，还公然和他昔日的学生叶纷飞保持着情人的关系。法语系学生夏中骏，为了获得去法国学习的机会，抛弃了自己的女友，转而对法国外教发起了热烈的追求。《大学门》里的教授金河，借助去外地开会的机会和女同事柳琴声发生了关系。《教授变形记》中的皇甫忠贤，身为锦州大学的人文社科部主任，拥有多名情人，对初次见面的应聘者杨丽芬频频暗示，还为了"便于自己采花"[②]，利用职权安排妻子去澳门攻读MBA。《桃李》中的邵景文，频繁地更换情人，最终死于情人的刀下。《教授》中的赵亮，利用知识依靠权力，过上了奢靡的生活，不但频繁出入洗浴

---

① [英]爱·摩·福斯特：《小说面面观》，苏炳文译，花城出版社1984年版，第59—60页。
② 老悟：《教授变形记》，中国戏剧出版社2009年版，第6页。

场所，还在家庭之外包养情妇。在消费文化主导的新世纪，欲望成为生活中的核心词汇，也成为小说所要表现的主题之一。自90年代以来，知识分子题材的小说就开始扬起欲望的大旗。格非的《欲望的旗帜》显露出作家对时代和知识分子精神生活的洞察力。事实上，小说虽然名为《欲望的旗帜》，但是除了欲望描写，还写到知识分子生存的艰难和精神的困顿。思想交流的空白、哲学思考的空虚，使得小说人物思想贫乏，进而造成欲望的滋生。在格非笔下，欲望成为知识分子摆脱精神困境的一条路径。曾山与张末希望借助爱情解答思想上的困惑，然而当爱情消失以后，一切还是走向了虚无。格非认为，在现实生活中，有子衿、贾兰坡那样的不合作者，以冷漠和谎言作为护身符，但是，更多的是游走在社会中的调情者："他们与社会总是眉来眼去，但从不同床共眠。他们驱使着别人，也为别人所操纵。他们嗅觉灵敏，相时而动。时而温文尔雅，时而凶相毕现，时而安贫乐道，时而愤世嫉俗。一旦危险来临，他们就在社会巨大的幕障之后消失得无影无踪，或独钓寒江，或访麻问菊。""在这个古老的国家中，他们既是一名游戏者，又是真正的上帝，他们的身份介乎诗人与政客、商人与隐士之间，倘若略加规别，则又可统称为知识分子。"[①]格非将知识分子比作社会的"调情者"，类似于曼海姆的知识分子观点。曼海姆强调知识分子的流动性，他认为知识分子处于"自由漂浮"的状态，由于缺乏共同利益，难以组成一个阶级或政党："它是存在于阶级之间，而不是阶级之上的集合体。"知识分子观察问题的视角也由多重因素相互影响而成："他所受到的训练装备了他，使他从多种视角来看待当时的问题，而不是像大多数当时的争论者那样只用单一视角。"[②]《欲望的旗帜》里的知识分子，如同曼海姆所说，因为没有紧密的利益联系，还是一个松散的共同体，这种松散、漂浮的状态，恰恰提供给知识分子自由思考的空间，尽管这种思考在与哲学和宗教的碰撞中充满了迷惑与痛苦。但是，到了新世纪，90年代小说中关于知识分子的精神思索渐渐消失

---

① 格非：《欲望的旗帜》，北岳文艺出版社2001年版，第93页。
② ［德］卡尔·曼海姆：《卡尔·曼海姆精粹》，徐彬译，南京大学出版社2002年版，第173页。

不见，知识分子如何堕入欲望之河的过程也被略去。《欲望的旗帜》里关于宗教和哲学的思索被抛弃了，而剩下的仅有无限膨胀的欲望本身。当知识分子在一个个女人身上，从教授变为"叫兽"之时，他们的形象的负面效应也到达了顶峰，作者写作中的反智倾向也暴露出来。

除此之外，学术腐败问题也是新世纪知识分子题材小说所表现的重点内容。在这些小说中，知识分子们会为了发表文章而四处奔波，为了评职称而主动献身，为了争夺博士点而学术造假。《大学诗》中的大师兄廖星凯就是这些现象的集中展现。廖星凯因为追求女同学不得而放弃了学业，离开学校后就投身商海，供职于专为高校争博士点的高等学校评估机构。在廖星凯身上，S大第一批硕士生的光环早已褪去，甚至被他主动丢弃。现在的他圆滑世故，八面玲珑，通过刺探学术八卦和小道消息为参评博士点的高校提供信息。小说将高等院校行政机构的行事方式不加掩饰地展现在读者面前，打电话需要端架子，自己的错误可以让他人来承担，明知有的老师虚报了学术成果，为了丰富申报材料有意视而不见……学术欺骗、弄虚作假的作态在小说中比比皆是。手握权力和资源的大师兄早已不是当年没钱邀约女生的穷学生，他"已经不仅仅是某公司的业务经理了，也不仅仅是个操盘手了，在 S 大，他俨然就是一个高参，一个真正摇羽毛扇的人"①。校长、院长等德高望重的老教授，无一不把评选博士点的希望寄托在大师兄身上。拥有权力和金钱的大师兄自然也得到了美女的青睐，成为女硕士们争夺的对象。意想不到的是，在廖星凯这类变节的知识分子成为掌权者的同时，一批专注于科研学术的人反而成为被奚落、被排斥的对象。一些固守传统的老教师，由于不懂变通，不但不再受到校领导的关注，还被怀疑为破坏学校评选工作的可疑分子。关于申报博士点而引发的学术腐败问题，在前文中提到的《大学潜规则》《大学意识》《大学门》等小说中都有涉及，几乎成为展现知识分子丑陋形象的固定故事情节，也导致了知识

---

① 曹征路：《大学诗》，《人民文学》2004 年第 1 期。

分子形象的脸谱化、扁平化。除此之外,论文抄袭问题也是展现知识分子学术造假的常见情节。《大学之林》里的学生韩松为了尽可能参加市政府的工作实习,找来枪手代写毕业论文,在剽窃行为被发现之后,校方非但没有开除韩松,反而一致同意放他一马:"日后这个学生要真能在团中央机关工作,对九州大学也不是件坏事,至少他得念着母校对他的宽大之恩吧。"①《站在河对岸的教授们》中的林若地原样挪用了古树林的论文作为自己的成果。古树林非但没有通过法律手段维护知识产权,反而决定接受 5000 元的赔偿后就此作罢,并声称:"我不在乎钱,我在乎知识分子的尊严! 不过,钱我还是接受了。"②抄袭者几乎不用受到实质性的惩罚,而被抄袭者也满足于简单的经济补偿。看似皆大欢喜的结局,反映出存在于知识分子群体中普遍的造假和腐化现象,也进一步将知识分子形象推向负面。

新世纪知识分子小说人物形象的扁平化,还体现在设置二元对立的人物形象上。与"叫兽"形象相对的,则是一群兢兢业业、恪尽职守的教师,他们一心教学,并未钻研评职称的种种条件,物质水平远远落后于生活堕落、学术腐败的教授。《南方麻雀》中的侯川是一名中文系教师,由于一心教学,职称评选并不顺利,上课时间学生还被临时调走,充当欢迎领导的群众。侯川大闹办公楼,被校领导当成了重点关注的不稳定因素。然而他对校方的诉求还没有得到解决,自己就先病倒了。侯川在去世之前说出"把学校当学校办"的嘱托,指出了 S 大学把学校办成了衙门的办学现状,希望能改变现今的办学制度。然而,侯川这样的人毕竟难以在商业化的大学校园里生存,空留下校方对他"一生清贫,一身正气,一贯严谨,一厢情愿,痴心不改地献身于教育事业"③的悼词。与此类似,《教授横飞》中的侍郎也是兢兢业业工作的老教师,却连续多年也没有评上教授。他在宣布职称评定结果的例会上,痛陈了职称评定的种种

---

① 朱晓琳:《大学之林》,上海文艺出版社 2007 年版,第 60 页。
② 倪学礼:《站在河对岸的教授们》,《十月》2005 年第 5 期。
③ 曹征路:《南方麻雀》,《清明》2002 年第 1 期。

不公之处之后突发心肌梗塞去世。与《桃李》中的邵景文那种名利双收的教授形成鲜明对比，侍郎却"在团结大学第八系工作了三十二年，连着当了四届班主任，每年上五百多节课，教了整整两代学生，如今马上就要退休了，得到的就是一个副教授"①。侍郎平时教学认真，关心学生，但是由于没有科研成果，连续多年申报教授职称都失败了。当他化作幽灵在团结大学内部游荡的时候，看到的是早已评上教授的同事，为缺乏研究价值的课题而奔波忙碌，兴办会议，争报博士点。可笑的是，在侍郎的追悼会上，校领导还为他制作了一份假的教授聘书，满足了他工作几十年来的心愿。

《大学诗》里廖星凯昔日的导师马同吾，性格直言不讳，当面向校领导提出关于办学工作的种种意见。当评委在申报博士点的关键阶段接到关于S大的匿名举报信时，马同吾成了师生一致怀疑的对象。"廖星凯不仅在申博问题上把学校搞得七荤八素，让他觉得斯文扫地，觉得礼乐崩坏，更重要的是廖星凯把他的家庭搞得乱七八糟。所以大家都认为只有老马存在犯罪动机。"②悲剧的是，马同吾不得不采取自我阉割的方式自证清白。弗洛伊德精神分析学中关于俄狄浦斯式的阉割情节的讨论为人所熟知，其实，阉割现象作为一种观念在中国古已有之。有学者认为，在中国传统文化中，阉割是一种驯化方式，并逐渐演变为文化控制的手段，甚至影响了中国人"温柔敦厚"的性格造就。③ 马同吾的自我阉割行为，或许可以理解为知识分子在抵抗无门后的自我放弃和自我驯化。

除了以上知识分子形象，还有一类作品常常将知识分子的工作与生活截然分开，塑造出工作优秀但生活低能的人物形象。东西的《不要问我》中的卫国，二十八岁被破格评为物理系副教授，但是他从来没有谈过恋爱。在和同事们庆祝的晚餐上喝醉，竟然骚扰了女学生冯尘。卫国从此一蹶不振，辞职离开

---

① 石盛丰：《教授横飞》，作家出版社2008年版，第6页。
② 曹征路：《大学诗》，《人民文学》2004年第1期。
③ 详见叶舒宪：《阉割与狂狷》，上海文艺出版社1999年版，第68页。

了学校。在火车上丢失了全部行李和财产以后,被偶遇的女子顾南丹收留,准备参加考试重新就业。卫国考上了公务员,与顾南丹的感情也顺利发展,却始终不愿意回原单位办理身份证明。长期的性压抑不仅让卫国行为乖僻,也致使他心理扭曲,对自己的身份也产生了怀疑:"我是骗子吗?我是神经病吗?我是卫国吗?天底下还有没有不要证明、不要考核的地方?卫国对着空荡荡的前方喊着:我叫卫国,男,现年二十八岁,未婚,副教授。卫国反复地背诵这几句,不断地提醒自己,可别把自己给忘记了。"[①]最后,始终不愿自证身份的卫国失去了一切,死于过度饮酒。卫国在学术上的顺利,反衬出他在生活上的无能。从十四岁开始渴望女性,但直到二十八岁还没有与女性发生过接触,卫国承担了社会对知识分子"高智低能"的负面评价。方方《树树皆秋色》中的华蓉也是类似的知识分子形象。作为一名条件优越的女性,女教授华蓉四十岁还没有结婚,也没有谈过恋爱。对爱情不切实际的幻想和人际交往中的被动让华蓉始终都孤身一人,"华蓉觉得这世上总会有一个人被自己等到。但生活常常比想象残酷,这个人竟是始终没来"[②]。华蓉自认与总打电话来的学生老五开启了柏拉图式的恋爱,但是老五一再逃避两人的进一步接触,巧妙地多次躲开了华蓉见面的邀约。终于,华蓉明白,自己受到了感情上的戏弄,于是又回到了原来独身一人的生活状态。拥有博士学位、教授头衔的华蓉,本是都市里成功女性的代表,然而婚恋问题成为她遭人哂笑、戏弄的最大缺点,甚至盖过了她在学术上的成就。当高学历成为女性缺乏吸引力的代名词时,知识分子也再次被贴上了新的标签。

在精明灵活、善于经营的大学教授们赚得盆满钵满的同时,不善交际、一心教学的大学教师只能面临家破人亡的结局。二元对立的人物设置,使得这类大学题材的小说相互雷同,缺少创新。或许作者认为,采用二元对立的方式设置人物,更加简洁鲜明,容易吸引读者的眼球,更容易受到读者的欢迎。但

---

① 东西:《不要问我》,《收获》2005 年第 5 期。
② 方方:《树树皆秋色》,北京十月文艺出版社 2004 年版,第 267 页。

是,随着读者层次的提高,加上西方优秀小说的不断传入,读者已然不再能够欣赏这些由扁平人物构成的小说,而更希望看到性格丰富、饱满的圆形人物。圆形人物性格更加完整,组织更加严密,"即使情节的发展要求他们发挥更大的作用,也能当之无愧"①。毕竟拥有性格多面性的圆形人物,才更贴近读者自身,也更能够传达出新世纪纷繁复杂的社会主题。

二、新闻化的故事构成

新闻以其及时性、便捷性的特点,长期持续地吸引着读者的关注。进入大众传媒时代以来,网络信息技术的发展使新闻拥有了更加快速的传播渠道,早已在大众生活中普及的社交软件也成为新闻传播的另一个有力途径。人们在选择、阅读和评论新闻的同时,也开始将新闻内容作为素材编入文学作品。在近几年的长篇小说创作中,就出现了多部直接利用新闻作为创作素材的小说。余华的《第七天》②几乎是一部重大新闻的联合报道;马原的《纠缠》也大量引入热点新闻并展开叙述;东西的《篡改的命》③将热点事件集中在主人公一个人身上,塑造了一个屡屡遭到迫害的受害者形象。作家将新闻素材文学化,展现了其介入和表现现实的急迫和努力,但是,文学和新闻界线的日益模糊,动摇了文学本身的性质。新闻事件往往与国家制度、政府运作环境等政治因素密切相关。为了证明文学在新的时代,依然保持了对政治热忱的参与度,作家往往将新闻事件稍加修改就纳入了叙事范围。作家本人的政治观点和政治诉求也就不可避免地在文学作品中得以显现。对于新世纪以来的知识分子题材小说而言,对新闻事件的过度关注,在某种程度上进一步拉近了高等院校与外界的联系,同时也减少了知识分子自我思索的空间。

本雅明曾在《讲故事的人》一文中谈到了当代社会"故事"的衰落。本雅明

---

① [英]爱·摩·福斯特:《小说面面观》,苏炳文译,花城出版社1984年版,第66页。
② 余华:《第七天》,新星出版社2013年版。
③ 东西:《篡改的命》,《花城》2015年第4期。

认为,故事已经离我们远去,主要原因在于现代人拒绝交流而造成的经验的贬值:"战略的经验为战术性的战役所取代,经济经验为通货膨胀代替,身体经验沦为机械性的冲突,道德经验被当权者操纵。"①故事来源于个人的亲历或是道听途说,甚至是来源于异域的神话传说,这些来源使得故事能够口口相传。然而,小说往往来自孤独的创作者本人,来自"离群索居的个人"②。在本雅明看来,小说与故事的区别,正在于小说并不传达意义,而是希望读者在体会他人生命的同时,能够得到自我温暖的力量。本雅明提及新闻对小说的影响时,认为新闻的快速传播反而造成了故事素材的缺失,因为"任何事件传到我们耳边时都早被解释得通体清澈"而"讲故事艺术的一半奥妙在于讲述时避免诠释"。③ 新闻的透彻与全面,使小说失去了发挥的空间,事情表达得愈加完整、全面,小说留给读者独立品味的空间愈少。学者谢有顺将小说的新闻化现象归纳为"孤独的个人"的消失。他认为在信息传播高度发达的时代,叙事艺术已经渐渐消失,取而代之的是新闻报道文体,"一方面,新闻事件、文化符号、欲望细节越来越多,另一方面,个人生活的价值领域却在萎缩、甚至消失。任何的事件和行为,一进入现代传播中,被纳入的往往是公共价值的领域,以致无法再获得'个人的深度'"④。正如东西在《篡改的命》中所呈现的那样,作家们认为将新闻事件附加于人物身上,看似伸张了主体的个人经验,实际上,这种个人经验,早已被贴上了集体化的标签。也正因为所谓的个人经验已经被纳入集体话语的范围之内,才受到了广泛的关注。

新世纪"大学叙事"小说中,故事构成的新闻化主要体现在两个方面,第一是对社会热点新闻的照搬挪用,第二是对高等院校教学制度本身的评价和描

---

① [德]阿伦特编《启迪:本雅明文选》,张旭东、王斑译,生活·读书·新知三联书店2008年版,第96页。
② [德]阿伦特编《启迪:本雅明文选》,张旭东、王斑译,生活·读书·新知三联书店2008年版,第99页。
③ [德]阿伦特编《启迪:本雅明文选》,张旭东、王斑译,生活·读书·新知三联书店2008年版,第101页。
④ 谢有顺:《小说诞生于孤独的个人》,《小说评论》2005年第2期。

写。邱华栋的《教授》将热点新闻纳入了知识分子的生活范畴,在观赏光怪陆离的社会百态的同时,渐渐偏离了小说原本的虚构性质。小说中的赵亮是一名经济学教授,因此小说中涉及大量时事新闻和经济学知识。其中,经济学家撰文鼓动民众投资股市的新闻被纳入其中:"他写文章鼓吹股市,影响政府的政策,同时影响股民们的投资意向,而他的儿子则配合老爸的造势,依靠自己的上市公司去圈钱。"①郎咸平在2005年针对MBO与国家财富关系的演讲②也被直接引入。此外,一再被社会讨论的代孕问题也被邱华栋纳入小说,甚至连价格区间都非常详细:"代孕人根据自身条件的不同,分成不同的价格区间,最低的5万,中等的10万左右,高的有15万的。"③小说中对代孕市场基本情况的描写,也都能找到相关新闻作为佐证。④ 不仅如此,奥运场馆建设、城市交通管理、房价股市、私家侦探等社会热点内容在小说中都能够找到。出道以来就专注于都市题材写作的邱华栋,这次将笔触伸向大学的时候,采用了惯有的碎片化的描写手段,大学在时间历史上的纵深感被消解了,作家仅仅满足于浮游表面的轻描淡写。黄发有用"迷茫的奔突"概括邱华栋的创作路向,称他的写作"是历史意识消失的断裂式写作,他不是将融注着历史性的当下作为透视人生繁杂体验的瞬间,而是在割裂历史性的前提下全面介入当下"⑤。的确,在《教授》里难以寻觅历史的踪迹,只有事件本身以碎片化的方式拼凑起作者眼中的现实,而过于新闻化、碎片化的现实反而失去了艺术效果。张者的"大学三部曲"展现了一群活跃在法学界的知识分子群体,他们远离学术,将全部精力投入赚钱之中。自然而然,关于股票、期货的新闻被小说大量采纳,甚至具体数据也被纳入其中:"香港的H股指数在中石油带领下创6年多新高,最近

---

① 邱华栋:《教授》,中国工人出版社2010年版,第33页。
② 详见魏蕾:《财经斗士郎咸平矛头再指MBO》,《财富时报》,2005年9月29日。
③ 邱华栋:《教授》,中国工人出版社2010年版,第49页。
④ 详见《代孕网开价十万借腹生子》,《家庭与生活报》,2005年6月21日。
⑤ 黄发有:《迷茫的奔突——邱华栋及其同代人的精神困境》,《小说评论》2001年第1期。

收市报 4664 点,该指数在年初时仅为 2000 点左右。"①不单如此,关于公司上市和诉讼代理的具体流程也被详细地展现在其中。

  知识分子题材小说中,对大学制度本身的评价也带有照搬新闻报道的影子。《教授》就高校扩招现象发表了自己的高论:"今年,中国大学在校生已经达到了 2500 万了,毛入学率 23%,很可观的成就。而且,我觉得大学收费是对的,无非现在是收高了,还是收低了。"②《大学轶事》《教授不教书》《大学诗》《角力》中也充斥着评选硕士点、博士点的各种专业术语。《大学纪事》讲述了校长何季洲聘请作家麦子为教授,显然化用了社会关于作家进校园的新闻报道:"H 大以五十万元的安家费和三十万元的年薪,请他来做研究生导师和文学院院长。这消息曾经传遍全国的报纸和网站,成了一条很抢眼的新闻。"③1999 年,金庸被浙江大学人文学院聘为院长,这一事件在社会上引发了广泛的讨论,大学的精神也被社会各界反复质疑。2007 年,金庸辞去院长一职,改任名誉院长。④ 然而聘请名气响亮的作家进入大学,已经成为高校体制改革之后的一项普遍的行事方式。作家以其广阔的人脉、丰富的头衔和特殊的人格魅力给封闭的大学校园带来了新鲜的气息。而学历水平、科研水平和执教能力的缺失使得他们饱受质疑。大学究竟应该"不拘一格纳人才"还是需要遵循严格的聘用体系,成为社会各界反复讨论的话题。陈平原认为,大学要发展,不能拒绝外界的建议和监督:"至于董事、理事或委员,愿意且能够参与此事的,最好具备以下条件:第一,长期关注(不是临时打听);第二,投入精力(不仅出借大名);第三,敢于直言(不能只说好话);第四,超越学科文化的限制(有专业而又不囿于专业)。"⑤然而,在现实操作中,如何在外部和内部达到平衡的状

---

① 张者:《大学三部曲·桃花》,人民文学出版社 2016 年版,第 23 页。
② 邱华栋:《教授》,中国工人出版社 2010 年版,第 31 页。
③ 汤吉夫:《大学纪事》,花山文艺出版社 2007 年版,第 22 页。
④ 艾丹青:《金庸告别浙大人文学院院长生涯》,《杭州日报》,2007 年 11 月 26 日。
⑤ 陈平原:《大学新语》,北京大学出版社 2016 年版,第 44 页。

态,则需要更多实践和努力。

早在 20 世纪早期,本雅明就敏锐地预见,传统的叙事艺术即将走向衰落,即将被机械复制技术所产生的艺术取代。① 如今,文学也已经与电视、电影一样,成了可以复制的艺术。新世纪长篇小说借用新闻的写作套路,知识分子题材小说逐渐向反腐题材的官场小说靠拢。揭露社会重大问题,并表达自己对社会的理性认知,这尽管是作家彰显其社会参与度的一项积极举措,却对小说艺术的发展没有益处。这类小说往往采用全知全能的视角,试图展现社会的全景面目,但是小说的主题思想却并无创新,小说中的人物也难以跳出既有的框架,而是只能在设定好的社会情境内部对公众早已熟知的新闻进行再次演绎。在叙述上,作者采取单一的叙事手法,叙事时间和故事时间一致,缺少插叙、倒叙,导致小说平铺直叙,缺少转折。叙事艺术的缺失造成小说节奏平淡、缺乏张力,难以突显知识分子的特殊性,更缺少知识分子的自我反省和自我批评。有学者总结了三点文学新闻化的表现:"一是对现实的追捧,二是对纪实的趋从,三是短平快的创作定位。"②正是作家以上三点的创作诉求,造成了新世纪以来的知识分子题材小说日趋新闻化、简单化。

第三节　知识分子叙事传统的弱化

在新世纪文坛上,简单重复、内容单调的小说数量繁多,在营造出小说创作繁荣假象的同时,也掩盖了"五四"以来的知识分子叙事传统。纯文学、精英文学的位置被大众文学一再挤占,小说从精英到通俗乃至世俗和媚俗,成为了取悦大众和获得经济利益的文化手段。

---

① 详见[德]瓦尔特·本雅明:《机械复制时代的艺术作品》,王才勇译,中国城市出版社 2002 年版。
② 方延明:《新闻文学化与文学新闻化的异化现象研究》,《山东大学学报(哲学社会科学版)》2009 年第 4 期。

一、通俗、世俗与媚俗

80年代以来,知识分子从边缘重返中心,并恢复了政治地位和文化身份。在这种情境下,知识分子形象也成为小说的主要表现对象。回顾过往、痛陈往昔、反思历史的知识分子题材小说层出不穷。"五四"以来的知识分子叙事传统,也在本时期得到了延续。与此同时,随着中国大门的打开,中国文学开始与西方文学进行对话,大量的西方思想家、文学家在80年代被介绍进入中国,成为小说的题材。在20世纪80年代中期大量产生的"先锋文学",以其繁复的形式游戏和奇特的艺术效果震惊了文坛,然而,到了80年代末,由于政治事件的影响和经济环境的改变,先锋作家们或是改变了自己的创作路线,或是就此封笔,宣布退出文坛。其中,先锋作家马原的转变令人回味。以充满异域风情和神秘色彩的《冈底斯的诱惑》震动文坛的马原,在80年代是先锋作家中最重要的代表人物。他的小说借鉴了卡夫卡、博尔赫斯的创作艺术,甚至引领了一番小说叙事的革命。然而,到了90年代,与转向现实主义创作的余华、苏童们不同,马原高调宣布"小说已死",从此隐退文坛。2012年,马原的小说《牛鬼蛇神》①出版,然而这次20年后的再回归,却未能得到当初的好评。平淡的语言、臃肿的叙事、流水账一般的情节构成使得《牛鬼蛇神》被诟病为"自我重复"的"拼贴"小说。情感取代叙事成为小说的中心,满溢的情感让小说越来越趋向于一部自传。那个叫嚣着"我就是那个叫马原的汉人"的作家已经离我们远去。然而,这只是马原从"先锋"转向"通俗"的第一步尝试。其实,马原在2007年接受的一次访谈中讽刺般地预测了自己的创作路径。在这篇名为《从西藏到上海》②的访谈中,马原否认"从西藏到上海"是自己的文学履历,而只承认这是为了儿子的教育而选择的人生方向。但是,马原在2013年、2014年连续发

---

① 马原:《牛鬼蛇神》,上海文艺出版社2012年版。
② 马原、白亮:《从西藏到上海》,《南方文坛》2007年第5期。

表的两部小说《纠缠》①和《荒唐》②都以一个城市家庭为中心,希望借助家庭变故折射社会百态。小说组织松散,语言平淡,题材流俗,与其说是马原向"通俗"、"世俗"的转变,不如说是直接对读者的"媚俗",两部小说全然失却了80年代小说的锋芒与灵动。《纠缠》关注知识分子的生存状态。知识分子姚清涧去世之后,立下遗嘱将自己的遗产捐给母校。然而,捐赠过程中遇到的种种困难让已经成为大学教授的姚亮和姐姐疲于奔命。父亲的死亡证明、母亲的死亡证明、户籍关系证明……一系列复杂的证明材料背后,隐含了权力的秩序结构。一个大学教授深陷于这些无意义的琐事之中,在与各个权力机构的交涉过程中耗尽精力。而掌握了金钱的姐姐姚明,则能更加便利地处理好弟弟未能完成的各项任务。当姚亮和姐姐终于处理完父亲的遗产问题时,又出现了一名老太太,自称是母亲参加革命前在老家所生的女儿,姚亮不得不再一次陷入琐事的牢笼。《荒唐》则围绕一则碰瓷事件展现日常生活的生存逻辑。洪锦江遭人算计碰瓷,却畏于网络言论而束手无策,不得不一步步地陷入圈套,最后还是熟练掌握互联网技术的儿子为他的尴尬境遇解了围。小说题材都是出自公众熟悉的新闻报道,昔日标榜先锋意识的马原,为了讨好读者,在这两部小说上彻底地落入了世俗,然而阅读趣味早已多元化的读者群体也并没有因之而喜爱他的小说。马原沉寂之后的回归,不但未能带来文学上的新的尝试,还主动向民众靠拢,期望利用人民喜爱的题材完成自己的转型,事实证明这是一场彻底的失败。

在解释自己90年代末发表的"小说已死"言论时,马原谈到了三个方面:"第一,社会的变化让小说退出人们日常生活,大家不需要小说来打发时间。……第二,媒介的变化。……第三是技术的进步。"③社会环境、承载介质和阅读技术的改变,在马原看来,造成了小说这种叙事追求慢慢被淘汰。同

---

① 马原:《纠缠》,北京十月文艺出版社2013年版。
② 马原:《荒唐》,《花城》2014年第1期。
③ 熊奇侠、张定平:《马原:我为什么说小说已死》,《晶报》,2015年10月12日。

样,尽管马原多年之后再次离开上海,搬到云南生活,但是他的小说已经失去了叙事的自如,先锋的时代也已经离我们远去。同样的,如果说同时期的作家余华从《现实一种》《世事如烟》向《许三观卖血记》和《兄弟》的转变,尚可看成是先锋作家转向现实主义,转向世俗生活的写作样本,那么 2013 年的《第七天》则是一部先锋作家向现实"媚俗"的作品。《兄弟》将性爱与革命同构,利用大量细节推动小说的发展,暴力叙事和性爱描写成为吸引读者的两大法宝,而《许三观卖血记》里坚持的简洁的叙事方式则遭到颠覆。通过一次次地放大细节,余华专注于给读者提供阅读的快感和感官的刺激,在他看来:"当一个作家没有力量的时候,他会寻求形式与技巧;当一个作家有力量了,他是顾不上这些的。使用各种语言方式,把一个小说写得花哨是件太容易的事。让小说紧紧抓住人,打动人,同时不至于流入浅薄,是非常不容易的。"①抛弃了先锋作家对形式的苛求,余华转而将"抓住人、打动人"作为创作的要义。到了《第七天》②,余华打动读者的渴望更加急迫,然而效果却适得其反。小说里大量的新闻段子,几乎无缝对接地拥挤在读者面前,读完小说的体验,约等于一口气读完了一年的报纸。《第七天》出版以后,社会评价毁誉参半,余华也不愿接受采访,但是他还是简短地透露了自己对《第七天》的看法:"我一般都是对自己最新的书最喜欢。为什么?理由就是他上面说的:重复,没劲,不重复,才有价值。"③即便余华极力避免自我重复,却重复了人们的现实体验,将未经艺术加工的新闻素材,直接变为了小说的写作内容。纵然在机械复制时代这样的艺术作品屡见不鲜,我们还是为余华的转向感到可惜。

媚俗(Kitsch)概念出现于德国,按照卡林内斯库的说法,是德国剧作家弗兰克·维德金德首次将媚俗艺术指为现代性的核心。现代性与媚俗艺术相互背反,现代性概念往往与反传统联系在一起,保有一种先锋和逆反的姿态。媚

---

① 张英、王琳琳:《余华:我能够对现实发言了》,《南方周末》2005 年 9 月 8 日。
② 余华:《第七天》,新星出版社 2013 年版。
③ 梁静:《余华:我喜欢〈第七天〉理由:不重复,才有价值》,《新快报》2014 年 4 月 29 日。

俗这一显然带有贬义的词语与重复、模仿有关，在一定的经济技术条件下，媚俗艺术甚至可以将一切事物作为模仿的对象。技术上的可行性和市场的自主性使媚俗艺术具有了广阔的生存空间，现代化所带来的消费者数量的增加使媚俗艺术拥有广大的消费群体。不过，媚俗艺术的概念具有含混性和模糊性，消费者对媚俗艺术消费的原因也不能一概而论。卡林内斯库通过分析媚俗的词源，总结出关于媚俗艺术的单个特征："首先，媚俗艺术总是有点肤浅的。其次，为了让人买得起，媚俗艺术必须是相对便宜的。最后，从美学上讲，媚俗艺术可以被看成废物或垃圾。"① 媚俗的贬义性可以用于文学、绘画、音乐、电影、建筑等各个艺术领域，媚俗艺术的出现，与社会的各个阶层都有关系，然而，对其起到决定性作用的，是中产阶级的享乐主义观念。在享乐主义观念的指导下，媚俗艺术提供给中产阶级消费者一种逃离的快感，无论是时间还是空间上的逃离。"媚俗艺术是作为中产阶级趣味及其他闲暇享乐主义的表现而出现的。作为一种意识形态（审美虚假意识），媚俗艺术的出现相当自发。"② 媚俗艺术的效率性恰恰是机械复制时代的复制成果，美与艺术被明码标价，成为可消费的文化商品。而媚俗艺术家创作时的首要考虑，自然是消费者的审美趣味。由于公众的趣味千差万别难以统一，媚俗艺术家为了满足大多数人的需要，以销售更多的产品，而采用折中的方式确定自己的艺术风格。因而，中国20世纪80年代的这批"先锋作家"，在90年代的转向，事实上包含了世俗与媚俗的双重因素。黄发有就曾以"含混美学"③来概括90年代以来文学创作的审美基调。90年代以来，受到消费主义和流行文化的影响，作家的审美标准发生了改变，包含了许多不确定的变动因素。王朔引领的"玩文学"风潮造成文学创作上逃避现实、调侃一切的虚无主义表现形式。除此之外，作家在接受了许多源自西方的新的创作手法和创作理念之后，不加选择地运用到作品的创造之中，

---

① ［美］卡林内斯库：《现代性的五副面孔》，顾爱彬、李瑞华译，商务印书馆2002年版，第252页。
② ［美］卡林内斯库：《现代性的五副面孔》，顾爱彬、李瑞华译，商务印书馆2002年版，第266页。
③ 黄发有：《从先锋美学到含混美学》，《文艺研究》2013年第8期。

导致了 90 年代以来的文学作品"含混"的美学倾向愈发明显。事实上,从先锋文学发展到含混文学、世俗文学、媚俗文学是有迹可循的。随着消费社会的进一步发展和消费者品位的改变,媚俗艺术不再满足于简单的假冒和抄袭,而是开始"运用先锋派的技法(这些技法非常容易被转化为俗套)来为其美学上的从众主义服务"①。从社会学的角度来看,媚俗艺术是现代性的产物,是文化工业化和现代消费主义社会所必然产生的文化商品,必然大量存在且还在不断增多。更应该引起注意的是,媚俗艺术品对人的影响从幼年时期就已开始,当我们使用着印着蒙娜丽莎的盘子,客厅里挂着梵高向日葵的复制品时,就应当意识到媚俗艺术早已侵入了日常生活。不过,若是从美学和艺术学的角度进行考察,媚俗艺术又是一种危险的艺术,它以虚假性和重复性,为大众消费者最普遍的文化需求提供了暂时性的满足。纵然媚俗艺术无孔不入,然而还是必须对这种艺术形式保持应有的警惕,不能沉浸于虚假的表现之中而放弃了通往真正艺术的道路。

  媚俗文学起源于 19 世纪德国的一种消遣形式的小说文体,这类文学纵然遭到了文化精英的指摘,但是并未消沉,反而占据了更大的文化市场。将受众群体定义为大众的媚俗小说,并不在意纯文学界的批评之声,而是享受着这类快销文本所带来的大量财富。在中国,自从韩少功翻译了"媚俗"一词以来,消费主义环境下的种种文化现象突然有了可以套用的概念。那些专注于模仿和重复而缺乏艺术性的文学和影视作品,通常会被冠以媚俗的称号。有学者界定了通俗文学和媚俗文学的概念,认为这两个概念源于不同的评价尺度,不能混为一谈。媚俗文学依据传统审美的伦理价值来考量作品的艺术性,而通俗文学则依据大众文化的评价标准,以商业上的销售数量作为考评指标:"对媚俗文学的批评背后隐藏着传统的文化精英立场,而通俗文学的繁荣景象则代表着大众文化的胜利。"②相比通俗文学,媚俗文学艺术性更低,它不但模仿纯

---

① [美]卡林内斯库:《现代性的五副面孔》,顾爱彬、李瑞华译,商务印书馆 2002 年版,第 274 页。
② 李明明:《关于媚俗(Kitsch)》,《外国文学评论》2015 年第 1 期。

文学,同样也会对通俗文学进行模仿。因而90年代以来从先锋走向世俗的文学,到了新世纪以后渐趋媚俗。

事实上,文学的媚俗不仅是90年代以来的独有现象。在20世纪二三十年代,启蒙话语和救亡主题相互交织,诞生了一批影响很大的诗歌、戏剧和小说作品。但是,在作品完成发表以后,作家们往往还会对自己的作品进行修改,除去少量艺术上的修缮,大多数还是因为政治情势的转变不得已而为之的举措。茅盾的长篇小说《子夜》是现代文学中广为人知的作品。但很多读者不知道的是,与现在的规模相比,《子夜》原来的构想更加宏大,茅盾打算按照城市和农村两条线索,全面反映中国革命的整体面貌。不过,茅盾的构想因为瞿秋白的提议发生了改变,《子夜》很大程度上几乎脱离了茅盾原来的构思,最终成为反映中国共产党红色思想的有力武器。瞿秋白建议茅盾修改小说关于农民暴动和工人罢工的章节,并增加工人阶级的觉悟。同时,"秋白建议我改变吴荪甫、赵伯韬两大集团最后握手言和的结尾,改为一胜一败。这样更能强烈地突出工业资本家斗不过金融买办资本家,中国民族资产阶级是没有出路的"①。除了保留农民暴动的章节,其他内容茅盾都按照瞿秋白的建议进行修改,并将小说的题目由《夕阳》改为《子夜》,预示了无产阶级光明的未来。除了发表前的修改,茅盾在1949年以后再次对作品做了较大的修改。尤其是对其最具人性关怀的《蚀》做了删节,使得小说文本更符合时代的需要。除了茅盾,郭沫若、曹禺、老舍等人都曾在1949年以后修改自己的原作,刘再复曾经撰文讨论过这个问题,在他看来,作家难以抗拒意识形态的裹挟:"意识形态的概念和文学趣味之间已经形成了相互纠缠的关系。意识形态概念挟持它的话语霸权肆无忌惮地闯入文学的领地,作家无论愿意还是不愿意,都受到它深刻的影响。"②在进入21世纪的今天,作家纷纷从先锋转入媚俗,除了意识形态无孔不入的监视,经济文化环境的改变成为更加重要的因素。当文学不断工业化、商

---

① 茅盾:《〈子夜〉写作的前前后后》,《我走过的道路(上)》,人民文学出版社1997年版,第503页。
② 刘再复、林岗:《中国现代作家媚俗的改写》,《华文文学》2014年第5期。

品化，并且可以用机械批量复制和生产的时候，文学的媚俗则是不可避免的，成为作家顺应经济环境和社会潮流的必然选择。然而，作家在媚俗的同时，也放弃了知识分子引以为傲的人文精神，文学作品从宣扬精英文化到媚俗大众传媒，随着知识阶级自身的转向，作品也越来越多地显现出反智的趋势。

二、从讽刺到调侃

根据席勒对讽刺诗歌的划分，讽刺分为两种："根据他留恋于意志的领域或者理解力的领域，他可以用严肃和热情的方式来描写，或者用戏谑和愉快的方式描述。前者产生惩罚的或激情的讽刺，后者产生戏谑的讽刺。"①席勒认为，诗歌作为一种文学形式，无论是前者还是后者，都不是非常合适的。诗歌具有游戏的天性，前一种诗歌忽略了对游戏天性的表达，而后一种诗歌又过于轻浮。如果将席勒对讽刺诗歌的划分标准借用到文学的其他领域，则也能够得到两种讽刺的文学。专注于"惩罚和激情"的讽刺文学，多半具有悲剧的内涵，表达家国观念、救国启蒙等严肃的政治主题。而"戏谑的"讽刺文学，则更愿意将作品处理成喜剧，在只言片语中完成嬉笑怒骂的讽喻。在中国现代文学中，讽刺有两个主要的来源：一个是中国古典文学中的讽刺传统，如《儒林外史》、《老残游记》、《三言二拍》等古代通俗文学，另一个就是"五四"建立起来的知识分子的讽刺传统。吴福辉曾将"五四"新文学以来的讽刺艺术分为三支，一支是以鲁迅为代表的社会讽刺，一支是在老舍、沈从文、周作人等京派文人中流行的风俗的轻喜剧，最后一支则是以钱锺书为代表的具有先锋性的讽刺艺术。② 20 世纪 40 年代的《围城》中的讽刺艺术，源自存在主义等西方哲学观念，在展现知识分子众生相的同时，表达出对存在的困惑和疑虑。自夏志清在《中国现代小说史》中将《围城》的价值大大拔高之后，文学评论界对《围城》的

---

① ［德］席勒：《论朴素的诗和感伤的诗》，《席勒美学文集》，张玉能编译，人民出版社 2011 年版，第 317 页。

② 详见吴福辉：《走向自讽和寓意》，《上海文学》1990 年第 5 期。

赞誉已经不用赘述。不过，即使脱离那些后殖民主义、后现代主义的名词，《围城》所表现的知识分子的生存状态在 21 世纪依然有着借鉴意义。不管是知识分子对西方文化的盲目崇拜、学术界内部的权力斗争，还是学术圈内部金钱和权力的博弈，《围城》都已经有所表现。沈从文也常常运用讽刺的手法表现知识分子形象，他在《八骏图》、《有学问的人》、《绅士的太太》中，都注重表现知识分子的虚伪、麻木和无能，表达了在意识形态的异化和道德律令的压抑之下，知识分子的腐化和扭曲。经历了 20 世纪 50 至 70 年代的文化断裂，在 80 年代知识界千篇一律的"伤痕"与"反思"中，出现了如张贤亮《绿化树》一般的文本。《绿化树》里的章永璘，被历次政治运动和劳动改造迫害，然而他并不反对改造，甚至是积极拥护改造。章永璘渴望通过改造祛除思想上和情欲上的不洁，他自愿成为暴力机构的代言人："过去朦胧的思想，在它还没有成形时就被批判得破灭了。尽管我也怀疑为什么把促使人精神高尚起来的东西、把不平凡的抒情力量都否定掉，但我也不得不承认，现实的否定比一切批判都有力！"[①]经过改造之后的他，尽管已经被劳改农场释放，成为就业人员，但还是认为自己的思想腐朽，骗了几个老乡的黄萝卜，就开始自动忏悔自己资本家的出身。章永璘以会砌炉子、修土炕为荣，崇拜体力劳动者，崇拜粮食和身体。在忍受了身体和心灵上长达三年的饥饿之后，无论是多得了一个馒馍、一碗稠粥，还是占据了靠墙的睡铺、厚实的干草，都能给他带来心灵上的满足。小说将知识分子的自我忏悔，与哲学和宗教意识相结合，赞美暴力、崇拜暴力，甚至献身于暴力的叙述方式收获了一批拥有共同记忆的读者，也表现了在反智思潮蔓延的社会环境下，知识分子自我思想的逐渐歪曲。

在新文学发展历程中，反讽是"五四"时期发展起来的一种重要的文学表达方式，往往具有双重涵义："即在某一层次上所说，所看见或以其他方式所感知的内容，其实表达的是另一层次上的意思，与所预料的意思或者不合适，或

---

① 张贤亮：《绿化树》，花城出版社 2009 年版，第 29 页。

者大大偏离,或者截然相反。"①以反讽作为表达方式的作者,希望通过作品表现对社会文化的批判态度。表达知识分子面对意识形态和暴力机构的控制,无能为力,无法掌握自己的命运,只能诉诸教徒式的自我改造和自我忏悔。随着社会现代化程度的加快,消费文化逐步占领了文化市场,展现知识分子自我忏悔和自我反思的讽刺性小说开始渐渐减少,取而代之的则是以王朔为代表的玩乐和调侃的小说。对于知识分子,王朔向来充满了敌意,他八九十年代的作品是北京痞子文化的一种表达,这种痞子文化,被朱大可概括为三种不同的亚文化相互堆叠而形成的结构,即"破落的清朝没落贵族传统、大杂院流氓习气和'军队大院'痞子风格"②。北京痞子文化的油滑、幽默和玩世在王朔的小说作品中表现为看穿一切、嘲讽一切和逃避一切。他的小说《动物凶猛》在90年代被改编为电影《阳光灿烂的日子》,暴力血腥的记忆被消解了,取而代之的则是大院子弟们的青春躁动和迷惘。直到21世纪,王朔还在《知道分子》③一文中极力奚落知识分子,认为他们只会照搬古人的话用以训诫今人,没有真才实学还自鸣得意。

王朔玩乐文学的态度在1993、1994年激起了知识分子群体的不满。以《读书》杂志为主要阵地,一群上海文人发表的几篇谈话录掀起了一场"人文精神大讨论"。这是1949年以后少有的一次知识分子内部的大规模讨论,也是知识分子群体最后一次在社会大范围引发影响的文学事件。面对政治上的高压政策和消费主义文化的侵袭,知识分子渴望接续五四的启蒙理想,解决知识界长期以来的危机,挽回精英阶层的话语权。"人文精神"是这场大讨论的核心概念,知识分子有意将这里的"人文精神"与古希腊的人文主义加以区分,以

---

① [美]威尔弗雷德.L.古尔灵等著:《文学批评方法手册》,姚锦清等译,春风文艺出版社1988年版,第452—453页。反讽又分为苏格拉底式反讽、语词反讽、戏剧反讽,或悲剧反讽、宇宙反讽,或命运反讽、情境反讽或事件反讽等种类,详见《文学批评方法手册》第453页。
② 朱大可:《流氓的盛宴:当代中国的流氓叙事》,新星出版社2006年版,第127页。
③ 王朔:《知道分子》,北京十月文艺出版社2005年版,第28、29页。

强调这一概念的本土特性。知识分子围绕"人文精神的意义"、"有没有人文精神"、"人文精神的失落和找寻"以及"我们需要怎样的人文精神"等议题展开了论战。以王晓明、陈思和、张柠、张宏、费振钟、王彬彬为代表的学院派知识分子,坚持人文精神古已有之,而在消费社会日渐衰落,亟须重振的观点。而王蒙、张颐武等人以及以王朔为代表的作家,则否认人文精神的概念,认为这是知识分子干涉他人自由意志的生造词汇。讨论的最后,人文精神的概念并未得到实质性的表达,王朔反而成了众矢之的,成为知识分子指摘的对象。张宏认为,王朔作品的基调就是调侃,而这种调侃取消了生命的严肃性,消解了文学的信仰,通过逃避来获得暂时的轻松:"它取消了生命的批判意识,不承担任何东西,无论是欢乐还是痛苦,并且,还把承担本身化为笑料加以嘲弄。这只能算作一种卑下的孱弱的生命表征。王朔正是以这种调侃的姿态,迎合了公众的看客心理,正如走江湖者的卖弄噱头。"①对于这种说法,王朔予以反驳,他认为人文精神的核心是关注人本身,要尊重人的选择,而知识分子的讨论则恰恰走向了反面:"有些人大谈人文精神的失落,其实是自己不像过去那样为社会所关注,那是关注他们的视线的失落,崇拜他们的目光的失落,哪是什么人文精神的失落。"②王朔以游戏的姿态抛却了知识分子的信仰和精神,抛却了"五四"以来的讽刺传统,转而走向了调侃。21世纪以后,或许不再满意于作家的经济收入,王朔干脆放慢了写作的脚步,而专注于编写影视剧本。调侃的叙述方式加上北京大院文化特有的幽默风趣,成为影视作品的绝佳脚本,而王朔也转换身份,从作家变为文化商人。跟随王朔的脚步,新世纪以后,国家和精英二元对立的话语结构发生了改变,大众话语强势插入其中。在大众调侃的话语中,"知识分子"已然成了贬义词,成为乏味、虚伪、迂腐、脱离现实生活和

---

① 王晓明等:《旷野上的废墟——文学和人文精神的危机》,见《人文精神寻思录》,王晓明编,文汇出版社1996年版,第4页。
② 白烨等:《选择的自由与文化态势》,见《人文精神寻思录》,王晓明编,文汇出版社1996年版,第95页。

缺少生存经验的代名词。在 1960 年代,知识分子曾成为"思想改造"的对象,被国家话语大肆贬斥,在今日,知识分子被认作国家权力的合谋者,又成了大众话语的调侃目标。

盛可以的《道德颂》就关注了知识分子的生存状态。作家在《水乳》、《北妹》中那种豪放的叙事姿态和不顾一切的情欲恣意挥洒在《道德颂》中已然不见,小说不再是一曲充满生命力的女性颂歌,而成为一个精心包装、悉心修饰的商业产品。这个发生在高原的都市女性的婚外恋故事,无论在题材上还是艺术表现上都呈现出向通俗作家安妮宝贝、亦舒、张小娴靠拢的趋势。尽管,盛可以保持了叙述的强劲态度,以尖锐的语言和新奇的想象试图掩盖故事的平淡本质。小说里的男主角水荆秋是一名历史系教授,是女主角婚外恋的对象,小说幻境般的开端给他披上了一层神秘色彩。然而,当爱情终于从高原来到平地,水荆秋和旨邑之间出现了道德上的博弈。在盛可以的小说中,道德总是让位于情欲的表达,然而,在《道德颂》中,却出现了对知识分子的讪笑和调侃:"有人说知识分子就是一个人用比必要的词语更多的词语,说出比他知道的东西更多的东西。"①除了这种和王朔的"知道分子"类似的描述,还有更加严厉的批判,小说中的观点表示,大部分知识分子道德败坏,行为卑劣,是一群追名逐利的庸人,世界上的大文豪卢梭、易卜生、托尔斯泰、雪莱和海明威的私人生活被不加选择地公之于众,作为知识分子堕落腐败的证据而遭到了大肆批驳。② 小说中的知识分子一再地被贬抑、被轻视,在道德上更是处于劣势。葛红兵的《沙床》更是让知识分子彻底堕入欲望的漩涡。这部小说让葛红兵被打上"美男作家"的标签,归入下半身写作的"美女作家"之流。葛红兵在接受访谈时声称,"五四"以来,知识分子倡导书写"大写的人",而自己偏要反其道而行之,放逐人的生存信仰,而注重表现人的渺小、卑下和可鄙。③《沙床》书写人

---

① 盛可以:《道德颂》,上海文艺出版社 2007 年版,第 6 页。
② 盛可以:《道德颂》,上海文艺出版社 2007 年版,第 94 页。
③ 葛红兵:《我不是"美男",也无意"作家"》,《中华读书报》,2003 年 12 月 3 日。

在毁灭道路之上的无奈和挣扎,然而小说最后还是走向了虚无,走向了知识分子的自我调侃和自我放逐。葛红兵不仅消解了知识分子的意义,还消解了作家的身份:"我认为自己是个农民,只有把自己当成农民时我才感觉是安全的。""许多人的作家、知识分子称号都是贬义的。我们看到有那么多知识分子都是学舌的鹦鹉,我为自己的教授和作家身份感到可耻。"[1]和王朔类似,葛红兵试图否定一切,调侃一切,以期通过躲入所谓的"农民"身份,放弃承担自己作为知识分子和作家的任何责任。

新世纪以来,知识分子的叙事传统出现了可疑的"躲避崇高"[2]的趋势。人文精神的大讨论并未重塑知识分子的价值观念和道德立场,反而造成了知识分子内外结构的改变。在外部,某些知识分子成为权力机构所谓的"代言人",成为大众调侃和嘲笑的对象。在内部,知识分子分裂成左右两派,新左派知识分子和自由主义知识分子相互混战,造成了一幅不堪的景观。随着消费叙事的介入,商业因素逐渐模糊了知识分子话语和大众话语、权力话语间的界限,导致了知识分子叙事传统的逐渐弱化。

---

[1] 李冰:《瞧,这群文化动物》,新世界出版社2005年版,第52页。
[2] 详见王蒙:《躲避崇高》,《读书》1993年第1期。

第四章　新世纪小说"反智"现象的原因探析

　　主题内容的贫乏和艺术形式的单一构成了新世纪小说中的"反智"现象的两个维度，正是多重原因的共同作用造成了这一结果。自40年代绵延至今的政治意识形态，限制了知识分子思想和言论上的自由，并导致了文学界对正谕话语的集体背反。改革开放以来经济社会环境的变化，促使文学成为工业生产的标准化商品，进入商业角逐的文学艺术逐渐丧失其精英地位。随着商品经济的发展涌现出的民粹主义和大众文化思潮，也在不断挤压精英知识分子的生存空间和思考领域。网络等新媒体的出现，给予民粹主义者和普通大众绝佳的言论空间，在网络反智语言暴力的打击之下，知识分子的言论空间面临极大的冲击。

第一节　政治意识形态的压制

　　西方学者对知识分子的阶级属性问题始终争论不休。知识分子究竟是不是一个阶级，其阶级性质能否流动和改变，在学术界也存在着诸多观点。在中国，知识分子虽然已经被认定为工人阶级的一部分，但往往还是会遭遇区别对待。在极"左"思潮影响下，知识分子的地位居于其他劳动者之下，必须虚心接受其他劳动者的教育和改造。而试图启蒙和教育劳动者的行为，则会遭到无情的打压。新时期以来，知识分子的社会地位得到了恢复，但是在普通民众眼中,知识分子却成了政府的合谋者和极权主义的帮凶,部分知识分子为了远离"文革"时期政治一元化的社会语境,采取世俗、媚俗和调侃的文学形式,取消了文学的严肃性和启蒙民众的社会功效。

一、知识分子的阶级属性

知识分子到底是不是一个阶级？关于这一问题,西方学者主要有三种观点：第一,知识分子已经形成了一个新的阶级(class-in-itself);第二,知识分子虽不是一个阶级,但也未能超越阶级,始终与阶级相关(class-bound);第三,知识分子不具有阶级性,不能形成一个独立的阶级(class-less)。[①] 其实,通过回答两个基本问题,就可以区分关于知识分子阶级属性的观点：第一,知识分子是否产生于一个明确的阶级;第二,知识分子是否会超越自己原有的阶级。

早期马克思主义者以及"新阶级"派对两个问题的回答都是肯定的,他们认为,知识分子已经形成了一个特定的阶级,且在阶级之间也会发生流动。事实上,马克思的理论并没有明确提出阶级的概念,也没有提及关于知识分子的理论系统,早期马克思主义者往往愿意将知识分子看成无产阶级的一部分。1898年发生在法国的德雷福斯事变催生了公共知识分子群体的诞生,这批知识分子宣布,他们已经建立了一个阶级。[②] 马克思的阶级观念认为,阶级来源于生产资料,但这些"新阶级"派对阶级的看法却恰恰相反,反而强调了自己与生产资料之间的不相关性。他们表示,自己的利益与社会整体的利益是相互吻合的,因为他们同时也减少了对占据某些职位的兴趣。一批新阶级理论家在20世纪后半期开始试图分析知识分子的阶级性。Daniel Bell 认为,新阶级

---

① 以上观点详见 Charles Kurzman and Lynn Owens: The Sociology of Intellectuals, *Annual Review of Sociology*, Vol. 28 (2002), pp. 63-90. 查尔斯·库兹曼和林恩·欧文斯:《知识分子社会学》。

② 详见 Charles Kurzman and Lynn Owens: The Sociology of Intellectuals, *Annual Review of Sociology*, Vol. 28 (2002), pp. 63-90. 查尔斯·库兹曼和林恩·欧文斯:《知识分子社会学》。

已经产生,尽管还是有些"混乱"①,但是社会已经处于受教育者的统治之下。右翼的坍塌、后工业主义、教育产业和敌对文化是新阶级得以产生的四个历史因素。新阶级的产生并不具有任何社会结构上的意义,而是一种混乱的文化环境的最终产物。以技能为基础的新精英的兴起,促使资本主义社会趋向于营造一种基于智力的工作环境。美国激进社会学家古尔德纳将知识视为一种可以外在拥有的资本,继而使用阶级理论将知识分子划为一种新的阶级,这种新阶级包括知识分子(intellectuals)和技术知识匠(technical intelligentsia)。古尔德纳的核心观点在于,新阶级是一个"有瑕疵的普救阶级":"新阶级是精英主义者,追求私利,以其专业知识来获取自身的利益和权力,并控制自己的工作状况。"②新阶级来自工人阶级,因为技术知识和人文知识的对立,新阶级内部也充满了矛盾。根据古尔德纳的观点,新阶级脱胎自旧阶级,或是旧阶级的一分子,或是受到了旧阶级的资助。生产和管理日益理性化的过程加强了对新阶级的依赖,从而促使新阶级从旧阶级中脱离出来。新阶级的特权来源于他们所拥有的文化、语言和技术:"新阶级是一群将历史和集体所创造的文化变成资本,据为己有,并从中渔利的文化资本家。"③新阶级拥有了相对大量和相对专业的文化资本,他们的突出特点在于,掌握了特定的言语方式,"操着同一种精致的语言","这种言语方式的特点是倾向于一种特殊性质的言论文化:一种谨慎和批评挑剔的说话方式"。④ 古尔德纳捕捉到了知识分子与文化资本之间的关系,知识分子和技术精英将依赖于这种文化资本建立自己的统治地位。

---

① Bell D. The new class: A muddled concept, *Society*, 1979, 16(2), pp. 15 - 23.丹尼尔·贝尔:《新阶级:一个混乱的概念》。
② [美]阿尔文·古尔德纳:《新阶级与知识分子的未来》,杜维真等译,人民文学出版社 2001 年版,第 7 页。
③ [美]阿尔文·古尔德纳:《新阶级与知识分子的未来》,杜维真等译,人民文学出版社 2001 年版,第 15 页。
④ [美]阿尔文·古尔德纳:《新阶级与知识分子的未来》,杜维真等译,人民文学出版社 2001 年版,第 25 页。

以葛兰西为代表的马克思主义学者倾向于第二种观点，他们认为知识分子并不是一个新的阶级，而是由具有不同社会起源和文化背景的个人所组成的松散群体，但是也未能超越阶级，还是与阶级具有紧密的联系。葛兰西认为，知识分子来自社会的各个阶层，他们并不具有固定的身份。知识分子并没有一种本质性的性质，而是不断变化于各种社会关系的总和之中，"所有的人都是知识分子，但并非所有的人在社会中都具有知识分子的职能"，知识分子与非知识分子的区别则"仅仅是知识分子的职业范畴的直接社会功能，即考虑的是他们特定的职业活动是趋向于智力工作还是趋向于肌肉—神经的劳动"。① 葛兰西否定知识分子作为一个阶级的存在，认为知识分子是社会角色，而非个人角色。知识分子的含义受历史环境和社会组织的限制，事实上，随着社会分工的改变，知识分子的含义和组成也会相应改变。葛兰西认为，知识分子有传统的知识分子和有机的知识分子两种，以教士为代表的传统知识分子垄断了许多重要公共事业，他们通过对宗教精神的把握，自认为拥有独立于统治阶级的地位。而有机知识分子则一般从工人大众中产生，并与大众紧密联系。有机知识分子随着新阶级的自我创造和发展而产生，他们是新阶级社会中的主要成员，并从事新型的社会活动。葛兰西的"有机知识分子"观点强调了知识分子的集体性和有机性，认为他们可以承担新阶级的价值观念，从而获取意识形态的领导权。

米歇尔·福柯同样为后现代时代提供了阶级理论。在与德勒兹的一次对话中，福柯表示，知识分子与权力制度密不可分，甚至本身就是权力制度的代言人，"他们对'意识'及其话语负有责任的观念构成了这种制度的一部分。知识分子的任务，不再是为了表述受抑制的集体真理而或多或少地站在斗争'之前和之外'，而是参加斗争去反对那种把他在'知识'、'真理'、'意识'和'话

---

① ［意］安东尼奥·葛兰西：《狱中札记》，曹雷雨等译，河南大学出版社2014年版，第6页。

语'领域中变成其有用之物和工具的种种权力形式"①。与葛兰西类似,福柯认为这种知识分子具有潜在的革命力量,这并非由于他们代表了被压迫的阶级,而是由于他们操纵了知识机器的齿轮。

曼海姆否认知识分子的阶级性,他认为知识分子缺少共同利益的约束,也不能拥有一致的行动能力,"知识阶层并非一个阶级,也无法组成一个政党,其行动也不会步调一致","没有哪个阶层比知识阶层更缺少目的专一和团结一致"。② 曼海姆强调,知识阶层处于不同阶级之间,不是各个阶级的集合体。只有知识阶级的个体可能会具有特定的阶级取向,因而"知识分子并未组成凌驾于阶级之上的阶层,也并不比其他群体更具有克服自己阶级副属性的能力"③。知识分子松散的组织形式使其具有了流动性,它的内部个体不断上升、受阻或是被取代,形成了一种动态的、缺乏明确社会身份的群体形态。曼海姆希望知识分子不要受控于任何政党和特殊利益,不要成为一种有目的、有意识的政党群体,而是能够追求超越普遍性的真理。爱德华·希尔斯和曼海姆持有同样的观点,他认为,20 世纪知识分子的多样性和专业化导致了一个疑问的产生,即他们在多大程度上能够形成一个共同体:"这个共同体通过相互关联的感觉结合在一起,依附于共同的规则和共同的识别符号。而知识分子现在不能形成这样的共同体。"④希尔斯认为知识分子在任何社会都是不可或缺的,并不仅仅是工业社会,社会越复杂,知识分子越是不可缺少的一分子。知识分子和管理当局之间的有效合作,维护了公共生活中的秩序,并使得更广大的平民融入社会。然而,知识产权的原始动力,以及通过知识产权实行的制度所支持的传

---

① 《知识分子和权力 法国哲学家 M.福柯和 G.德勒泽的一次对话》,陆炜译,《哲学译丛》1991 年第 6 期。
② [德]卡尔·曼海姆:《卡尔·曼海姆精粹》,徐彬译,南京大学出版社 2002 年版,第 172—173 页。
③ [德]卡尔·曼海姆:《卡尔·曼海姆精粹》,徐彬译,南京大学出版社 2002 年版,第 174 页。
④ Edward Shils: The Intellectuals and the Powers: Some Perspectives for Comparative Analysis, *Comparative Studies in Society and History*, Vol. 1, No. 1 (Oct., 1958), pp. 5-22.爱德华·希尔斯:《知识分子和权力:比较分析的一些观点》。

统,在某种程度上造成了知识分子与大众之间关系紧张。

通过观察西方学者对知识分子阶级属性的讨论,可以发现,知识分子的属性会随着社会发展而不断改变。第二次世界大战以后,高等教育体系开始扩展,大批知识分子离开了他们赖以生存的咖啡馆、广场和艺术画廊,走进大学成为教授。随着高等教育领域学科的日益细分,知识分子只能在学术刊物上发表自己的学术观点,从而与外界大众脱节,无法与人民进行对话,也无法再承担启蒙者的角色。雅各比在《最后的知识分子》中提到了公众的消失:"年轻的知识分子再也不像以往的知识分子那样需要一个广大的公众了:他们几乎无一例外的都是教授,校园就是他们的家;同事就是他们的听众;专题讨论和专业性期刊就是他们的媒体。"①在今天,知识分子无论能否构成一个阶级,都是从现有的阶级脱胎而成的,他们身上也无可避免地带有了一定的阶级特性,自然也与政治意识形态紧密相关。

在中国的政治文献里,知识分子的定义也经过了多次讨论和更正。毛泽东在1925年的《中国社会各阶级的分析》一文中,将"小知识阶层"②视为小资产阶级的一部分,这与"五四"时期左翼人士对知识分子的身份认定相符合。1933年,中央的两个文件《怎样分析阶级》和《关于土地斗争中一些问题的决定》模糊地讨论了知识分子的阶级问题。1947年,《中共中央关于重发〈怎样分析阶级〉等两个文件的指示》表示,要对前面两个文件中错误的部分进行重新修订。1948年,在《关于一九三三年两个文件的决定》中,知识分子的阶级属性通过修订得到了界定:"知识分子不应该看作一种阶级成分。知识分子的阶级出身依其家庭成分决定,其本人的阶级成分依本人取得主要生活来源的方法决定。一切地主资产阶级出身的知识分子,在服从民主政府法令的条件下,应该充分使用他们为民主政府服务,同时教育他们克服其地主的、资产阶级的和

---

① [美]拉塞尔·雅各比:《最后的知识分子》,洪洁译,江苏人民出版社2002年版,第6页。
② 毛泽东:《中国社会各阶级的分析》,《毛泽东选集》第二版,第一卷,人民出版社1991年版,第5页。

小资产阶级的错误思想。知识分子在他们从事非剥削别人的工作，如当教员、当编辑员、当新闻记者、当事务员、当著作家、艺术家等的时候，是一种使用脑力的劳动者。此种劳动者，应受到民主政府法律的保护。"① 至此，经过激烈的争论和曲折的斗争，知识分子终于在政治文献中被确认为属于劳动人民、属于工人阶级。

二、极"左"思潮下的中国知识分子

尽管知识分子的工人阶级属性得到了确认，但在1949年以后的中国，他们的地位和命运还是处于政治意识形态的控制之下。1942年，毛泽东的《在延安文艺座谈会上的讲话》明确提出了新的文艺政策，即文艺为政治服务，为工农兵服务，原本受限于共产党内部的整风运动开始向外部蔓延。1945年，在中国共产党第七次全国代表大会上，毛泽东对整风运动进行了总结。同时，犯有"左"的错误的张闻天、博古等人在会上检讨了自己脱离群众的小资产阶级思想。会上还选举了新一届的中央委员和候补委员，中国共产党成熟的领导集体开始形成，延安文艺整风运动开始在政治上突显其重要的成果。1949年7月2日，以毛泽东为代表的中共中央政府在北京召开了中华全国文艺工作者代表大会。大会继续贯彻了延安《讲话》的方针政策。在会上，周恩来、郭沫若、茅盾、周扬等人发表讲话，以这些讲话稿为原本，一套新的文艺政策诞生了。周恩来再次强调了文艺为工农兵服务的基本方针，强调文艺工作者必须向工农兵学习："文艺工作者是精神劳动者，广义地说来也是工人阶级的一员，精神劳动者应该向体力劳动者学习。"② 郭沫若总结了"五四"以来三十年的文艺工作，认为延安整风运动解决了"五四"未曾解决的文艺问题，文艺自此开始

---

① 曲阜师范学院政史系中共党史教研组编《中共党史学习与参考资料：新民主主义时期（中）》，1977年，第106页。

② 周恩来：《在中华全国文学艺术工作者代表大会上的政治报告》，《文学运动史料选》第五册，北京大学中文系中国现代文学教研室编，上海教育出版社1979年版，第645页。

真正走进广大人民群众之间。毛泽东在《文化工作中的统一战线》中提到,在落后地区,比如陕甘宁等地,要注意团结当地的旧知识分子,联合他们,改造他们:"我们的任务是联合一切可用的旧知识分子、旧艺人、旧医生,而帮助、感化和改造他们。为了改造,先要团结。只要我们做得恰当,他们是会欢迎我们的帮助的。"①周恩来也在报告中表示,应该尊重那些受群众喜爱的旧艺人,并在此基础上对他们加以改造,而不能一味地排斥他们、取代他们。相比而言,郭沫若的观点显然更加激进,他主张彻底消除旧文艺:"我们应该以夺取这种反动文艺的阵地为我们的责任。我们应该采取各种有效的方法来完成这种任务。"②茅盾在讲话中梳理了十年来国统区的文艺运动经过,对于国统区文艺存在的文艺大众化、政治与艺术以及作家的立场和态度问题都以阶级观念予以评价。周扬在报告中表示,《讲话》规定的发展方向就是新中国文艺唯一的发展方向,他鼓励工农广泛参加文艺活动,改造旧文艺,为文艺工作注入新鲜血液。这次大会总结了过去几十年国统区和解放区的文艺工作,再次树立了延安文艺的标志作用,同时为当代文艺活动制定了详细的发展计划和实施细则。

　　1949年以后,中国知识分子的文化活动开始全面地处于政治意识形态的领导之下,随后的一系列运动更是让知识分子的地位下降到历史的低点。在1954年,中国共产党通过对胡风文艺思想的批判继而展开对"胡风反革命集团"的批判,1957、1958年,又展开了对"资产阶级右派分子"的批判,在这一时期,大批知识分子被划为"右派"并取消了工作职务,派往农村劳动。精神劳动者向体力劳动者学习,知识分子向工农兵学习的政策被夸大为让知识分子接受贫下中农的再教育,政治环境中的反智主义思想愈演愈烈。在短暂的"百花"运动之后,1963年,根据毛泽东关于文艺问题的两个批示,由戏剧领域开

---

　　① 毛泽东:《文化工作中的统一战线》,《毛泽东选集》第二版,第三卷,人民出版社1991年版,第1012页。

　　② 郭沫若:《为建设新中国的人民文艺而奋斗——在中华全国文学艺术工作者代表大会上的总报告》,《文学运动史料选》第五册,北京大学中文系中国现代文学教研室编,上海教育出版社1979年版,第661页。

始,全国在文学创作、文学批评、电影批评等文学艺术的各个领域开展了全方位的批判和整风运动。毛泽东希望通过戏剧改革,建立国家意识形态化的文学,把思想领域的统治深入社会各个方面。1966—1976年的"文化大革命"更是中国整个文艺界的浩劫,文艺作品只要不直接为政治活动大唱赞歌颂歌,都会被视为反人民、反革命的"毒草"而大加鞭挞。大量知识分子承受了莫须有的罪名和惩罚,文学艺术作品的生存空间也被完全挤占。

因为种种政策法规的制定,20世纪五六十年代的文艺作品无论在创作题材还是创作方法上都受到了严格的控制,知识分子出于对自身生存环境的现实考虑,也主动向政治主流靠拢。"十七年"文学在政治环境的压迫之下缺少成长的空间,在反智思潮蔓延的政治环境下,知识分子从人民精神的启蒙者变为工农兵的崇拜者和歌颂者,文学艺术作品也成为政治理念和政治政策的宣传材料。在工农兵被树立为革命历史的叙述主体的同时,知识分子成为与之对立的负面形象出现在文艺作品中,始终处在被压制和被批判的地位。在当时的文艺作品中,知识分子往往虚伪、狡诈、懦弱、自私自利,而工农兵则善良、勤劳、朴实、大公无私。1950年,萧也牧的小说《我们夫妇之间》发表在《人民文学》上,小说通过描写知识分子丈夫李克与工人妻子之间的家庭琐事,表现知识分子和工农之间的差异。婚后,李克和妻子来到城市生活,却发现两人之间的差距越来越大:"她自从来北京后,在这短短的时间里边,她的狭隘、保守、固执……越来越明显,即使是她自己也知道错了,她也不认输!我对她的一切的规劝和批评,完全是耳边风!"①小说的最后,李克和妻子都看到了对方和自己身上的优缺点,愿意共同学习和进步。小说发表后即得到了好评,但是短短一年后,文艺界就掀起了对小说的批判。陈涌在《人民日报》1951年6月10日发表《萧也牧创作的一些倾向》,继而,李定中和丁玲的批判文章也相继在《文艺报》上发表。陈涌认为,小说丑化了工农兵形象,表现了作者小资产阶级的倾

---

① 萧也牧:《我们夫妇之间》,花城出版社2010年版,第6页。

向,他提醒小资产阶级知识分子警惕"旧思想情感的抬头",警惕"外来的非无产阶级思想的影响"。① 李定中批判了小说"玩弄人民的态度",认为小说是"卖弄的、虚伪的、没有真实的情绪和感情的"②,而造成小说这种低级趣味的原因,则是作品与政治的脱离。丁玲则直接批判和否定了小说中的知识分子李克,认为他是一个讨厌的知识分子,一个带有小市民低级趣味的"假装改造过,却又原形毕露的洋场少年"③。继而,丁玲将对李克的批判转为对作者萧也牧的批判,李克的虚伪、狡诈以及对妻子的玩弄,都表现了萧也牧没有老老实实接受工农兵的改造。丁玲之后,对萧也牧的批判愈演愈烈,萧也牧被划为"右派",饱受摧残。事实上,《我们夫妇之间》的情节和语言并不出彩,在艺术上的成就也不高,但是小说表现出了知识分子在政治高压下可贵的反思精神。知识分子不愿接受被工农兵改造的命运,试图再一次充当启蒙者的角色,却遭到了反智主义的政治意识形态的打压。通过这1949年以后第一部遭到批判的小说及其作者的命运,我们可以明确地看出知识分子的艰难处境。

三、"新时期"文艺政策下中国知识分子的多种书写方式

1976年,"四人帮"倒台,"文化大革命"宣告结束,党中央开始就"文革"遗留问题进行全方位的纠偏。1975年,邓小平做出《科研工作要走在前面》的指示,提出领导班子应该大力支持配合科研工作者的工作。1977年,邓小平多次提出要尊重知识,尊重人才,"一定要在党内造成一种空气:尊重知识,尊重人才。要反对不尊重知识分子的错误思想。不论脑力劳动,体力劳动,都是劳动。从事脑力劳动的人也是劳动者"④。邓小平的讲话将知识分子再一次纳入

---

① 陈涌:《萧也牧创作的一些倾向》,《中国当代文学批评大系:1949~2009》卷一,王尧、林建法主编,苏州大学出版社2012年版,第80页。
② 李定中:《反对玩弄人民的态度,反对新的低级趣味》,《中国当代文学史料文论选》,路文彬主编,中国文联出版社2006年版,第31页。
③ 丁玲:《作为一种倾向来看——给萧也牧同志的一封信》,《中国当代文学批评大系:1949~2009》卷一,王尧、林建法主编,苏州大学出版社2012年版,第84页。
④ 《邓小平文选》第二卷,人民出版社1994年版,第41页。

了劳动者的行列,同时,邓小平还提出需要准确理解毛泽东思想以及毛泽东的知识分子政策。1977年8月8日,在科学和教育工作座谈会上,邓小平发表了著名的讲话,这一讲话常常被当成邓小平对"文革"时期错误的知识分子政策的纠偏。邓小平肯定了"十七年"知识分子政策,"应当肯定,十七年中,绝大多数知识分子,不管是科学工作者还是教育工作者,在毛泽东思想光辉照耀下,在党的正确领导下,辛勤劳动,努力工作,取得了很大成绩",他还认为"我国的知识分子绝大多数是自觉自愿地为社会主义服务的"。[1] 在大体肯定"十七年"文艺政策的同时,邓小平对"文革"时期的一些教育政策进行了纠偏,主要针对的是1971年的《全国教育工作会议纪要》。《纪要》提出"两个估计",认为"文化大革命"前十七年的教育是"资产阶级专了无产阶级的政"[2],当时知识分子自然大部分也是资产阶级的知识分子。1977年9月,邓小平就教育战线的拨乱反正问题谈话表示,《纪要》中的"两个估计"与实际情况出入较大,应该对其进行纠正和批判。终于在1979年3月19日,中共中央做出决定,撤销《纪要》。事实上,1978年,邓小平就在全国科学大会开幕式上再次肯定了社会主义社会的知识分子也属于劳动者,并肯定绝大多数的知识分子"已经是工人阶级自己的一部分","他们与体力劳动者的区别,只是社会分工的不同,从事体力劳动,从事脑力劳动的,都是社会主义社会的劳动者"。[3] 在重申知识分子阶级性质的同时,邓小平提出,科学技术是生产力,知识分子应该努力提高技术水平,发展社会主义科学事业。在谈到知识分子的思想觉悟问题时,邓小平一方面肯定大部分知识分子的政治立场,另一方面也提醒知识分子不能忘记改造:"在我们的社会主义社会里,人人都要改造。不仅那些基本立场没有转过来的人要改造,而且所有的人都应该学习,都应该不断改造,研究新问题,接受

---

[1] 《邓小平文选》第二卷,人民出版社1994年版,第49页。
[2] 中国人民解放军国防大学党史党建政工教研室编《中国党史教学参考资料·26中·文化大革命研究资料》,国防大学出版社内部出版发行,1988年版,第542页。
[3] 《邓小平文选》第二卷,人民出版社1994年版,第89页。

新事物,自觉地抵制资产阶级思想的侵袭,更好地担负起建设社会主义现代化强国的光荣而又艰巨的任务。"① 邓小平还提出,在各个科研机构中,应当建立党委领导下的所长负责制度。科研机构应该由党委来确保基本的政治方向,而由所长负责具体的业务工作。"文革"刚刚结束的时期,邓小平对待知识分子的政策基本延续了"十七年"的文艺政策,基本肯定政治对文艺的领导作用,也基本肯定了知识分子的阶级立场与科研工作之间的关系。

1979 年的第四次文代会,向来被许多评论者视为新时期文学的开端,在这次会议上,不仅"文革"时期的"文艺黑线专政"论被彻底地否定,关于文学与政治,知识分子与人民的关系也得到了重新阐释。十一届三中全会对"两个凡是"的否定为第四次文代会扫清了障碍,知识分子的问题也得到了逐步解决。邓小平《在中国文学艺术工作者第四次代表大会上的祝辞》中表示,必须继续坚持文艺为人民服务、为工农兵服务的政策,并同时修改了对延安文艺以来提出的文艺为政治服务的政策,"党对文艺工作的领导,不是发号施令,不是要求文学艺术从属于临时的、具体的、直接的政治任务","在文艺创作、文艺批评领域的行政命令必须废止","写什么和怎样写,只能由文艺家在艺术实践中去探索和逐步求得解决。在这方面,不要横加干涉"。② 第四次文代会对"文艺为政治服务"口号的取消,激起了文艺民主的呼声,文学艺术家们呼吁政治给文学松绑,呼唤文学自由的发展空间和题材、风格形式上的多样性。第四次文代会前后产生的"伤痕文学"、"反思文学"即是对新时期文艺政策的回应。作家们纷纷提笔,回忆"文革"时期自己所遭受的迫害,控诉"文革"和"四人帮"的毒害。然而,这些"伤痕文学"的作家依然难以摆脱政治意识形态的控制,虽然他们以文学的手段控诉"文革",但是在某种程度上来说这些举动依然还是对新的政治政策的回应,70 年代末期到 80 年代初期的文学写作,依然未能摆脱"文革"思想的控制。在文学史阶段的界定中,"新时期"往往被简化为一个独立的

---

① 《邓小平文选》第二卷,人民出版社 1994 年版,第 93 页。
② 《邓小平文选》第二卷,人民出版社 1994 年版,第 213 页。

历史时期,"四人帮"倒台、"文革"结束和第四次文代会被文学史处理成一个个历史节点,仿佛越过这个历史节点的"新时期"就能够与之前的文艺乱象完全割裂。

新时期以后,随着改革开放的逐渐深入和国家制度的不断完善,西方思想传入中国,文学也开始了真正的变革。80年代中期,随着知识分子地位的提高,知识分子对自身的反思和批判也达到了一个高峰。可是,在意识形态上的"反智"思想开始向另一个极端变化。社会对极"左"思想的警惕和反思进而引发了"躲避崇高"的热潮,人们把知识分子视为极端年代政府的合谋者,那些"大写的"、"高尚的"主题被看成知识分子对专制主义的宣传。随后,整个知识分子群体被视为虚伪狡诈的政治宣传者,遭到了否定。王朔是新时期以来在创作中颠覆知识分子形象的始作俑者。自《顽主》开始,王朔塑造了大量负面的知识分子形象,对于传统意义上的知识分子如教师、医生、作家等大肆嘲弄。1987年发表在《收获》上的《顽主》开启了其讽刺和贬低知识分子的创作过程。在小说中,医生、教授、作家表面上德高望重、风度翩翩,但私下里道德败坏、玩弄感情。而"3T"公司的于观、杨重、马青反而成为热心助人、诚实守信、重义轻利的正面人物。尤其是小说中的杨重,他熟悉文学和哲学名词,对弗洛伊德、卢梭、塞万提斯的格言信手拈来,并娴熟地将这些术语运用在与女性的交往之中,让人误认为他具有很高的文化素养。杨重的形象无疑是对知识分子的讽刺,王朔意在揭穿知识分子博闻强记的表皮,而暴露其缺乏内涵的内心。小说中的赵尧舜也是王朔讽刺的对象,这位大学教授、人生导师满口仁义道德,实际上却猥琐卑下。赵尧舜本想教育于观等人,认为他们的生活没有意义,麻木不仁,却反被戏弄了一番。在王朔看来,追求崇高和严肃的行为无疑是"文革"的遗毒,带有政治一元论的危险,而知识分子都虚伪狡诈,是统治者的帮凶,更是造成整个中国社会伪善风气的最终原因:"中国历代统治者大都是流氓、武夫和外国人。他们无不利用知识分子驭民治国,刚巧中国的和尚不理俗务,世道人心、精神关怀又皆赖知识分子议论裁决,这就造成知识分子权大无边身兼二职:既是神甫又是官员。绝对的权力导致绝对的腐败。"①于是,王朔用他的"顽主"们消解了价值追求和生活意义,也导致了基本人文价值观的失落。

第二节　经济社会环境的打击

改革开放以后,文化领域发生了重大变化,原本处于国家保护之下的文学期刊,不得不面临"断奶"的新情况,必须改变自身以适应新的经济环境。在这种情况下,文学期刊一方面不能放弃政府喉舌的角色地位,另一方面还必须独立支撑刊物办理的各项开销。许多期刊因为改革的失败而成为历史,另一些期刊则通过改版以重新获取读者的注意。在出版行业,读者导向同样是新世纪文学的发展模式。编辑成为与作者相当的重要角色,通过分析读者的兴趣取向,他们从创作源头对文学作品进行规划指导。文学作品的被迫改观,致使其在追逐经济利益的同时不可避免地出现了反智的现象。

一、文化人的经济生活

1919年12月28日,李大钊的《物质和精神》在《新生活》第19期上发表,文中提道:"物质上不受牵制,精神上才能独立,教育家为社会传播光明的种子,当然要有相当的物质维持他们的生存。不然,饥寒所驱,必至改业或兼业他务。久而久之,将丧失独立的人格。精神界的权威,也保持不住了。"②知识分子若是没有基本的经济生活保障,自然无以支撑其传播科学文化知识、启蒙民众的活动。"五四"时期的知识分子都有着相当稳定的经济来源和丰厚的物质基础,无论是政府官员、大学教员甚至自由撰稿人,当时文人的薪酬都远超普通民众的基本生活水准,可以保证一家人衣食无忧。陈明远的《文化人的经济生活》一书通过对日记、账本、合同等史料的详尽考察,基本得出了20世纪

---

① 《王朔文集·随笔集》,云南人民出版社2003年版,第45页。
② 《李大钊全集》,河北教育出版社1999年版,第430页。

二三十年代知识分子的经济生活谱系。他认为:"自由独立的经济生活构成了自由思想与独立人格之坚强后盾和实际保障。于是,文化人方能成为启蒙运动中传播和创新现代化知识的社会中坚。"① 经济生活是陈明远考察"五四"运动以及 20 世纪上半叶的其他革命运动的新的维度。在政治环境和社会环境之外,经济情况的好坏对启蒙运动是否能够顺利进行影响很大。知识分子和文化人都渴望通过经济自立获得思想言论的自由,从而实现自由民主的文化诉求和政治理想。1922 年,以蔡元培为代表的北大学人群体联合发表了《我们的政治主张》一文,文章要求中国积极进行政治改革,建立"好政府",并对"好政府"的建立提出了几点要求,要求"宪政的政府"、"公开的政府"和"有计划的政治"。② 该文既是"五四"知识分子的政治独立宣言,也是知识分子进行文化活动的基本诉求。在对该文的讨论中,金岳霖的《优秀分子与今日之社会》③一文提出,蔡元培们要想在中国实现自己的政治主张,还必须考虑到特别的环境。中国人生活水平低下,注重人情面子,这些都给实现政治理想造成了阻碍。金岳霖赞成蔡元培的主张,并认为这些"优秀分子"必须拥有独立的进款,实现经济上的自立,不依附于政府,不做政客,也不把发财作为目的,才能实现政治目标。在蔡元培等人的政治独立宣言之外,金岳霖又补充了经济独立的重要性。只有不被政府利用,同时不以攫取金钱为目的的独立知识分子,才有监督政府和改造社会的可能。

陈明远在书中谈到,《新青年》创办伊始,由于经费不足,不给撰稿人发放稿酬,而另有工作的"五四"知识分子并无生活的压力,也自愿免费给《新青年》供稿。但是很快,随着自由撰稿人的出现,靠写作为生的文化人越来越多,鲁迅、茅盾、丁玲、沈从文等人都进入市场,开始依靠稿酬生活。在著名的《娜拉走后怎样》中,鲁迅提出"钱是要紧的",认为经济基础对知识分子的自由创作

---

① 陈明远:《文化人的经济生活》,陕西人民出版社 2013 年版,第 8 页。
② 蔡元培:《我们的政治主张》,《东方杂志》1922 年第 19 卷第 8 期。
③ 详见《金岳霖全集》第 2 卷,金岳霖学术基金会编,人民出版社 2013 年版,第 429—441 页。

有着重要作用,娜拉的出走并非仅需一颗觉醒的心,"她还需更富有,提包里有准备,直白地说,就是要有钱","钱,——高雅的说罢,就是经济,是最要紧的了。自由固不是钱所能买到的,但能够为钱而卖掉"。"要求经济权固然是很平凡的事,然而也许比要求高尚的参政权以及博大的女子解放之类更烦难"。①鲁迅深知金钱在保有知识分子自由思想上的重要性,在1926至1927年,他本人也完成了从公务员到自由撰稿人的转变。1927年,鲁迅来到上海,依靠北新书局的编辑费和担任特约撰稿员的收入支持其与许广平的生活。陈明远通过对鲁迅日记和账本的详细梳理,得出了鲁迅的基本经济状况,他认为,抛开经济条件空谈鲁迅是不完整的,撰稿人的收入支撑了鲁迅自由思想的表达:"在他的思想'从进化论走向阶级论'的同时,他的经济地位'从公务员走向自由职业者'。鲁迅的独立人格和自由思想,以他超越了'权'和'钱'的自由职业作为稳固的经济保障。"②

除了鲁迅,沈从文也是自由撰稿人的典型。没有上过大学,也并未加入组织社团的沈从文,在北京和上海都难以谋得一个稳定的职位,他在结识丁玲、胡也频以后,基本靠创作为生。当时,《小说月报》、《晨报》等是沈从文发表作品的主要阵地,在出版小说集《蜜柑》之后,沈从文开启了依靠版税养活自己和家人的生活。后来,为了文章能够更加方便地发表,沈从文和丁玲、胡也频共同编辑《中央日报》的副刊《红黑》,三人平分酬劳。但是很快,《红黑》以亏本告终。生存的压力迫使沈从文如工匠一般快速地埋头写作,"沈从文作为一个职业作家流着鼻血,像现代机器一样以疯狂的速度生产着小说、诗歌、戏剧、随笔等各种类型的文学产品,以每本100元的价格尽快地出卖给上海街头新兴的小书店。仅仅在1928年至1929年一年多的时间里,几乎上海所有的杂志和书店就遍布他的文学产品"③。在与友人的通信中,沈从文也多次提到自己生

---

① 鲁迅:《娜拉走后怎样》,《鲁迅全集》第一卷,人民文学出版社2005年版,第167—168页。
② 陈明远:《文化人的经济生活》,陕西人民出版社2013年版,第201页。
③ 旷新年:《1928:革命文学》,山东教育出版社1998年版,第22页。

活困难，只能依靠卖文为生。1929 年，胡适聘请沈从文为公学教师，主讲现代文学，然而仅搬家就职一事就给沈从文带来了经济上的很大压力，在与胡适的通信中写道："从文搬家事，本意即迁至校中，读书也较方便。但办不到的是生活青黄不接，所以本来已说不写文章的，谁知又成了不在本月底写成一书就无法支持的情形，眼前还一字不曾着手，然一到月底，无论如何也非有三万字不能解决，所以这几天若写不出文章，不但搬不成家，就是上课也恐怕不到一月连来吴淞的钱也筹不出了。"①沈从文以"文丐"讥嘲自己靠卖文为生的困窘生活，他深知自己这些批量生产的作品实际上艺术价值并不高，仅仅是为了经济利益的无奈之作。由于经济上的压迫，沈从文写信恳求徐志摩代为向新月社要求预支稿费以解燃眉之急，他在信中一再提到自己经济上的困难，甚至想到了改行："在最近，从文只好想方设法改业，文章赌咒不写了。"②在现代出版机制下，书商通过压低作者的稿酬，迫使作家不得不通过批量书写的方式生产文学作品。20 世纪 30 年代，新文化运动及其产物已经超出了"五四"启蒙知识分子的掌控，变成一种独立的商业模式。以书店、书商、杂志、出版社等机构组成的一条完整的文学生产链条，打破了文人之间狭窄的交流圈，将大量读者引入其中，形成了一个现代意义上具有经济效益的生产空间。事实上，这个生产空间在 30 年代的发展更加完善，以蒋光慈为代表的一批"革命加恋爱"作家在 30 年代创作的作品，就能够明显看出其内在的固有模式。无论是主题、内容、文字还是人物形象，都按照所谓的"畅销"标准而大量复制。以启蒙和救亡为发轫的新文学，最终成为可复制的现代文学生产，而身处其中的知识分子，有些尚能坚守自己的独立思想和独立人格，而有些已经开始以"反智"的噱头向金钱和大众媚俗。

---

① 沈从文：《192910 下旬 致胡适》，《沈从文全集》第 18 卷，北岳文艺出版社 2002 年版，第 23 页。
② 沈从文：《19281204 致徐志摩》，《沈从文全集》第 18 卷，北岳文艺出版社 2002 年版，第 11 页。

二、 市场经济条件下的文学期刊

  1949年以后的很长一段时间内,计划经济体制对商品经济属性和市场的排斥,导致文化产品在政府的主导下成为政治宣传的工具。改革开放以后的市场经济体制,使得文化产品的商品属性开始回归,并在八九十年代达到了高峰。1984年,中国共产党第十二届三中全会通过了《中共中央关于经济体制改革的决定》。《决定》表示,需要建立"自觉运用价值规律的计划体制,发展社会主义商品经济",同时需要"充分重视经济杠杆的作用"。[①] 1949年以来,商品经济、市场经济成了资本主义的经济形式,计划经济才是社会主义的基本特征。但是十二届三中全会开始指明了商品经济的地位,提出商品经济是社会经济发展中的一个不能跨越的发展阶段。对商品经济地位的肯定推动了中国日后以市场为导向的经济改革。1987年,中国共产党十三大报告提出,要建立有计划商品经济的体制,市场手段在经济建设中的地位得到了进一步提高。1992年,邓小平的"南方谈话"提出计划和市场都是经济手段,"计划多一点还是市场多一点,不是社会主义与资本主义的本质区别"[②],提倡大力发展经济,坚持改革开放。1993年,在中国共产党第十四届中央委员会上,通过了"建立社会主义市场经济体制"的决定。《决定》表示,要转换国有企业的经营方式,发展市场体系,转变政府职能,设立宏观的经济调控体系。[③] 在经济体制改革的影响下,文化政策也随之发生改变,原本处于国家严格控制之下的期刊出版行业,在市场经济体制下也开始发生转变。

  1984年,国务院颁布了《国务院关于对期刊出版实行自负盈亏的通知》,明

---

  ① 《中共中央关于经济体制改革的决定》,人民出版社1984年版,第15—19页。
  ② 邓小平:《在武昌、深圳、珠海、上海等地的谈话要点》,《中国特色社会主义基本理论著作及重要文献选编》,丛松日、邱正福编,山东大学出版社2014年版,第41页。
  ③ 详见《中国特色社会主义基本理论著作及重要文献选编》,丛松日、邱正福编,山东大学出版社2014年版,第62—69页。

确规定,除了少数特殊期刊之外,其余期刊一概"独立核算,自负盈亏"①,经营不善的期刊杂志则一律关停并转。政府对文学期刊的"断奶"政策,使得文学成为一种商品进入了市场。1949年以来,依附于社会主义文学体制的文坛大一统的格局被打破。依靠制度力量的主流文学不再能够确保其主导地位,而是需要在市场经济时代参与竞争,在"文学场"中谋得一席之地。1988年,文化部下发《文化部、国家工商行政管理局关于加强文化市场管理工作的通知》②,通知中提出并明确了"文化市场"的概念,将精神产品和文化娱乐服务等都纳入文化市场管理的范围。20世纪90年代,中国基本完成了"阶级斗争为纲"向"经济建设为中心"的转变,同时,文学也不再拥有紧靠政治意识形态的核心地位,在经济的高速发展中日益边缘化。邵燕君在《倾斜的文学场》中表示:"当代文学生产机制的'市场化'转型是伴随着中国社会整体结构的转型发生的,即从计划经济体制转轨到市场经济体制,落实到文学层面上,就是从计划经济体制下的意识形态生产的一部分,转向以'市场原则'为主导的消费性文化生产的一部分——同时仍保留着政府在意识形态上的控制和某种行业垄断性的政策保护。"③"断奶"政策的执行和文学向市场化的逐渐转变,给传统文学期刊的生存环境造成很大危害。

市场经济体制的形成进一步削弱了文学期刊的政治宣传功能,而其商业功能则开始被强化。80年代末,许多著名期刊的订购数量开始迅速缩水,百万发行量的神话不再。90年代末,大量文学期刊接二连三地关停,如《漓江》《昆仑》《小说》等,而其他期刊则开始寻求全方位的改制。黄发有认为,九十年代以来关于文学期刊的定位调整主要有五种路线,分别是办"杂"刊、办"特"刊、

---

① 国务院法制办公室编《中华人民共和国法规汇编》(第六卷),中国法制出版社2005年版,第573页。
② 《中华人民共和国法律法规全书》编委会编《中华人民共和国法律法规全书》,第十卷,中国民主法制出版社1994年版,第253页。
③ 邵燕君:《倾斜的文学场——当代文学生产机制的市场化转型》,江苏人民出版社2003年版,第2页。

一刊多版、打破地域限制和另谋出路。① 从90年代末直至新世纪,文学期刊中转型成功的例证之一就是《萌芽》。

《萌芽》创刊于50年代,以30年代鲁迅主编的同名左联机关刊物的思想为指导,成为宣传青年作家、发表青年作家作品的主要文艺阵地。80年代初,《萌芽》复刊,复刊开始就建立了自负盈亏的经营模式,期刊收入与发行量直接挂钩,在当时吸引了大批青年作家和读者。然而,随着文学期刊改革的大潮,《萌芽》进入低谷,直到1999年"新概念作文大赛"的举办,才使其脱离危机并成功转型。1995年底,赵长天担任《萌芽》主编,他在上任伊始就确立了杂志的市场意识,要求杂志以读者为导向,充分考虑市场需求,通过实地市场调研等方法为杂志确立市场:"既然明确文学杂志是商品,那么对于商家来说顾客是上帝,对于杂志来说读者就是上帝。我们反复强调树立市场意识,杂志社每个人,从主编到会计出纳,都联系自己家附近的几个书报亭,把每期刊物送去代销,并反馈销售情况。平时接听电话,回复读者来信这些事情,我们都一丝不苟,用对待'上帝'的态度来热情认真地做。"②自此,《萌芽》将高中生明确为其特定的目标读者群,以青年读者的审美趣味为导向对刊物内容进行进一步修正。1999年,《萌芽》成功抓住了应试教育改革的社会热门问题,举办了"新概念作文大赛"。"新概念作文大赛"产生的直接背景是1997年开始的关于语文教育的辩论。讨论呼吁破除工具主义的思维方式,强调中学语文教育的文学性与文化性,宣传新语文的观念。这次讨论在社会各界引发了热烈的响应,政府也开始对教育政策的调整和改革采取措施。刊登在《萌芽》杂志上的《"新概念作文大赛"倡议书》借助语文大讨论的热潮自我宣传,声称要为教育改革寻找新的突破口。《倡议书》提到,中学语文教育存在种种问题,"将充满人性之美和生活趣味的语文变成机械枯燥的应试训练",而现行的高考制度也存在着

---

① 详见黄发有:《20世纪90年代以来的文学期刊改制》,《文学制度改革与新时期文学》,吴义勤主编,文化艺术出版社2013年版。

② 赵长天:《绝处逢生说〈萌芽〉》,《编辑学刊》2004年第3期。

误区,最终造成了很大的负面作用,导致"文学与人文学科后备人才的匮乏"。从《倡议书》来看,"新概念作为大赛"的矛头直指现行的应试教育体制和语文教学方法,《萌芽》杂志社期望以"新概念"、"新思维、新表达、真体验"对抗"旧思维",以人文性和审美性对抗机械性与工具性,"让充满崇高的理想情操,充满创造力、想象力的语文学科,成为真正提高学生综合素质的基础学科"。不过显而易见的是,"新概念作文大赛"的出发点充满了对市场热点的投机性质,《萌芽》杂志社一方面通过对抗现行教育体制博取民众和高校知识分子的眼球,另一方面却又利用了应试教育的漏洞。该《宣言》的发起人并非仅有《萌芽》杂志,还有北京大学、复旦大学、南京大学等著名高等院校。《萌芽》期望仿造数理化学科的奥林匹克大赛,将"新概念作文大赛"打造为语文学科的奥林匹克,"使得优秀作品的学生作者与相关高校建立某种联系,为日后的最终入选打下必要的基础"。这样一来,作文大赛的初衷与其最终所期望的结果形成了某种悖论,以反叛现行语文教育为目标的作文比赛,却可以凭借比赛结果"进入七所著名高校重点关注范围,视其具体情况予以提前录取或优先考虑"①。很快,"新概念作文大赛"与高校的合作收获了成果,首届新概念作文大赛一等奖获得者陈佳勇,成为作文大赛史上第一个被保送北京大学的人,他后来从事影视传媒工作,成为一名副总裁②。自陈佳勇开始,"新概念作文大赛"一等奖获得者获得重点院校的特殊招生资格的不在少数。北京航空航天大学、南京大学、中国政法大学、南开大学等重点高校还将"获得新概念作文大赛一等奖"明确列为大学特殊招生报考的条件之一。③ 自此,"新概念作文大赛"以与高考制度的相互补充完成了与应试教育的合谋,到 2004 年,《萌芽》杂志的月发行量已经从 1 万多册增加到 45 万册,实现了商业上的成功转型。"新概念作文大赛"历届获奖者韩寒、郭敬明、张悦然、周嘉宁等人也依托《萌芽》平台成为

---

① 《"新概念作文大赛"倡议书》,《萌芽》1999 年第 1 期。
② 《18 年了,新概念作文大赛的获奖者们去了哪儿》,《新商报》,2016 年 9 月 22 日。
③ 材料来源自《大学特殊招生报考导航》,吕迎春编著,中国时代经济出版社 2009 年版。

了畅销书作家。《萌芽》杂志通过对中学语文教育的批判,精准地获取了学生和高校人文科学知识分子的注意,同时还收获了大批学生家长读者,从而获得了巨大的经济利益。与此同时,"新概念作文大赛"还通过对高考制度的补充进入了应试教育体系,甚至在某种程度上成为学生通向名校的一条捷径。

在市场经济条件下,文学期刊面对"自负盈亏"的生存压力,不得不开始寻求充当政治宣传工具之外的另一条路。以《萌芽》为代表的一批刊物,在90年代末的期刊转型中成功幸存,正是由于其对读者和市场的绝对服从。通过调查研究读者的兴趣口味,从而制定相应的内容安排,这种运营方式致使读者成为"上帝",而文学期刊则成为"上帝"的服务者。文学期刊不再能起到启蒙民智,引领大众思想的重要作用,反而成为大众文化的复制者和宣传者。与此同时,虽然政府对文学期刊在经济上实行了严苛的"断奶"政策,但是在意识形态领域依然保有绝对的掌控权,文学期刊也不得不在重视读者、追逐商业利益的同时,考虑到主流意识形态的导向。《萌芽》的转型,正是两个方面的有效结合,杂志的商业运作也实现了经济效益和政府支持的良性循环,可惜的是,文学刊物也因而失去了内在精神,沦为商品经济的附庸。

三、 出版业改革与畅销书的生产

1987年,为了加强对新闻出版工作的统筹规划,政府撤销国家出版局,设立了中华人民共和国新闻出版署,出版事业被系统纳入国家的管理范围之内。全国范围凡是有关新闻和出版的法律规章、管理方针和图书发行工作,都统一由新闻出版署管理。1988年4月,为了应对出版社选题不够合理、图书质量不佳等问题,中宣部和新闻出版署发表了《关于当前出版社改革的若干意见》,《意见》表明,出版社改革的重点在于"必须由生产型向生产经营型转变","既要重视社会效益,又要重视经济效益"。[①] 在经济体制改革的热潮之下,文学出

---

① 中国出版工作者协会、中国出版科学研究所编《中国出版年鉴(1989)》,中国书籍出版社1991年版,第36页。

版成为商品经济的重要一环,文学产品的经济效益开始与其社会效益享有同等的重要地位。经济效益重要性的提高,导致适用于社会主义市场经济的按劳分配原则也开始在出版社内部实行。随后,中宣部颁发《关于当前图书发行体制改革的若干意见》,提出"三放一联"的改革思路,要求不断激励新闻工作者,调动他们的工作积极性,建立开放式的、充满活力的图书刊行体制。此举在全国范围内的影响很大,国家很快在1989年借"扫黄"活动重新整顿出版行业。1992年底,全国新闻出版局长会议在北京召开,会上,要求出版工作者深入学习贯彻十四大精神。新闻出版署署长宋木文发表讲话,要求新闻出版工作更好地为经济建设和改革开放服务,并逐步设立顺应社会主义市场经济体制的出版体制。① 1994年,在全国新闻出版局长会议上,新到任的出版署署长于友先发表报告,名为《坚持方向 深化改革 实现新闻出版工作的阶段性转移》,他指出,新闻出版改革必须按照逐渐摆脱计划经济模式束缚的方向发展,形成优质高效的运行机制:"事业单位按企业管理,并且进一步加大企业管理分量。"②针对出版社的一系列改革迫使出版社不得不转变经营方向,原先衡量文学的政治标准在市场经济环境下不再适用,市场的占有率成为新的衡量准则。在这种情势下,1993年春风文艺出版社推出的"布老虎丛书"成为新时期以来商业化运作的最成功商品,也以独特的"畅销书模式"给文学市场注入了新鲜血液,并无意间引领了随之而来的大批畅销书热潮。

"布老虎丛书"在策划运作初期,以千字500元的高稿酬吸引大批作家签约,并且用"包装思想"的方式,理念先行地给作者规定故事的内容和形式:"第一,必须写成人生活;第二,必须有一个好读、耐读的故事;第三,要有一定的理想主义色彩。"③出版人安波舜认为,在1993年的社会环境下,先锋文学和传统文学都不能维持生存。他通过对中关村老师和学生的两次市场调研,获取了

---

① 详见《中国出版史料·第3卷·现代部分(上)》,山东教育出版社2001年版,第439—459页。
② 《中国出版年鉴(1994)》,中国出版年鉴社编辑、出版,1994年版,第3页。
③ 阿正、张胜友、安波舜:《出版家说畅销书(之二)》,《中国质量万里行》1999年第7期。

目标读者的阅读偏好。在调查中,安波舜发现理工科知识分子已经成为最活跃的生产力,而他们的文化需求与80年代的人文知识分子已经明显不同,"价值观念稳定,有理想主义或童话色彩"的作品才能构成畅销因素。目标读者的需求让出版者明白"要么我们改变自己,要么我们退出文坛"①,因此,以读者需求为导向,以出版家为支配力量的畅销书诞生了。春风文艺出版社以普遍存在于大众心理中的"理想主义色彩"作为书籍畅销因素,将"布老虎丛书"的受众定位为大众之中的都市白领阶层,并以男女情感为主要内容,在1993—1996年出版了十部长篇小说。其中,铁凝的《无雨之城》和张抗抗的《情爱画廊》销量都在30万册以上。在"布老虎丛书"的策划、生产和运营中,作家的自主性和独立性消失了,出版者看似指导了丛书的创作思想和创作过程,但暗含其后的大众趣味才是书籍创作的最终导向。作家对创作能动性的放弃和对大众取向的迎合,无疑受经济利益的驱使。有学者的调查显示,到90年代末,文化人的稿酬大约分为三类,第一类是报刊出版社支付的一般版税和稿酬,第二类是休闲畅销类读物稿酬,第三类是影视剧本稿酬。据统计,"1998年《人民文学》稿酬为千字40至60元",而"1998年作家出版社的版税一般是6%—8%"。②与此相比,当时"布老虎"丛书千字500元的稿酬对经济并不宽裕的作家来说具有很大的吸引力。不仅如此,"布老虎丛书"对文化资源的整合和对文化空间的拓展模糊了雅俗之间的界限,张颐武也指出,"布老虎""既是平民的节目,又是文人雅士的生机所在"③,由"布老虎"而引发的畅销书经营模式,也开始在新世纪小说的创作出版过程中被不断借用。

"布老虎丛书"持续畅销的盛况终结于1999年。当年,春风文艺出版社出版卫慧的《上海宝贝》,该书对性爱的赤裸描写触犯了政策红线,被国家新闻出

---

① 安波舜:《"布老虎"的创作理念与追求:关于后新时期的小说实践与思考》,《南方文坛》1997年第4期。
② 陈明远:《知识分子与人民币时代》,文汇出版社2006年版,第226页。
③ 张颐武:《布老虎:文化转型时代的创意》,《南方文坛》1997年第4期。

版署要求下架、销毁，出版社也遭到了停业整顿。但是，新世纪以后，"布老虎丛书"的策划者安波舜再一次成功策划了畅销读物《狼图腾》。在2004年虚构类畅销书排行榜中，姜戎的《狼图腾》位列第六位①，并在随后的几年中持续热销，始终位居畅销书排行榜前列。直到2013年，《狼图腾》还在当年的全国图书零售市场畅销书排行榜上位列第六。② 2006年，英国企鹅出版社买下了《狼图腾》的英文版权，并预备在英语国家同步发行。而这一年的《狼图腾》在海外，已经成功签约了24种语言的海外版权，几乎覆盖了所有的发达国家和发展中国家。2015年，《狼图腾》被法国著名导演让-雅克·阿诺拍成同名电影，由当红小生冯绍峰和窦骁主演，在中法两国上映。虽然《狼图腾》在图书和电影等大众文艺市场获得了好评，但是在知识分子界却一直受到质疑。张闳以"偶像没落，贼行天下"评价《狼图腾》和2004年的文化现状，"《狼图腾》是一部典型的教人'装大尾巴狼'的教科书。它以一种刻意夸张的姿态，来标榜自己身体内部残存的可疑的'狼性'，甚至企图要以嗜血的兽性来取代人性，这正呼应了当下与日俱增的民粹主义狂躁症。但这种冒充的大尾巴狼看似凶恶，实际上无非是一群草狗，最多是牧羊犬而已"③。而丁帆则以"狼为图腾，人何以堪"④为题，批判该书对社会进化的颠倒和置换。《狼图腾》中的陈阵在面对与狼共生的蒙古民族时，不免心生感慨："那位伟大的文盲军事家成吉思汗，以及犬戎、匈奴、鲜卑、突厥、蒙古一直到女真族，那么一大批文盲半文盲军事统帅和将领，竟把出过世界兵圣孙子、世界兵典《孙子兵法》的华夏泱泱大国，打得山河破碎，乾坤颠倒，改朝换代。原来他们拥有这么一大群伟大卓越的军事教官；拥有这么优良清晰直观的实战军事观摩课堂；还拥有与这么精锐的狼军队

---

① 数据来自左晶：《大众文化视野下的畅销书研究》，知识产权出版社2013年版，第62页。
② 数据来自《中国超级畅销书大解密2013》，北京开卷信息技术有限公司编著，江西教育出版社2014年版，第173页。
③ 张闳：《文化街垒》，湖南文艺出版社2006年版，第271页。
④ 丁帆：《狼为图腾，人何以堪——〈狼图腾〉的价值观退化》，《当代作家评论》2011年第3期。

长期作战的实践。"①显然,在《狼图腾》中,"五四"以来以"人"为中心的核心精神遭到彻底颠覆,对野蛮狼性和少数民族武力的过分鼓吹具有明显的反智色彩。知识、人性、知识分子和华夏文明都遭受了作者的质疑和贬低。安波舜在编者荐言中以"龙的传人还是狼的传人"②为噱头对该书进行宣传,鼓吹以"狼图腾"代替"龙图腾",重塑华夏民族的精神信仰。事实上,《狼图腾》的畅销同样是安波舜在经济发展的大潮中抓住机遇推波助澜的结果。2001年,刚刚进入21世纪的中国加入了世界贸易组织,顺利进入了全球经济体系。面对经济全球化的新环境,中国亟须新的精神资源用以面对新的经济竞争和挑战。而《狼图腾》所宣扬的"狼性"被作者和策划者扭曲为"自由、独立和进取"③的品质,被灌输给参与全球化竞争的企业和个人。除此之外,安波舜还将《狼图腾》的海外输出解释为世界范围内的中国文化热潮。④ 模仿90年代的"布老虎丛书"将经济效益与主流意识形态挂钩的做法,安波舜巧借2008年北京奥运会的东风,再一次给《狼图腾》冠以民族精神和民族灵魂,以期获得政府的支持。就这样,被国内大多人文学者反复诟病的《狼图腾》因为其巨大的经济效益与广泛的社会影响,转而拥有了政治文化资本,甚至企图代替中国社会中传统的儒家精神和"五四"以来的人文精神。在经济环境的压迫之下,此类反智主义文本的生成,虽然在商业上是一场盛大的胜利,但是在文化领域和精神领域则是莫大的悲哀。

第三节 民粹主义与大众文化思潮的涌现

伴随经济发展和政治情势的变化,民粹主义思潮和民粹主义运动首先在

---

① 姜戎:《狼图腾》,长江文艺出版社2004年版,第19页。
② 姜戎:《狼图腾》,长江文艺出版社2004年版,第1页。
③ 安波舜:《〈狼图腾〉的人类化意义》,《中国图书评论》2006年第2期。
④ 安波舜:《当我独自面对世界——〈狼图腾〉版权输出过程》,《出版参考》2006年第25期。

政治活动中出现,继而蔓延至文化领域。文化民粹主义与文化精英主义概念相对,认为普通百姓的文化喜好相对于传统的文化概念而言具有更为重要的社会意义。法兰克福学派将这种文化上的民粹主义概括为"大众文化"概念,并批判其因为极端平民主义而造成的危害。在新世纪中国,由于网络技术的迅速发展和社交软件的普及,民粹主义与大众文化思潮在出现在各个文化领域,并且逐渐开始占据主流地位。普通大众成为这种思潮的拥护者,并以其数量上的压倒性优势挤占了文化精英主义者的阵地。新世纪小说中大量反智主义现象的涌现,也是大众文化思潮蔓延的必然结果。

一、民粹主义与文化民粹主义

民粹主义(Populism)现象诞生于现代社会,随着经济的发展和政治局势的改变,民粹主义思潮和民粹主义运动常常出现在各种政治思想活动之中。尴尬的是,关于民粹主义一直很难有明确定义。民粹主义的内涵极其复杂,它既是政治思潮的一种表现,同时也是社会运动的一环。它的多变性致使它在社会生活的很多方面都能适用,但是其内在逻辑性的缺失,往往又使其成为政治意识形态的附庸。塔格特在《民粹主义》一书中表示,民粹主义并没有一个确定的内涵,实际上是一个"破碎断裂的概念"[①],多变和易变是其最为突出的特点。试图给予民粹主义普遍化的术语定义,往往无功而返,因为大多数人都愿意将民粹主义表述为与他们相关的具体内容。因此,塔格特用具体的案例构架民粹主义观念,分析了全球各地所发生的各种民粹主义运动,并探查这些运动的相似和不同之处。在历次政治运动中,民粹主义者都宣扬"人民"的概念,宣称自己为人民服务,从而拥有了反精英的立场。然而,人民也并不是一个意义确定的概念,对于民粹主义者来说,人民的概念具有灵活性,可以按照需求的不同进行扩大或缩小。民粹主义者借助人民的概念,丑化、妖魔化一些

---

① [英]保罗·塔格特:《民粹主义》,袁明旭译,吉林人民出版社2005年版,第30页。

社会集团："哪些是人民,哪些不是人民,在实践中民粹主义者更容易确定后者。对社会集团的妖魔化,特别是对精英的憎恶使民粹主义者树立了政敌,但这也正是其构建自身的一个重要部分。"同时,民粹主义者常常将自己当成人民的一分子,"他们通常站在自己所排斥、厌恶的社会集团的对立面上来描述自身。民粹主义者的言语中充满了对头脑敏锐的知识分子、官僚、雇佣文人、财主、强盗头领、披头士和财阀的诋毁"①。民粹思想来源于被统治阶级对统治阶级的反抗,民粹主义者借助人民的概念,宣扬对知识分子和精英阶层的憎恨。一方面,内核精神的缺失使得民粹主义不得不借助其他的思想资源来阐释自己的理念,另一方面,作为一种当今社会普遍存在的政治现象,民粹主义的概念又被广泛运用于各个领域。政治学意义上的民粹主义在 19 世纪的俄国最为典型。1861 年,亚历山大·赫尔岑激励知识分子"到人民中去",对民主制度的怀疑、对政府的不信任催生了俄国的民粹主义运动。一群青年知识分子和学生遵循了赫尔岑的观念,他们试图通过在农村发动革命来激起农民对现状的不满。但是,由于运动的参与者大多是缺乏政治经验的城市青年学生,运动并没有得到意料中的成功,农民与沙皇之间的关系也远比想象之中要复杂。一方面,农民对民粹活动的不支持导致知识分子的措施失效。农民不但缺乏革命热情,而且对知识分子也充满怀疑,同时,还对沙皇怀有忠诚之心。另一方面,沙皇政府很快开始镇压民粹派,通过逮捕和审判扼制运动的进一步发展。俄国民粹主义者的文化观念从政治观念中脱胎而成,彼·拉·拉甫罗夫认为,个人对新生事物的争取推动了社会进步,巩固了社会文明。同时,他反对知识,反对知识分子和科学家,认为科学工作者如果专心学术活动,不关心政治活动,蔑视群众政治集会,就会成为社会发展的障碍,"在这种情况下,它的著作的全部科学价值也不能使它逃脱历史的必然宣判:为了科学——当然是被理解得十分糟糕的科学——而宣传对于迫切的现实问题的冷淡主义并

---

① [英]保罗·塔格特:《民粹主义》,袁明旭译,吉林人民出版社 2005 年版,第 127 页。

且逃避参加解决这些问题的科学协会，将是一种反动因素，而不是进步因素"①。

脱胎自政治民粹概念的"文化民粹主义"成为现代以来文化领域的特有现象。自称为"文化民粹主义者"的吉姆·麦克盖根表示："吸引普通百姓的任何形式的文化都可称为'民粹主义文化'，不必附有什么评估判断。"②他接着定义了这一名词："文化民粹主义是由一些通俗文化专业学人所做的知识分子式的界定，认为普通百姓的符号式经验与活动比大写的'文化'更富有政治内涵，更费思量。"③文化民粹主义的概念相对于文化精英主义（culture elitism）而出现，新黑格尔派、法兰克福文化研究学派等左翼阵营是文化精英主义的支持者，他们还进一步发明了大众文化（mass culture）概念，并由霍克海默进一步阐发。文化民粹主义往往会导向两个方向，第一是通俗文化，第二是消费主义文化，这两个方向都以大众的趣味为导向，青年亚文化，通俗电视剧、电影等都是其表现形式。文化民粹主义对大众地位的过分强调最终导致了一种极端的民主主义，将平民的需求作为文化活动合法性的唯一来源，从而排斥精英知识分子的合理需求。

受到俄国民粹主义思潮的影响，"五四"时期的中国也出现了民粹主义的社会思潮。从"到农村去"到"劳工神圣"，都表现了"五四"精英知识分子对底层的同情与关注。很快，民粹主义的社会思潮发展为文艺思潮，"平民文学"的口号呼吁作家以劳动人民为关注对象，一时间人力车夫成为文艺作品的主角。"五四"知识分子的"平民文学"口号依然带有启蒙的精英意识，可惜的是，民众并未响应知识分子的呐喊，启蒙运动陷入了低潮。然而，由"平民文学"的口号发展而来的"革命文学"则开始颠覆"五四"知识分子的精英传统，号称"五四"

---

① 中共中央马克思恩格斯列宁斯大林编译局国际共运史研究室编译《俄国民粹派文选》，人民出版社1983年版，第116页。
② ［英］吉姆·麦克盖根：《文化民粹主义》，桂万先译，南京大学出版社2001年版，第3页。
③ ［英］吉姆·麦克盖根：《文化民粹主义》，桂万先译，南京大学出版社2001年版，第4页。

已经是"死去了的阿Q时代",同时大力倡导革命文学和无产阶级文学。随着左联在无产阶级文学浪潮中诞生,文学产生了一种无产阶级革命的重要命题,即"文艺大众化"。从此时开始,民粹主义思想始终暗含在中国的政治思潮和文艺思潮中间。

在21世纪的中国,随着市场经济体制的逐步完善,文学的发展领域和传播媒介都发生了重大变革。网络的诞生促进了普通民众对社会公共事务的参与,同时也促使民粹主义思潮进一步发展。网络的普及使得人人参与公共事务不再是一个神话,民众对权力机构和精英群体的不满可以通过网络找到发泄的渠道。网络空间极端的平民化倾向,也造成极端的仇富、仇官以及仇视知识分子的现象。民粹主义作为社会思潮的一种表现形式,蔓延至文化领域,形成了平民至上的文化民粹主义观念。市场经济和经济全球化带来了消费主义浪潮,文化成为消费品进入市场流通。文化消费者的喜好和购买偏向直接影响了文化产品的商业利益,以大众为导向的文化生产在商业上造成了繁荣的假象,却破坏了文化内涵和人文精神的建设。

1999年,韩寒凭借《杯中窥人》获得《萌芽》杂志举办的"新概念作文大赛"一等奖,并在2000年发表长篇小说《三重门》进入文坛。韩寒身上贴有大众喜好的所有标签:新世纪、80后、差生、少年天才,因而很快获得了大众的喜爱。《三重门》一经出版,就荣登该年畅销书排行榜,并持续热销,在很长一段时间内,都是销量最大的文学作品。2006年,随着博客的开通,韩寒通过对社会热点事件的犀利点评获得了更多的关注,他的博客访问量高达6亿多次。[①] 同年,韩寒凭借与评论家白烨的一场论争声名大噪,树立了其文化风云人物的地位,并在随后的几年中获得南方报系的关注,甚至获得《南方周末》认可的"公共知识分子"称号。论战始于白烨的博文《80后的现状和未来》,文章认为"80后"的写作并非文学创作,这些写作者也不能被称为作家,而最多只是文学爱

---

① 数据结果来自韩寒的新浪博客:http://blog.sina.com.cn/twocold。

好者。韩寒随即在其博客上发表了著名文章《文坛算个屁,谁也别装逼》,认为所谓的文学批评家没有评判文学的资格,反而会扼杀文学的生长。韩寒以粗鄙的语言攻击主流文坛和知识分子,并同时为平民作者和网络作家发声:"其实,每个写博客的人,都算进入了文坛。别搞的多高深似的,每个作者都是独特的,每部小说都是艺术的,文坛算个屁,茅盾文学奖算个屁,纯文学期刊算个屁。"①白烨随后以《我的声明——回应韩寒》为题发文,谴责韩寒公然骂人的行为,呼吁借此事件完善网络立法和建设网络道德,并表示不再就此事发表言论。韩寒并未因白烨的"落败"而停止发声,反而连续发表了多篇文章,揭露白烨以及评论界的种种过失。随后,解玺璋、李敬泽、陆天明、陆川、高晓松等文学文化名人相继加入了论战。韩寒庞大的粉丝群体的加入使得论战进一步升级为骂战,白烨等人随后关闭了博客,获得胜利的韩寒成了最大受益者。在论战中,《南方周末》始终持续跟进报道,不但连续发文回放战况,还对韩寒和白烨进行专访。《南方周末》忽略韩寒言辞的粗鄙和无聊,将他打造为一个敢于反抗权威的"初生牛犊"形象,并对其进行持续包装,最终给韩寒冠以"公共知识分子"的名号。在这场论争中,韩寒取得胜利的决定性因素在于他所使用的粗鄙语言。污言秽语帮助韩寒建立起了文化反叛者的姿态,并以极其粗鄙的方式将自己与精英知识分子群体区分开来。然而,韩寒引领的网民们的秽语狂欢,成为滋养互联网言语暴力的温床。秽语毁坏了精英知识分子构建起来的文学基础,同时也无法承担文化建构的功能,"秽语就是秽语,它永远都无法成为支撑新话语的脊梁"②。

韩寒因"韩白之争"一跃从反对应试教育的少年天才,变成敢于挑战权威、批评政府的人民公知,他每一篇针对社会问题的博文都能引来读者的狂热追

---

① 关于韩白之争的原始博客文章已经删除,关于论战的文章全文详见百度贴吧韩寒吧的帖子:"2006韩寒VS白烨陆川高晓松等笔战全记录",http://tieba.baidu.com/p/554020359,2009年3月20日。

② 朱大可:《秽语爆炸和文化英雄》,《审判》,东方出版社2012年版,第97页。

捧。2007年,"领秀韩寒"的照片登上了《南方人物周刊》封面。2009年,韩寒戴着红色围巾,模仿少先队员的敬礼姿势,以"公民韩寒"的反叛者形象登上《南都周刊》的封面。2010年,韩寒入围美国《时代》周刊的"全球最具影响力人物"。南方报系将韩寒塑造为一个"热闹而寂寞"的领导者形象,并再一次渲染了他在受压迫的社会环境中为人民发声的勇气:"因为黑暗太浓太重,韩寒这一点的光就被当作全部的亮。其实,韩寒不过在做他自己而已。他没有优越性,他办杂志也屡屡受挫,他的博文也会被删除,说不定哪天他也变成敏感词。他的不如意正像许多人的不如意,他的理想也正被埋在土里。他被3亿点击量簇拥,可就像陈丹青所言,他孤立又孤单。当所有人都把自己托付给韩寒时,一定是他最孤立无援的时候。"①当各大媒体和网络粉丝将韩寒抬上"当代鲁迅"的宝座之时,韩寒并未继续履行其作为一名"公共知识分子"的责任,反而逐渐经过办杂志、拍电影、创立手机 App、秀女儿照片等行为转变为一个娱乐明星和网络段子手。2012年,方舟子对韩寒文学作品"代笔"的质疑再一次让韩寒站在了风口浪尖,文学水平和语言素养是韩寒成为公共知识分子的立足之本,而韩寒在这个问题上的回避,足以表明其对自己的文学能力缺乏信心。

在文化民粹主义的浪潮下,出身上海平民阶层的"退学天才"一跃成为千万网民的代言人,甚至成为人民意见领袖。网民对韩寒的追捧,暗含了民粹主义思想中的极端平民意识。七门功课不及格的韩寒不仅是应试教育的反叛者,同时也是知识分子与精英社会的反叛者。韩寒向来宣称自己不读书,不读四大名著,他对"读书无用"论的反复强调,在批判应试教育的同时也根本否定了知识和学习的意义。其实,当韩寒在2012年面对造假和代笔风波时,居然承认其《三重门》是读书之后摘抄知识、卖弄知识的"装逼"之作,这显然与其《文坛算个屁,谁也别装逼》相互矛盾,也显示出韩寒内在逻辑性的孱弱。韩寒

---

① 《热闹的韩寒,寂寞的韩寒》,《南方都市报》,2010年4月22日。

在谩骂知识和知识分子的同时，还以语言的粗鄙为荣，否定教育科学的价值。如果说八九十年代王朔的反智言论来自对"文革"政治言论的警惕，尚有其自我反思、自我批判的影子，那么新世纪以来韩寒的反智言论则完全是对知识的羞辱和谩骂。他的评论文字缺乏逻辑和学理性的内涵，仅仅以语言的冲击力和对文字游戏的玩弄吸引读者的目光。肖鹰认为，韩寒社会批判的话语力量，仅仅是扭曲话语本身所带来的爆发力："它表述的只是常识和公理，但它在非逻辑的语言狂欢中表现对被批评对象的肆虐和反叛。"正是如此，在阅读韩寒文章的时候，尽管他未能传达出独到的思想见解，读者们也往往能够获得思想上的快感，这是因为，韩寒的语词"让阅读者在似是而非中感到亵渎权威、挑衅权力的'另类话语狂欢'"①。

对权力和权威的亵渎一直是民粹主义者的期望，而消费社会语境和网络文化环境恰好给他们提供了这个平台。他们拥立韩寒为"太阳"，期望他成为他们的代言人。但是讽刺的是，媒体和部分知识分子其实一直期望将韩寒包装成鲁迅式的真诚敢言的文化批判者，也就是说，人们曾一度想要将韩寒作为年轻一代的知识分子代表纳入主流文化的阵营。可是，"韩三篇"对政治问题的高调介入在给韩寒积聚更多人气的同时，也混淆了左右两派的政治分歧，混乱了知识界的政治理念，导致其被知识界抛弃。麦田和方舟子对韩寒"代笔"的质疑，最终打碎了韩寒的偶像形象，他只能继续以一名段子手的身份活跃于网络社会。不过，韩寒现象所造成的社会恶果并没有因为其偶像形象的破裂而结束，由他引发的语言暴力已经成为当今时代网络社会的常态。网民以平民和草根自居，以充满戾气的谩骂和歇斯底里的讨伐，消解了知识精英的权威。平民出身成为一切合法性的根源，这种民粹主义的思想观念深深根植于当代中国的网络土壤，并对任何社会事件都保持着一触即发的危险态势。

---

① 肖鹰：《韩寒神话与当代反智主义》，《贵州社会科学》2015年第5期。

二、大众文化与网络文学的影响

"大众文化"的概念和含义在西方理论界众说纷纭,关于其定义就有六种,从辞源角度来看,其中的两种更为重要。一种是 Mass Culture,将大众文化表述为伴随工业化而产生的标准化的文化产品,带有否定和贬义的含义,另一种是 Popular Culture,则将大众文化定义为普通民众所拥有和热爱的文化,是一个中性词汇。

霍克海默和阿多诺在《启蒙辩证法》中,从阶级观念入手分析大众文化的形成和生产。该学说认为,资本主义社会是一个全面实现工业化的成熟社会,在这个社会中,所有的行业都紧密联系在一起,并且在经济上相互交织。霍克海默用"文化工业"(Culture Industry)取代大众文化的说法,借此强调大众文化的标准化和模式化。书籍、广播、电影、电视等文化产业无法脱离诸如电力公司等更加强大的工业部门而存在,同时也造成了不同分支部门之间的界限日益模糊。大众文化并不能自发地从大众内部产生,而是由统治阶级通过工业制造生产出来,并提供给大众的一种欺骗的产物。商品拜物教是文化工业的意识形态,资本的普遍法则是其依赖的根源,而其主要特征则是标准化和伪个性化,"在文化工业中,这种模仿最终变成了绝对的模仿。一切业已消失,仅仅剩下了风格,于是,文化工业戳穿了风格的秘密:即对社会等级秩序的遵从。今天,自从人们把精神创造总结成文化,并使其中性化以后,审美的野蛮特性就使那些能够对精神创造造成威胁的因素荡然无存了"[①]。大众文化遵循统治阶级所制定的既定法则,将新生事物排除在其范围之外,并摒弃未经检验的风险因素,从而保持机械生产和再生产的既定步骤。大众文化中,个性成了虚假的幻象,"个人只有与普遍性完全达成一致,他才能得到容忍",而存在于社会中看似个性的种种流行文化,也只是个性的假象,"他们看似自由自在,实际上

---

① [德]马克思·霍克海默、西奥多·阿道尔诺:《启蒙辩证法——哲学片段》,渠敬东、曹卫东译,上海人民出版社 2006 年版,第 117—118 页。

却是经济和社会机制的产品"①。霍克海默以消极悲观的态度看待资本主义社会的商品拜物教,揭示并批判了隐藏在大众文化背后的极权主义体制,并提醒知识分子对其保持警惕之心。

与阿多诺和霍克海默相比,本雅明的大众文学观念更具有马克思主义的热情,对大众消费文化商品的行为也更加宽容。他认为大众并非极权主义工业化整合的对象,而是一种由民间生出的新兴力量,"通过对大众的关注,它强调的是革命主体的力量与能动作用;通过对大众文化的肯定性思考,它否定的是高雅文化的懦弱与保守,强化的是大众文化的政治事件功能"②。在通过对波德莱尔以及其他19世纪作家写作的分析中,本雅明认为大众既是他们的表现对象,同时也是这些作家的顾客:"他们并不为阶级或任何集团而生存;不妨说,他们仅仅是街道上的人,无定形的过往的人群","它已准备好以一种能够轻松熟练地阅读的阶层广泛的公众形象出现。它变成了一个顾客;它希望自己在当代小说中被描绘出来,就像赞助人在中世纪绘画中被画出来一样"。③有学者认为,无产阶级为了克服商品拜物教所采取的实际行动,是本雅明对大众文化充满热情的来源,"相对于前述阿多诺轻视大众文化,强调思辨性的说明,我们可以明确地看出本雅明侧重于马克思主义政治态度的积极取向(affirmation),阿多诺则固守于马克思主义批判哲学的消极立场(negation)"④。

"大众文学"概念在20世纪80年代被介绍入中国,并在90年代引起热议。许多学者针对90年代中国文学界、文化界的现象对大众文学提出批评。高小康在《当代美学与大众趣味》一文中,从古典艺术、古典音乐的现代复制入手,批评大众艺术对感官刺激的过度追求:"只喜欢畅销小说或流行音乐的接

---

① [德]马克思·霍克海默、西奥多·阿道尔诺:《启蒙辩证法——哲学片段》,梁敬东、曹卫东译,上海人民出版社2006年版,第140页。
② 赵一凡等主编《西方文论关键词》,外语教学与研究出版社,2006年版,第27页。
③ [德]本雅明:《发达资本主义时代的抒情诗人》修订本,张旭东、魏文生译,生活·读书·新知三联书店2012年版,第150—151页。
④ 蔡铮云编《从现象学到后现代》,商务印书馆2012年版,第118页。

受者不大可能在此基础上发展出多层次的文学审美观或者具有空间感和整体曲式观念的音乐趣味,然而无机性节奏却有助于使人暂时摆脱'生存还是毁灭'这一类哈姆莱特式理性主义者的困惑与烦恼,种种焦虑都在反复刺激造成的无时间感的陶醉状态中暂时消隐了。"①高小康认为,大众艺术同外部世界之间并没有明确的分界,而是依靠与外部世界的不断靠近获取读者的认同。一旦某种艺术形式获得了大众认可,就会出现大量的复制和模拟现象,艺术作品的独特性被取消,只剩下艺术的流行模式。法兰克福学派的理论成为中国批判大众文化的主要来源,陶东风在《欲望与沉沦——当代大众文化批判》一文中,就利用法兰克福学派的理论,批判了中国的大众文化。陶东风认为,受市场经济供求关系的影响,大众文化生产将效益原则放在首位,文化人不再是思想的传播者和自由的创作者,而成了制造者和受雇者,为了符合大众的消费偏好生产相应的文化产品。事实上,在90年代的大众文化语境中,还是有一些先锋文学和实验电影,试图冲破大众文学的艺术模式,改良文化领域模式化、单一化的倾向。但是,在快餐文化盛行的大环境中,一旦有成功的艺术品生成,很快就会迎来大批量的复制热潮,而不成功的艺术实验则被不断更新的大众文化浪潮所覆盖,因而,"文化工业不可能不用自己的价值规范与操作法则把精英文化、先锋文化纳入自己的体系中"②。这样一来,大众文化不但制造了大批量快餐式的艺术作品,还将少部分精英文化迅速同化并纳入自己的价值体系。在中国90年代的大众文学浪潮中,文艺独创的自由个性被消解,批判和反思等严肃的价值意义也不复存在,只留下千篇一律、粗制滥造、意义简单的速食文学。当文学的启蒙意义和精英价值消失之后,随着大众文学的狂欢而产生的反智主义思潮开始发展起来。

21世纪以来,随着经济社会的发展,文学的市场机制进一步完善,尤其是网络技术的改变使得文学的商品化拥有了更加便捷的传播和销售渠道。与此

---

① 高小康:《当代美学与大众趣味》,《上海艺术家》1990年第4期。
② 陶东风:《欲望与沉沦——当代大众文化批判》,《文艺争鸣》1993年第6期。

同时，新世纪小说开始自觉地接受大众文化的审美取向，无论是小说的价值选择还是结构方式，都向着世俗化、简单化的方向发展。2008年，作家麦家凭借《暗算》获得第七届茅盾文学奖。作为中国文学界的最高奖项，获得茅盾文学奖的作品反映了一段时间里主流意识形态的价值观念。茅盾文学奖授奖给畅销小说，无疑是主流文学迎合市场的一种姿态。该年获得茅盾文学奖的其他三部作品，分别是贾平凹的《秦腔》，迟子建的《额尔古纳河右岸》和周大新的《湖光山色》。有评论者表示，获奖的四部作品"是文学的现实与历史、严肃与通俗的'四方组合'"，是"为'兼顾'失'坚持'的产物"①。坚持传统的价值观念，还是迎合大众的新型趣味成了以茅盾文学奖为代表的主流意识形态在21世纪不得不面临的选择。2007年，由"新概念作文大赛"而出名的"80后"作家郭敬明正式加入中国作协。郭敬明的青春文学和魔幻文学在青少年读者中很受欢迎，但是，学界对郭敬明作品文学性的质疑一直存在，此前不久郭敬明还因《梦里花落知多少》而陷入抄袭丑闻。中国作协在2007年对郭敬明的接纳，表现了主流文学向大众文学的靠拢。加入中国作协之后的郭敬明，在文学商业化的道路上取得了惊人的成功。由其小说改编成的电影《小时代》系列，在2013年至2015年连续在中国大陆上映，四部电影一共获得了超过15亿的票房②，几乎创造了中国国产电影的票房神话。在电影中，郭敬明宣传着扭曲的金钱观念和爱情观念，青春貌美、英俊潇洒的男女主角和无数奢侈品堆砌了故事的全部场景。事实上，《小时代》系列正是大众文化思潮发展到高峰的产物。郭敬明精准地设定了电影的目标观众——中学生，并为之量身打造了一系列青春幻梦。轻松的大学生活，豪宅一般的大学宿舍，光鲜的工作，才貌双全的人生伴侣……这类中学生所喜爱的小说桥段在电影中被集中地全面展示出来，虽然电影饱受骂名，但依然挡不住中学生的热情追捧。郭敬明以刻板的人物形象和虚幻的情节设置，诱骗观众进入一个他所营造的乌托邦世界。电影

---

① 肖鹰：《天地一指》，安徽文艺出版社2012年版，第71页。
② 数据来源自凤凰网，http://ent.ifeng.com/a/20150711/42451250_0.shtml，2015年7月11日。

漠视传统的价值观念,宣扬金钱至上的生活态度,加上粗劣的拍摄手法和浮夸的演技,在内容和形式上都是反智主义的典型表达。

  网络技术的发展致使网络逐渐成为大众表达意见最为便捷的渠道,大众文学也借此机会成长壮大。中国互联网信息中心发布的第 42 次《中国互联网络发展状况统计报告》显示,截至 2018 年 6 月,中国网民的规模达到 8.02 亿,互联网普及率为 57.7%,在此基础上,中国手机网民规模达 7.88 亿,手机上网使用率也达到 98.3%。在中国网民群体中,学生群体占比最高,其次是自由职业者。互联网的使用,在即时通信、搜索引擎、浏览新闻和社交应用等方面稳步发展。值得注意的是,网络购物、网上支付、网上外卖和预定旅游的发展势头迅猛,网民线下消费时使用手机网络支付的比例高达 68%。互联网理财也成为网民的重要理财方式。在网络娱乐应用的发展中,截至 2018 年 6 月,网络文学用户规模为 4.06 亿,占网民总体的 50.6%。① 网络文化的大环境促进了网络语言的诞生。网络语言往往具有简单的形式,以不同词汇的缩略拼凑,或是谐音、比喻和符号生造而成,已经自然融入大众的生活之中。每年的春节联欢晚会上,都出现了运用网络热点词汇编排的相声、小品。与此同时,网络语言对求新求异的青年学生所造成的影响更加不容小觑。网络词汇不仅在青年学生的日常交流中被广泛使用,还被用作书面语言在答题写作中使用。网络语言往往缺乏具体的语义含义,仅仅用来描述现象或表达情绪,这种语词的大量使用,也在某一方面表现出网民群体对传统汉语的蔑视。

  网络文学的发展对 21 世纪的中国文化语境的影响也不容小觑。网络文学诞生以来,始终依靠各大网站的商业机制运营,在主流文学之外蓬勃生长。网络文学与传统文学的重要的差异在于盈利模式。传统文学往往在作品全部完成之后再出版发售,而网络文学则依照按字数收费的商业模式运行。网络作家通过前期的部分段落吸引读者,再以十分低廉的价格继续售卖后续的文

---

  ① 中国互联网络信息中心:《第 42 次中国互联网络发展状况统计报告》,http://www.cac.gov.cn/2018-08/20/c_1123296882.htm,2018 年 8 月 20 日。

字。同时,为了迎合大众的需求,网络作家也往往愿意按照读者的期待组织故事,从而获得更多的经济利益。除了售卖在网络上连载的文字,网络文学作家也可以通过出版已完成的文学作品以及与电影电视公司签约进一步获得经济效益。近年来,网络文学不断发展,政治力量也开始介入网络文学,通过建立统一的机构管理网络文学市场。中国作家协会以及各个省级的作家协会都逐渐开始将网络文学纳入自己的文学版图。2015年12月,中国作家协会网络文学委员会在北京成立,会上要求:"制订出标准规范的合同,使网络作家与网站、影视公司签约时有据可循;对于知识产权受到侵害的网络作家,要积极给予帮助,采取维权措施;研究确定网络文学抄袭的大体标准,曝光严重抄袭案例。"[1]与此同时,中国作协还要求建立完善的网络文学批评体制,从网络文学自身的特质出发建立评价话语体系。事实上,学院派批评家和自由批评家早已开始从事网络文学的批评工作,到2013年,研究网络文学的学术专著就有83部。[2] 在占据大众文学市场之后,网络文学成为建构文学内在价值观念的一股新兴力量,网络文学内部存在的金钱至上、民粹主义和反智主义观念也开始在传统文坛内扩散。在21世纪,中国文学中的传统与现代、严肃与通俗、精英与大众、正统与非正统之间的关系和界限都不得不开始重新思考和界定。

---

[1] 鲁大智:《中国作协成立网络文学委员会》,《中华读书报》,2015年12月30日。
[2] 数据来自《网络文学研究成果集成》,欧阳友权编,中国文联出版社2015年版,第146—149页。

第五章　新世纪小说"反智"现象的后果、影响与趋势

新世纪小说中"反智"现象所带来的后果，主要是知识分子小说的"去知识分子化"和"去校园化"。高等院校不再被当成传播知识的场所，而是意识形态笼罩下的权力运作的场地。相应的，小说中的知识分子也失去了其研究学问、传道解惑的基本职能，成为欲望的追随者。当知识分子失去了民众启蒙者的地位之后，他们试图重塑和反转革命和启蒙的含义，并逐渐在作品中透露出符合大众期待的思想认识。新世纪小说的反智现象同时也导致了大众文化的价值迷失和现实主义的创作困境。一方面，身体和欲望的书写在新世纪小说中所占的份额越来越大，另一方面，传统文学中占据主流地位的乡土书写和现实主义创作则面临着危机。按照新世纪小说的发展趋势，网络文学将会成为文学版图上不可忽略的一个部分，但是，网络文学工业化的生产方式，使其文学性内涵一直遭到怀疑。再加上读者导向型的网络类型小说的盛行，大众反智主义的思想观念将越来越多地在网络小说中反映出来，精英文学以及主流文坛都面临着前所未有的变局。

第一节　"去知识分子化"、"去校园化"与知识分子的"祛魅"

"祛魅"一词由马克斯·韦伯在其著名演讲《以学术为业》中提出。韦伯认

为,"祛魅"是现代化的过程。当人们开始逐渐从宗教时代走向理性的现代化时期的时候,科学的进步就成为理智化过程的一个重要部分。不过,虽然科学进步改变了人们的日常生活,但并不意味着人们必须掌握具体的科学技能:"可见理智化和理性化的增进,并不意味着人对生存条件的一般知识也随之增加。"可是,科学变革对社会更为重要的改变在于:"只要人们想知道,他任何时候都能够知道;从原则上说,再也没有什么神秘莫测、无法计算的力量在起作用,人们可以通过计算掌握一切。而这就意味着为世界除魅。"①自古希腊以来带有神秘色彩的宗教魅影,在理性的客观世界被祛除。在消费社会,效率系统和理性观念不再给予魅惑生存的空间,"任何具有神奇、神秘、梦幻、梦想等特征的事物,都有缺乏效率的倾向"②。在现代社会,效率系统的设计者需要消除魅惑所带来的不确定性因素,从而保证理性的施行,"对于韦伯来说,他之所以将理性化的系统看作祛魅的系统,清除曲折之路和无目的的行为是原因之一"③。

陶东风借用韦伯的"祛魅"语义,并将其内涵扩大入文学领域,指涉一种霸权性质的一体化的解体。陶东风在《文学的祛魅》④中表示,中国文学新时期以来共经历了两次"祛魅"。第一次在20世纪80年代,精英知识分子开始祛除"文革"之魅,摒弃《讲话》以来"为政治服务、为工农兵服务"的文学观念,从而建立一种理性的、具有精英意识和启蒙精神的文学理念。第二次"祛魅"则是在90年代,在消费主义与大众文化的冲击之下,知识分子刚刚建立起来的精英文学观念也遭到了"祛魅"。相比于80年代,90年代的"祛魅"因商业因素的介入与大众的广泛参与而造成的影响更大。

---

① [德]韦伯:《学术与政治:韦伯的两篇演说》,冯克利译,生活·读书·新知三联书店1998年版,第29页。
② [美]乔治·瑞泽尔:《赋魅于一个祛魅的世界——消费圣殿的传承与变迁》,罗建平译,社会科学文献出版社2015年版,第130页。
③ [美]乔治·瑞泽尔:《赋魅于一个祛魅的世界——消费圣殿的传承与变迁》,罗建平译,社会科学文献出版社2015年版,第131页。
④ 详见陶东风:《文学的祛魅》,《文艺争鸣》2006年第1期。

一、知识分子"情欲"书写的滥觞

1993年,《废都》的出现及其引发的争论是80年代文学终结的关键性事件。当庄之蝶和唐宛儿露骨的性事成为诠释知识分子精神困顿的最佳注脚时,情欲描写在90年代乃至新世纪文学中频繁出现。从山野来到城市的贾平凹,急于利用光怪陆离的都市阐释1989年以后知识分子的精神状况,试图将整个颓败的时代投射入庄之蝶的性情生活中。然而事实上,《废都》中隐藏在字里行间的情感被大众读者忽视,而其性爱描写则开始逐渐为人所熟知。陈晓明认为,小说中展现出来的性欲与文化的鸿沟恰恰是贾平凹叙事的断裂之处:"文化如何与性欲交媾联系起来,这实在是一个难题。这是贾平凹叙事上的断裂带,他无法缝合,但他可以强制性地缝合。于是,一方面是纯粹的性欲,另一方面是文化典籍充当交媾的道具。"①90年代初,时代动荡致使知识分子处于集体失语的状态,横空出世的王朔以其"顽主"的姿态夺取了知识分子的话语权,同时也促使80年代的新启蒙语境迅速转换为大众文化和消费文化语境。贾平凹同样看到了时事的巨大变化,他试图用《废都》解释1990年代一片空白的知识分子话语,与此同时,对中国古代话本小说的借鉴又使得《废都》躲入了"古典"的帷幔之中。小说中的新与旧、现代与古典、知识分子与旧文人成为学者们争论不休的话题。关于贾平凹这部转型之作的讨论,直到今天也没有停歇,关于小说的艺术价值和文学意义也有诸多解释。《废都》带给90年代乃至新世纪文坛的最重要影响,是其对性话语禁忌的打破。而这一点也正是小说吸引大批大众读者的原因。由贾平凹而引发的知识分子的情欲叙事成为新世纪文学中必不可少的一环,也是大众文化对精英文化"祛魅"的重要手段之一。

新世纪以来,为了通俗化、庸俗化知识分子,他们的情欲生活往往是小说

---

① 陈晓明:《本土、文化与阉割美学——评〈废都〉到〈秦腔〉的贾平凹》,《当代作家评论》2006年第3期。

重点表现的内容之一。当阎连科在《风雅颂》中让杨科被一群天堂街的坐台小姐包围的时候,知识分子的情欲再一次成为大众的看点。张者、格非、葛红兵、张抗抗、阎真、方方、曹征路、纪华文、南翔、李师江、史生荣等作家都开始在自己的知识分子题材小说中集中展现知识分子的欲望与情爱,作家阿袁更是让情欲成为她所有小说的中心。

阿袁的作品始终专注于表现知识分子的情感生活。作为学院派作家,阿袁本应更加关注知识分子的校园生活,然而她却将目光转向课堂之外。在阿袁的小说中,一方面,女教师的关注点不是课堂教学与科研活动,而是维持婚姻生活与追求婚外情。小米的工作重心是与丈夫的情感博弈(《长门赋》),郑袖的生活调剂则是勾引有妇之夫(《郑袖的梨园》),汤梨迷恋婚姻之外的爱情生活(《汤梨的革命》),朱小黛则渴望通过与男老师的调笑来完成自己的学术任务(《子在川上》)。另一方面,男教师则无一能够抵抗婚外情的诱惑,无论是风度翩翩的名教授,还是年轻有为的青年才俊,都渴望在生活之外获得更加新鲜的情感体验。老师的喜好致使学校的女学生也以勾引男老师为荣,即使没有实质性的进展,也要为自己的期末考试多争取一些分数。

情爱生活之外的校园工作,则都被阿袁描写为没有技术含量的机械劳动,与农民春种秋收、工人建造大楼并无实质性的区别。教师们被分配的各种考试的阅卷任务,更是被讽刺为农民抢收庄稼,是"收稻子"和"收玉米"。阿袁在文中表示,用收庄稼比喻改试卷并非幽默之辞,而是两者之间确实存在着相似性:"无论是劳动的强度,还是收成,还是劳动方式,都是农民式的。"[①]阿袁笔下的知识分子,都是为五斗米折腰的世俗之人,他们抱怨工作的繁重,羡慕行政人员的清闲,甚至开始羡慕体力劳动者,"大家不是比思维的快慢,而是比翻阅试卷的速度。左右开弓,左手翻页,右手下笔,那姿势,像古老的纺织工一样。汤梨现在就迷恋这样的体力劳动"[②]。在迷恋由体力劳动赚取经济利益的同

---

① 阿袁:《汤梨的革命》,《中国作家》2009年第1期。
② 阿袁:《汤梨的革命》,《中国作家》2009年第1期。

时,教师们面对课堂教学则往往按照自己的习性随意为之,经常脱离教学计划和教学目标:"有时撒开了蹄子,跑到了水草丰茂鸟语花香的地方,就迷失了,找不到回去的路。"①同样热衷于"各种为五斗米折腰甚至一斗米折腰的事儿"②的青年教师顾言,每星期承担了二十几课时的教学任务,也将自己从一名脑力劳动者转变为体力劳动者。不仅如此,顾言的婚姻生活也遵循严格的经济指标,找妻子的标准是家务劳动,与妻子的分工也完全按照经济利益的大小安排,就连突如其来的婚外恋也未能阻挡顾博士精心计算的经济学公式。在阿袁的小说中,"饮食"与"男女"成为她从未脱离的中心,追逐金钱与纵欲享乐相互缠绕,成为新世纪小说中知识分子形象的两个最为重要的侧面。

二、"社会化"、"官场化"的大学校园

高等教育的改革和发展使得教师这一职业开始具有了时代所赋予的新的意义,而教师工作生活的主要场所——校园也发生了一定程度的变化。新世纪以来的许多小说,都注重描写存在于校园里的异化现象,以夸张的手法聚焦高等院校内的权力斗争,加大了社会上反智情绪的蔓延,同时也促使校园失去了纯洁性与严肃性,越来越"社会化"和"官场化"。

根据布尔迪厄在《区分》中建构的社会空间理论,社会空间乃至社会阶级的建构并非单一指标的划分结果,而是需要依靠相关属性之间的联结关系决定。资本、年龄、住所、婚姻状况等都是构成社会空间的重要因素。人们按照"惯习"的不同,形成了不同的生活风格,而这些生活风格的集合和交错,就构成了场域。在同一场域之内的人们,往往拥有相似的经济状况和文化偏好,并且随着资本的流动,在各场域之间也会发生交错和变化。布尔迪厄注意到,资本和市场的力量不断渗入文化教育领域,统治阶级为了保证其生产力的持续强大,开始利用资本介入文化系统。因此,财产生产与文化生产具有内部的一

---

① 阿袁:《郑袖的梨园》,《小说月报(原创版)》2008 年第 5 期。
② 阿袁:《顾博士的婚姻经济学》,《十月》2010 年第 4 期。

致性,"生产场是促使趣味得到实现的东西,它每时每刻都为趣味提供作为风格可能性系统的文化财产空间,趣味可以在这些风格的可能性中选择构成一种生活风格的风格特征系统"①。布尔迪厄进一步将场域理论应用于文学的生产之上,他表示,文学生产过程中的某些特定场域,成为文学观念生产和传播的场所。在19世纪,福楼拜和他的朋友们经常光顾的文学沙龙就承担着意识形态传播的功效。文学沙龙并非仅仅由具有共同爱好的作家和艺术家组成,而是艺术家和当权者的交换场所,"拥有政权的人目的是把他们的观念强加给艺术家","将艺术家把持的认可权和合法权益据为己有",而艺术家则"以恳求或说情的方式,甚或有时组成真正能够施加压力的团体进行活动,努力确保对国家颁发的各种物质或象征奖励的间接控制"。②随着文学场与权力场之间的关系愈发紧密,作为文化生产的重要场所之一的学校教育系统内部也发生了分化。虽然,经济社会的进步致使教育系统整体上朝着不断现代化的方向提升,但是教育系统内部囿于权力斗争的分化也同样明显:"在中学中存在着'精英'学校、C中学与其他中学的对立,而在高等教育中存在着重点大学或更确切地说,权力学校与其他学校的对立。"③

新世纪小说对大学校园"官场化"描写的根本原因,还在于一系列高校内部的政治改革。在中国近现代以来,大学校园就成为科学文化知识和独立自由思想的传播场所。1949年以后,在政治和经济政策的影响下,大学遭遇了拆分、重组、扩招等改革措施,"大学精神"的内涵也发生了一系列变化。一方面,无处不在的意识形态控制使得独立自由的学术精神失去了表达的空间,另一方面,不断市场化、全球化的经济形势也使得传统的大学精神在新的时代亟须改变。新世纪以来,政府开始逐步对大学的行政制度进行改革。2003年,国家

---

① [法]布尔迪厄:《区分:判断力的社会批判》,刘晖译,商务印书馆2015年版,第358页。
② [法]布尔迪厄:《艺术的法则》,刘晖译,中央编译出版社2001年版,第65页。
③ [法]布尔迪厄:《区分:判断力的社会批判》,刘晖译,商务印书馆2015年版,第245页。

颁布了新的招聘制度《关于在事业单位试行人员聘用制度的意见》①,文件提出,要在全国范围内全面推行公开招聘,规范用人行为,试行公平公正的人员聘用程序。为了积极响应《意见》精神,北京大学开始对教师的聘用和职务晋升制度进行改革,一时间在全国范围内引起了热议。《北京大学教师聘任和职务晋升制度改革方案》②提出,要以合同聘任制替代目前的终生聘用制度,对教师实行分级管理,并通过引入外部人才实现校内的人员流动。同时,关于教师的职称评选和晋升原则,《方案》也提出了详细的标准。该改革方案在北京大学内部引起热烈讨论,北京大学校长助理张维迎发表了《关于〈北京大学教师聘任和职务晋升制度改革方案〉(征求意见稿)的十四点说明》以回应校内教师的意见。《说明》总结了之前的改革方案的几个特征:"(1)教员实行聘任制度和分级流动制;(2)学科实行'末尾淘汰制';(3)在招聘和晋升中引入外部竞争机制;(4)原则上不直接从本院系应届毕业生中招聘新教员;(5)对教员实行分类管理;(6)招聘和晋升中引入'教授会评议制'。"③《说明》对改革的原因、理由和具体实施问题做出了解释。北大的教改很快牵动了国内其他院校纷纷开始启动改革。当教学改革在全国范围内施行的时候,大学作为学术园地的纯洁性已然消失。2018年底,一篇题为《"淘汰率97%"? 武汉大学教师聘任改革"非升即走"》④的帖子被广泛转载,浏览量超过300万人次,帖子展示了武汉大学所采用的新的教师招聘和考核方式,即:采取合同制方式聘用教师,合同期满对教师进行考核,优秀者可以获得教师编制。但是,第一个三年合同期满后,武汉大学被爆出,119人中只有4名教师通过考核获得教师编制,

---

① 国务院法制办公室编《中华人民共和国劳动人事法典》,中国法制出版社2014年版,第305页。

② 详见《北京大学教师聘任和职务晋升制度改革方案》,刘琅、桂苓主编《大学的精神》,中国友谊出版社2004年版,第385至392页。

③ 张维迎:《关于〈北京大学教师聘任和职务晋升制度改革方案〉(征求意见稿)的十四点说明》,《学术界》2003年第5期。

④ 见《"淘汰率97%"? 武汉大学教师聘任改革"非升即走"》,https://mp.weixin.qq.com/s/rOU4CtYNmjt8hjz6Zkw0UQ,2018年12月17日。

淘汰率高达97％,其余教师则可能面临失业。尽管武汉大学多次做出回应,称将对没有通过考核的一百多名教师进行续聘,但是社会上关于高校教师和科研人员的待遇问题的讨论并未停歇。一些从业者表示,强度高、待遇低已经成为高校教师、尤其是青年教师的生活常态。在这种情况下,大学校园一方面要受到官本位的行政体制的管理和控制,另一方面还不得不作为一个经济体投身于激烈的市场竞争之中,教师不仅背负了巨大的经济压力,而且不得不承担社会赋予的道德义务。

  小说的写作者们也发现了这一问题,但是他们对大学变革以及由此而引发的一系列问题缺乏深入的思考,再加上为了迎合部分读者的猎奇心理,他们的写作开始向黑幕小说靠拢。这类小说通过不断夸大校园内的腐败现象,将大学校园异化为权力场,从而造成了大学以及大学教授社会公信力的降低。《所谓教授》《所谓大学》《教授变形记》《大学轶事》等一系列作品,都是将官场小说和黑幕小说的书写模式套用在大学题材的小说上。小说中的知识分子,往往被表现为迫于生活压力而不得不投身于权力的角逐。纪华文的"高校反腐三部曲"[①]中,就充斥着通过玩弄手段获得学术成果的细节描写。教师的工作重点从教学向科研转移,文章数量成为职称晋升的唯一标准;学院的目标从提升教学质量变为应付评估检查,评估成绩的好坏成为衡量学院学术水平的重要指标。这种黑幕化的叙述将教师师德的丧失及大学理念的扭曲阐述为新世纪大学校园的常态,大学的招生和学科建设则完全处于权力和金钱的摆布之下。在布尔迪厄的理论中,高等院校作为场域的一种并不是完全相同的,而是具有差异性的,这种差异性则主要体现在两个极点之间,"一个极点代表科学与知识,是学业方面的支配者,经济方面和社会方面的被支配者",而另一

---

  ① 详见纪华文的"高校反腐三部曲":《角力》,安徽文艺出版社2005年版;《底线》,安徽文艺出版社2006年版;《迷途》,安徽文艺出版社2008年版。

个极点则"代表行政与经济,是学业方面的被支配者,社会和经济方面的支配者"。① 但是,在中国新世纪以来的小说中,对高校的表述往往集中在社会政治和经济方面,而对其学术性的一面,要么完全忽略,要么就是进行蔑视和抹黑。这种反智主义书写倾向,造成了新世纪知识分子题材小说之间的相似与雷同。更为重要的是,这类以"揭露大学黑幕"为旗号的小说,往往语言直白通俗,结构简单,叙事夸张,因而拥有了大量的大众读者。这样一来,大学校园在大众读者眼中留下了难以消除的"黑幕重重"的刻板印象,为大学今后的改革活动造成了种种障碍。

三、 知识分子的后退与启蒙意义的倒转

2007 年,王安忆的长篇小说《启蒙时代》出版,引起了批评家的热烈讨论。小说脱离了王安忆 80 年代形成的以女性为叙述中心的风格,而是试图从个人与历史关系方面上探讨特殊时代的侧面。事实上,新世纪以来,发轫于三十年代、并在 1949 年以后逐渐壮大的革命文学传统开始重新出现。历史与时代成了作家津津乐道的题材,在某种程度上也促使了新世纪长篇小说的爆发式增长。与常见的关于"文革"时期的苦难叙事不同,王安忆的关注点则是在"文革"中受到保护的少数人,尤其是一群青春洋溢的红卫兵。早在 90 年代,王朔就以小说《动物凶猛》阐释了红卫兵们躁动不安的青春。黑暗、迫害、打压和恐怖在这群人的青春里是缺席的,他们记得的仅仅是一段与阳光有关的青春萌动的初恋往事。在政局动荡、经济萧条的时代,王朔笔下的这一群精力旺盛的大院青年通过打架斗殴、泡妞性交来发泄自己多余的精力。时代的放纵给予他们浪费时间的机会和发泄自己动物本能的理由,在《动物凶猛》中,一切严肃的命题在青春的阳光之下烟消云散,个体命运以及个体享乐代替历史成为叙

---

① [法]布尔迪厄:《国家精英:名牌大学与群体精神》,杨亚平译,商务印书馆 2004 年版,第 230 页。

述的中心。在小说中,动物性代替人性成为作者宣扬的对象,而时代的黑暗则被青春的阳光偷换了概念,大时代的苦难被无声地消解在个体的日常生活之中。到了新世纪,王安忆再一次用《启蒙时代》更改了启蒙的意义。这部小说的推崇者张旭东将启蒙的意义有意扩大化,将这里的启蒙等同于自我教育,甚至等同于脱离蒙昧的理性关照,从而认为这部小说"触及了我们时代的大问题,即当代中国集体性的自我理解,说白了就是'我们是谁?''我们从哪里来、要到哪里去?'这样的问题"[1]。在张旭东眼中,社会主义革命和"文化革命"贯穿了以南昌为代表的一代中国人的青春,因此对于当代中国集体的自我理解具有启蒙作用。王安忆本人在访谈中表示,《启蒙时代》意在让书中的人物跳脱教条的束缚,以感性的方式接触生活,"这些干部子弟,一方面他们占有着大部分的社会资源,他们是当然的革命的正传,主流意识形态的代表;但是另一方面,他们连正常的家庭生活都没有"。张旭东则进一步表示,正是"文化大革命"的语境,让小说人物从平庸的市民生活中得到了激情和乐趣:"他说革命,准确地讲是革命的形象和宏大的场面,让他感到自己摆脱了庸俗。"[2]王安忆试图另辟蹊径,从时代的反面反转启蒙的含义:"正因为这个时代是那么糟,所有的教育都停止了,年轻人才有可能用自己的脑子去看一看世界了。"[3]《启蒙时代》剔除了时代的血腥和暴力,站在未受伤害的人的立场,通过曲解启蒙含义的方式,为革命年代辩护。小说中的南昌甚至觉得自己出生于这个时代是一种信任:"每个人都喜爱自己的时代,自己的时代里,最不济的还有青春。当然,南昌的时代又特别地合青春的胃口,因有着过于多的激情,多到有些盲目了,可连这,也是青春的性格。"[4]就这样,王安忆的《启蒙年代》与王朔的《动物

---

[1] 张旭东:《"启蒙"的精神现象学——谈谈王安忆〈启蒙时代〉里的虚无与实在》,《开放时代》2008年第3期。

[2] 王安忆、张旭东、刘卓:《打开乱世的心灵空间——关于〈启蒙时代〉的对谈》,《书城》2007年第12期。

[3] 王安忆、张旭东、刘卓:《打开乱世的心灵空间——关于〈启蒙时代〉的对谈》,《书城》2007年第12期。

[4] 王安忆:《启蒙时代》,人民文学出版社2007年版,第12页。

凶猛》在某种程度上呈现出相似性,即用青春激情和个人生活体验消解了大时代的愚昧和黑暗,逆转了启蒙的真正含义。

2014年,韩少功的长篇散文《革命后记》在《钟山》上刊出。在这篇使用了209个注释的散文里,韩少功运用社会学、哲学、史学等多学科知识,对"文革"时期的社会状况进行了分析和考察。《革命后记》中充斥着作者热情洋溢的个人想象,从而造成了史实的讹误和对数据的简单化理解。王彬彬的三篇文章就对韩少功散文中的事实错误进行了更正,并指出《革命后记》中史料真实性的缺失:"韩少功实在把话说得太随意。韩少功本来是小说家。写散文、写随笔,旁征博引、手挥目送,显得颇有学术色彩和理论气势,但其实只应视作'小说家言',写散文、写小说的韩少功,也仍然是一个小说家。"①韩少功从历史真相的模糊性入手,提出了当前"文革"研究中"宫廷化"、"道德化"、"诉苦化"等几个问题,声称"文革"领导人的行为受到了环境的掣肘和裹挟,其实是历史的牺牲品。不但如此,韩少功还将"文革"中非正常死亡与美国枪支致死、希腊失业自杀人数甚至空气污染所造成的死亡人数相类比,用看似科学的数据有意将"文革"的非人道迫害和其他的死亡原因混同,从而弱化"文革"的危害。更令人惊异的是,面对在"文革"中承受了最大冲击的知识分子群体,韩少功却认为这批人(1亿)在全国当时的人口(6亿至7亿)中占比不大,因而"他们要做的是理解、沟通、说服以及协调共进,不是强加于人和视而不见,满足于悲情的自产自销,成为另一个祥林嫂"②。韩少功还将"文革"中非理性的疯狂行为解释为人类逐利的本能,并认为对逐利这一基本人权的质疑是大惊小怪的:"政治荣誉、政治安全、政治地位、政治权力不过是新的面包,隐秘的利润和股权,同样能引起斤斤计较。"③在分析"文革"所造成的"全民圣徒化"和"全民警察

---

① 关于王彬彬的三篇文章,详见《替韩少功补个注释》,《南方都市报》,2014年5月25日;《再替韩少功补个注释》,《南方都市报》,2014年6月15日;《韩少功始终只是个小说家》,《南方都市报》,2014年6月22日。

② 韩少功:《革命后记》,《钟山》2014年第2期,第14页。

③ 韩少功:《革命后记》,《钟山》2014年第2期,第26页。

化"的可怕现象时,韩少功却认为这种"全国一盘棋,上下一张网"的环境,能够使得国家建设中遇到的很多问题得到解决。更为荒诞的是,在韩少功看来,"文革"时期,知识分子只能夹紧尾巴做人,不敢坐拥香车宝马,反而提高了科研能力,诸如人工合成胰岛素、杂交水稻等科技成果,"都是精英们降尊纤贵时的作为,与高待遇无关,与知识产权无关"①。将知识分子的死亡当成占比不大的少数人的牺牲,将知识分子的科研成果看成"文革"的产物,这种反知识、反知识分子的话语,在替"文革"辩护的同时,也反转了启蒙的含义,更是对知识与知识分子的贬斥。实际上,类似的言论在2015年屠呦呦获得诺贝尔生理学奖时再一次大范围出现。屠呦呦由于在"文革"时期提取的青蒿素有助于防治疟疾等传染性疾病而获得了科学界的最高嘉奖,同时,屠呦呦成为中国第一位获得诺贝尔科学奖项的本土科学家。当时就有言论指出,屠呦呦是"文革"期间培养的科学家,而青蒿素则是"文革"的硕果。②

在80年代曾经拥有独立思考能力和言论自由的知识分子,到新世纪却面临着"祛魅"的命运。虽然表面上看,知识分子的"祛魅"主要由于大众的反对和仇视情绪,但是若从深层分析,今天知识分子地位的一再下降更多是自身的原因。文学作品中的知识分子形象,朝着平民化、世俗化、权欲化和情欲化方向发展。智力活动不再是知识分子叙述的中心,而日常生活、权力博弈、情感经历甚至花边新闻成了大众更加关注的对象。同时,知识分子自身思考水平和认识水平的倒退使得这种情况一再加剧。无论是为了创作的标新立异,还是为了获取意识形态上的所谓"正确",那种颠倒是非黑白、扭曲价值观念和反转启蒙精神的书写都令今日文坛的反智主义情势雪上加霜,同时也从另一个方面对大众的反智倾向推波助澜。

---

① 韩少功:《革命后记》,《钟山》2014年第2期。
② 详见《窦文涛:屠呦呦获奖算是"文化大革命"的硕果》,http://phtv.ifeng.com/a/20151016/41491670_0.shtml,2015年10月16日;《屠呦呦获诺贝尔奖与"文革"思想》,http://www.wyzxwk.com/Article/shiping/2015/10/352621.html,2015年10月11日。

第二节　大众文化的价值迷失与现实主义的创作困境

在市场经济和现代工业充分发展之后,自然产生了大众文化这样的文化形态,它依托都市普通民众的生产和消费,在现代社会获得了强大的受众群体。大众文化以经济为主要依托,严格按照市场规律运作,是一种具有商业性和消费性的文化商品。大众文化的以上属性使其与精英文化具有显著的区别。它并不带来精神上的深度思考,而是以制造感官愉悦为主要目的,以各种平民化、浅薄化的形象在日常生活中吸引普通读者。大众是大众文学的主要生产者和接受者,他们的意志在某种程度上决定了大众文化的价值走向。在21世纪,文化、艺术甚至科学领域出现的种种反智主义现象,与大众的意见主导不无关系。

勒庞用"乌合之众"来指称大众群体,认为他们常常按照自己的意志扭曲和摧毁文明和文化成果。在历史上,创造文明的往往是少数智识者,而大部分群体则具有强大的破坏力量。尤其当文明的结构即将倒塌的时候,群体往往会像细菌一样颠覆文明,加速文明的死亡。与其强大的颠覆能力相对的,则是群体意志的软弱性。对于他们来说,法律制度的力量过于薄弱,完全不及那些具有原始诱惑力的概念灌输。大众的思想观念,容易受到无意识因素的支配,这使得群体"在智力上总是低于孤立的个人,但是从感情及其激起的行动这个角度看,群体可以比个人表现得更好或更差,这全看环境如何"[①]。同时,群体"冲动、易变和急躁","易受暗示和轻信"[②],在情绪上则往往表现出过分的夸张,并通过暗示和感染的过程迅速传播,最终达到狂暴的程度。理性的缺失和想象力的活跃,致使群体极易产生偏执的感情,如果有人有意煽动他们的情

[①] [法]勒庞:《乌合之众:大众心理研究》,冯克利译,中央编译出版社2000年版,第23页。
[②] 详见[法]勒庞:《乌合之众:大众心理研究》,冯克利译,中央编译出版社2000年版,第29—36页。

绪,往往能得到群体的盲从。新世纪小说中的反智主义,与中国社会中的民粹主义、犬儒主义思潮相互纠缠,形成了大众所喜爱的一种精神幻觉。群众对真理不屑一顾,对幻觉却视若珍宝,"群众从来就没有渴望过真理,面对那些不合口味的证据,他们会拂袖而去,假如谬论对他们有诱惑力,他们更愿意崇拜谬论,凡是能向他们供应幻觉的,也可以很容易地成为他们的主人,凡是让他们幻灭的,都会成为他们的牺牲品"①。反智主义对知识和知识分子的否定激起了大众批判的热情,恰到好处地为大众群体提供了幻想的路径,同时也造成了大众文化价值的迷失。

一、身体欲望的书写盛宴

新世纪文学中的反智主义带来的后果之一,就是愈演愈烈的身体和欲望书写。身体在西方传统社会学中曾经长期缺席,关于身体的社会学理论由笛卡尔的理论发展而来。笛卡尔否认身体和心灵之间的互动关系,并将身体与心灵截然对立。只有尼采的哲学理论中首先注意到了身体的作用。尼采认为,应该将生命"作为一个艺术品来对待",并寻求建立一种"性的激情和理性行为生活协调一致"②的社会。在中国文学中,这种对欲望和身体的直面描写,早在"五四"时期就已经出现,到了80、90年代被进一步改进和发展。可惜的是,从90年代末期直至新世纪,中国文学中的身体书写却逐渐偏离了原有的路径。身体与精神之间的矛盾冲突不再是作者想要竭力表达的对象,对身体的书写脱离了革命、民族、国家等宏大的主题,逐渐向私人领域滑落,在林白、陈染的女性私人化叙事中,主流意识形态被消解于无形。大众开始用对待商品的态度看待意识形态,任何一种意识形态都无法强迫大众接受,而只能放低姿态,以世俗化的面目主动向大众靠拢。新世纪以来,受到消费文化的影响,身体的私人化叙事开始被引向完全商业化的路径。沦为消费商品的文学艺

---

① [法]勒庞:《乌合之众:大众心理研究》,冯克利译,中央编译出版社2000年版,第91页。
② 汪民安编《后身体:文化、权力和生命政治学》,吉林人民出版社2003年版,第11页。

术,为了迎合大众的趣味,开始更多地在作品中展露欲望和身体,对身体的描写也从唯美朦胧滑向粗鄙浅薄。得到解放的身体,成为当代社会中最美丽的消费品,并开始遵从于资本的运作规则。在消费时代,"身体之所以被重新占有,依据的并不是主体的目标,而是一种娱乐及享乐主义效益的标准化原则,一种直接与一个生产及指导性消费的社会编码规则及标准相联系的工具约束"①。

因此,所谓文学中身体的解放实际上是一种虚假的幻象。而大众文化中打破秩序、亵渎神圣、嘲弄精英的反智文化倾向,在新世纪得到了作家们的一致趋附。身体和欲望成为颠覆权威、颠覆精英的最佳手段。虽然《废都》解除了精英文学内部的性描写禁忌,但使得性成了消费社会中的一个符码,"被一种更具功用性的当代意识形态所取代,这一意识形态主要保护的是个人主义价值体系及相关的社会结构。它甚至还强化了它们,给予它们一种几乎是决定性的根据,因为它用身体的自发表现取代了完全内在的灵魂超验性"②。在卫慧的笔下,身体与物质之间的交换和共谋关系不再被隐藏,而是被赤裸裸地表现出来,身体的商业性和可交换性就在这些名牌商品的衬托下再一次得到彰显。在《像卫慧那样疯狂》中,"我"抽 MILD SEVEN 香烟,喝咖啡,涂口红,穿黑色掐腰小翻领呢外套,喷 CD 香水,并与不同的男人做爱,"被欲望的鞭子抽打着,死去活来,销魂荡魄"③。这类文学作品中身体欲望与物质欲望的交织,造成大众对消费享乐快感的不断追求。

在知识分子题材小说中,欲望、权力和金钱成为描绘当代知识分子形象的三个侧面。叶开的小说《三人行》中的知识分子,不是陷入欲望的漩涡,就是热衷于权欲的争斗。教师梅子川将科研与教学弃置一边,周旋在多名女学生中间,并极为赤裸地表现出想要占有她们身体的欲望。小说首先消解了梅子川

---

① [法]波德里亚:《消费社会》,刘成富、全志钢译,南京大学出版社2000年版,第143页。
② [法]波德里亚:《消费社会》,刘成富、全志钢译,南京大学出版社2000年版,第149页。
③ 卫慧:《像卫慧那样疯狂》,《钟山》1998年第2期。

身上的知识分子特质,将梅子川的形象一再降低,为他的欲望寻找借口:"梅子川虽然是一名大学教师,却不是不食人间烟火的神仙,也不是早晚吸吸西北风即可温饱肚肠的圣人。日常生活中的梅子川心里,时常翻滚着各种端不上台面的鸡零狗碎。"①在知识分子将自己等同于人民大众的时候,他的欲望也变得合情合理。因此,看限制级电影、追求女学生、挑逗女作家变成了人之常情,"一个师道尊严,满口仁义道德的人民教师,就这么不知不觉地沦为欲望的奴隶了"②。梅子川的性爱观念与《沙床》中的诸葛一样,他们将性与爱截然分开,让身体从精神和灵魂中游离出来,期望能够借此实现身体的解放。与此同时,梅子川还喜欢偷窥女学生洗澡,并将这种行为上升为欣赏身体的美丽,再一次将身体的精神内涵抽空,将其物化为欲望的对象。在这类小说中,与身体相伴出现的则是各种各样的消费产品。咖啡厅、酒吧、迪斯科厅等场所成为最为常见的都市空间。在这些空间里,五彩斑斓的霓虹灯、名牌烟酒、代表"小资"生活方式的咖啡和女性追捧的珠宝和化妆品成了都市的物质存在形式。而这些空间里的昏暗灯光,仿佛遮蔽了知识分子身上的精英光环,给他们披上了一层保护色,也使得他们欲望的宣泄更加肆无忌惮。但是,无论是《沙床》中的诸葛还是《三人行》里的梅子川,为满足欲望的自我放纵并未实现精神上的满足。看似独立的、得到解放的身体成为商品和物质,情感的抽离致使身体最终也消解于虚空之中。

新世纪以来,作家对身体和欲望的商业化书写不再满足于在文字中得到表达,影像的出现让身体的商业价值拥有了更好的表达出口。在几部《小时代》电影中,郭敬明用男女主角的美好肉体、华丽的布景与凌乱不堪的名牌商品,为他的青少年观众们伪造了一场视觉上的享乐盛宴。与前文提到的小说类似,郭敬明同样将身体和物质与精神相分离,期待能够用名牌堆砌起来的"小时代"对抗整个外部的"大时代",期望用自己营造的虚假幻梦遮蔽外界的

---

① 叶开:《三人行》,《小说界》2004 年第 1 期。
② 叶开:《三人行》,《小说界》2004 年第 1 期。

残酷现实。在宣传《小时代》电影的时候，郭敬明有意强调该片的时尚程度，并聘请著名造型师担任艺术总监，电影中每分钟都会出现奢侈品牌，几乎每个场景每个演员都要换一套造型。即使是演员中学时期造型中的校服，都由国际奢侈品牌定制而成。郭敬明甚至用时尚品牌去定义剧中的演员，将人物的性格设定完全与品牌含义相对等，并认为电影的奢华是年轻人自信的表现。[①] 在时尚的包装之下，电影中的角色都轻而易举地获得了事业和爱情的成功。在取得成功的道路上，先天的财富积累成了决定性因素，而后天的学习和努力却被完全忽略。事实上，郭敬明电影对物质的过分强调和追求，恰恰反映出他对自己的青春故事缺乏信心。在西美尔的《时尚的哲学》中，时尚行为被视为普通大众渴望区别于他人的一种手段："时尚对于那些微不足道、没有能力凭借自身努力达致个性化的人而言也是一种补偿，因为时尚使他们能够加入有特色的群体并且仅仅凭着时尚而在公众意识中获得关注。"[②]同样，电影拙劣的拍摄手法、幼稚的镜头设定和虚情假意的煽情都是郭敬明企图掩饰自己的手段。他希望通过不断刺激观众的感官让大众失去对电影真实内涵的判断能力，并以其幼稚的价值观左右观众对青春的观感。《小时代》无疑是身体、金钱和欲望表达到极致的拙劣产物，同时也体现了大众文化所带来的反智主义在文化领域的强大破坏力量。

二、世俗娱乐的感官刺激

在反智主义思潮的影响下，为了迎合大众趣味，新世纪文坛还出现了精英文学世俗化、娱乐化的现象。2003年，新浪网联合多家报刊媒体推出一项公众调查，评选大众眼中的20世纪中国十大文化偶像。在调查的宣传中，媒体声

[①] 在一次专访中，郭敬明提道："顾里是Dior，她很Lady，又有独立女性的高贵；林萧应该是类似于miumiu这样有点少女的品牌，有点白日梦，梦幻；宫洺可以是Prada或者Gucci，商务、精英的感觉；顾源得奢华一点，比如Valentino。"详见http://fashion.163.com/14/0714/02/A133PO3V00264M5O.html，2014年7月14日。

[②] [德]西美尔：《时尚的哲学》，费勇等译，文化艺术出版社2001年版，第83页。

称"他们都代表了一种文化价值,一种文化取向,或者一种精神指归。有人比他们有名,有人比他们贡献大,但只有他们兼具了文化的意义"①。但是,以选择中国 20 世纪的文化价值和精神指归为目的而评选出的十大偶像却令人咋舌,鲁迅、金庸、钱钟书、巴金、老舍、钱学森、张国荣、雷锋、梅兰芳和王菲获得第一至第十名②。"五四"时期的精英知识分子与通俗小说家、歌手、演员赫然并列,在展现出大众审美取向的多样化的同时,也将精英知识分子与娱乐偶像一道推上世俗的舞台。在这份名单中,精英文化、革命文化和大众文化分庭抗礼,恰好表现了文坛三分天下的现状。且不论评选出炉之后引发的热议,仅仅就评选活动,就能看出中国文学和文化日益世俗化、娱乐化的趋向。大众不但主导了文学市场,还通过亲身参与,按照自己的喜好塑造出符合时代精神的文化偶像。为了获得感官的刺激和愉悦,将具体的人物偶像化、符号化,其背后体现出的则是愈发幼稚的精神价值观念。事实上,中国媒体的这次评选,受到了美国评选自己的十大偶像的影响。在美国的十大偶像评选中,玛丽莲·梦露、猫王与肯尼迪、马丁·路德·金并列,成为最受大众喜爱的文化人物。2016 年,美国民谣歌手鲍勃·迪伦击败其他作家获得了诺贝尔文学奖,引起文坛一片哗然。一名歌手获得文学上的最高奖项,反映出文学的时代困局在世界范围内的出现。被称为民谣诗人的鲍勃·迪伦,作为承载一代人青春的摇滚偶像,在这个文学亟待变化的时代成为人们集体怀旧的突破口。他的获奖再一次将严肃文学、精英文化推向世俗娱乐。在新媒体时代,人们不再满足于相对平面化的阅读带来的文学感受,而是寻求更具感官刺激的多样化文学体验。

2006 年,国家一级作家赵丽华写于 2002 年的诗歌《一个人来到田纳西》被网民发现,网民收集和总结了她的部分诗歌,在网站重新发布。网民对其诗歌的艺术性提出了质疑,并将她的作品戏称为"梨花体"。"毫无疑问/我做的馅

---

① 《晨报与新浪等强势媒介评选中国十大文化偶像》,《兰州晨报》,2003 年 6 月 10 日。
② 《"十大文化偶像"新鲜出炉》,《东方商报》,2003 年 6 月 21 日。

饼/是全天下/最好吃的"之类口语化的诗歌,在引来网民群嘲的同时,也促使民众远离诗歌领域。韩寒不久后发表博文《现代诗和诗人怎么还存在》,对整个现代诗坛进行嘲讽。他认为现代诗就是将句子腰斩揉碎后随意拼接在一起,并没有什么艺术价值。韩寒还自己创作了一首类似于"梨花体"的诗歌讽刺赵丽华和现代诗人。韩寒的回应掀起了网络的热潮,一时间,网络上模仿"梨花体"的诗歌层出不穷,仿佛人人都是诗人,大众在亲身接触诗歌的同时,诗歌"言志"的神圣性也被完全消解,成为网民的一次创作狂欢。诗坛为了回应韩寒和网民的嘲笑,一些诗人在北京聚集,组织了支持赵丽华的诗歌朗诵会。会上,一名诗人以脱衣秀的方式表现对大众言论的不满和自己的诗歌观念,最后被治安拘留。无独有偶,2014年,农民女诗人余秀华以《穿越大半个中国去睡你》一举成名,她的诗歌通过网络媒体迅速传播,并很快引起了学院批评家的注意。与赵丽华不同的是,余秀华因为农民和脑瘫患者的身份赢得了网友的一致赞誉,这也是大众反对知识、反对知识分子的某种体现。成名后的余秀华不仅迅速出版了多部诗集,获得各种奖项,还受到了不少学院派批评家的赞赏,他们认为其诗歌中的底层意识与平民意识在某种程度上有助于中国诗坛未来的发展。新世纪两场不同的诗歌事件,一方面突出了网络媒体的巨大力量,一方面表现出以网民为代表的大众审美趣味的多重标准。在大众眼中,文学的边界可以任意地扩大和缩小,甚至并不需要什么界限,只要能够得到感官的愉悦,大众都愿意为自己的行为买单。大众的从众心理又使得网络更容易成为语言暴力形成的场域,情绪的夸张导致了言论的极端化,同时也造成了言论责任感的消失。

三、乡土现实的叙事危机

在当代文学中一直占据主流地位的现实主义文学在新世纪以来也开始面临着危机。一方面,作家本人的创作资源日益贫乏,读者不再期待和喜爱现实主义的作品。另一方面,在日益便捷的网络传媒环境中,新闻消息以极快的速度在大众之间传播,而现实事件的丰富多彩、离奇诡秘又让大众无须借助小说就能直接获取阅读的快感。原本高于生活的文学艺术,在新世纪一步步向生活靠近,不但不再是日常生活的升华,反而成了生活粗劣的仿制品。作品的娱乐化、物质化和媚俗化取向,也使得现实主义创作在新世纪饱受批评。

20世纪20年代诞生的"乡土文学"概念,在中国几经变迁,已然成为现实主义文学中最为重要的一个部分。然而随着中国现代化进程的加速,大批农民进入城市打工,他们身后的乡村不再是充满回忆的温情故土,而是变得空洞、破败,难以承载中国几千年以来的乡土精神。乡村与城市原本应该是相生相成的,但是在中国却难以避免分裂的结局。费孝通认为,都市通过对乡村的攫取和掠夺实现了自身的繁荣,同时造成了乡村的衰落:"先夺去了他们收入来源的手工业,他们穷困了,更乘人之急,用高利贷去骗取他们的土地,最后他们还剩些什么可以生活的呢?"①乡村与城市之间的裂隙让许多人离开乡村,前往城市,但是乡村与城市的巨大反差又让离乡的农民产生了一系列生理和心理的问题,在某种程度上也加剧了农民与知识分子之间的矛盾。从左翼文学而来的书写底层的传统,在新世纪得到了进一步的发展,"底层文学"、"打工文学"等概念的生成,也表明作家接近大众的努力。但是,作为知识分子的一部分,作家们的写作是否可以代表他们所书写的阶层,招致了社会各界的一再质疑。谁是底层、谁能代表底层说话等一系列问题在新世纪的现实主义小说创作中凸显出来。邵燕君认为,"这些问题有一个共同的指向,就是写作者和被写作者的阶级身份的差异,以及由此差异所产生的对写作者代言合法性的质疑"②。

乡土文学的代表作家贾平凹,从"商州系列"一路走来,在《秦腔》、《古炉》、《带灯》、《老生》等作品中,试图从古典文学中不断汲取力量借以表达自己对乡土生活的理解。当我们为《高兴》、《带灯》和《老生》中对现代社会弊病的批判

---

① 费孝通:《乡土中国》,上海人民出版社2007年版,第258页。
② 邵燕君:《新世纪第一个十年小说研究》,北京大学出版社2016年版,第89页。

而欣喜的时候,也应当注意到,贾平凹已经开始远离他不断书写的那片乡土。在2016年的小说《极花》里,乡土的古老含义已经消失殆尽,反而成为一片禁锢人类自由的蛮荒之地。

当乡土叙事开始逐渐向"苦难叙事"转变的时候,新世纪文学现实主义的叙事危机也就自然而然地体现出来。陈应松的《太平狗》《望粮山》《母亲》、《一个人的遭遇》、《马嘶岭血案》等小说几乎都遵循着刻意渲染的苦难逻辑。《马嘶岭血案》几乎声泪俱下地描写了两名挑夫因为生活所迫和觊觎钱财砍死了勘探队七名队员的故事。在小说里,具有知识分子身份的祝队长、小谭、王博士和小杜等人一直遭到九财叔的嫉恨。与九财叔们简陋的生活环境相比,知识分子较为优良的居住和伙食条件成了九财叔不满的来源。在他看来,知识并没有什么价值,勘探和采矿更是没有自己挑夫的工作艰苦。勘探队员拥有几千块的工资和先进的通信设备,自己却因为丢失了两块矿石就要被扣去两天的工资。当得知祝队长拥有几部手机、两辆汽车和几千元现金的时候,九财叔生出了劫财杀人的念头。在他和"我"的对话中,九财叔再次表现出对知识分子的仇视和不满:"'你不想把它抢过来?为什么他们那么有钱,而我们啥都没有?'我说咱是农民,人家是大学搞研究的,不能比。九财叔却说:'咱受的苦比他们多,都是一样的人,不该这样啊。'"①《马嘶岭血案》极力渲染九财叔家的困难情况,妻子因无钱治病而去世,八十岁的母亲仍在家中劳作,三个女儿交不起学费,终日待在家中。但是,小说并未解释造成这种状况的社会因素,而是把个人的苦难转换为对无辜者的仇恨。"他恨,执拗的、单刀直入的愤恨。一个不能表达、无从表达、不敢表达的人,很快就将一般的成见变成了仇恨。这太正常了,可是,也许祝队长和王博士并没有察觉,这非常危险。为什么不让他表达出来呢?可怜的九财叔,沉默的九财叔。"②小说从苦难叙述转变为暴力叙述,并自始至终都在表达对两个杀人犯的同情,而无辜被杀的一群勘探队

---

① 陈应松:《马嘶岭血案》,《人民文学》2004年第3期。
② 陈应松:《马嘶岭血案》,《人民文学》2004年第3期。

队员则被描写得自私谨慎、斤斤计较，他们被杀的原因则是没能给九财叔自我表达的机会。与此类似的"底层写作"小说，往往都具有雷同的情节和倾向，底层农民的不幸必须找到发泄的出口，而暴力和血腥似乎成了唯一的选择。这种相似的情节充斥在新世纪以来的乡土写作和底层写作中间，知识和智力在暴力面前变得一文不值，只能瑟瑟地等待带血的屠刀。

与暴力化、血腥化的乡土叙事相对，另一种类型的现实主义创作则是对新闻消息的复述和模仿，在阅读的深度和广度都大大扩大的读者面前，更失去了吸引力。余华的《第七天》，马原的《纠缠》、《荒唐》等都是这种类型的作品。东西的《篡改的命》更是对现实新闻的简单呈现。进城的农民汪长尺一再被命运戏弄，遭遇了一连串的不幸，考试成绩被顶替，打工遭遇了无良老板，不但没有拿到工钱还受了工伤，最后替人顶罪度过了牢狱生涯。"屌丝"、"弱爆"、"拼爹"等流行词汇接踵而来，小说仿佛成了一整年新闻事件的综合和总结，充满了荒诞性的戏剧效果，同时也不再具备强有力的批判价值。与此类似的一批官场小说，包括官场化了的知识分子小说，对官场诡计谋略、钩心斗角的过分强调，也造成了阅读审美上的疲劳。阎真的《沧浪之水》、《活着之上》，王跃文的《国画》、《梅次故事》、《苍黄》，黄晓阳的《二号首长》，王晓方的《驻京办主任》，小桥老树的《侯卫东官场笔记》等，都细致入微地描写了主人公加官晋爵的全部过程，甚至堪称官场宝典。诡谋、黑幕、情色交易和争权夺利成为官场小说博取读者眼球的常用伎俩。官场小说对权力场利益争夺的关注逐渐浅显化和表面化，最终演化为对权色交易和贪污腐败场面的直面描写，失去了讨论表面现象之后的进一步思考。

新世纪以来的小说创作对大众价值观念的不断迎合，终于导致了反智主义的现象不断泛滥，从而反过来又影响了公众的判断能力。无论在精英文学还是通俗文学领域，出现在现实主义小说中价值观念的混乱和艺术水平的不断下降都给新世纪小说整体创作的提升造成了很大障碍，也给90年代以来文坛主流价值观念的重新建立造成了困难。

第三节　网络文学的发展与文坛主流的变局

在文学领域，21世纪的开启与网络文学的诞生与发展紧密相连。学界一般认为，1998年是中国网络文学诞生的起点。这一年，蔡智恒（痞子蔡）的小说《第一次亲密接触》在台湾成功大学的BBS上发布。小说很快被大陆各大讨论版转载，引起了关于网络文学的讨论热潮。在诞生之初，网络文学以各大高校学生为目标人群，希望借助新媒体和新技术，为年轻人寻找抒发自己内心的平台。在随后的几年中，随着互联网技术的不断发展和个人电脑、手机等通信设备的普及，网络文学迅速发展，并形成了庞大的产业链。到2017年，无论是经济效益、传播手段还是目标读者，网络文学都大大超越了传统文学。学院派对网络文学的态度，也逐渐从拒绝到接受。不得不承认，在中国当代文学中，网络文学已经成为不可忽视的部分，甚至已经具有成为主流的趋势。

一、文学生产与消费方式的改变

陶东风对新时期以来中国文学的"去精英化"现象提出批评。他认为，20世纪80年代、90年代直至21世纪，是一个文学不断"祛魅"的过程。尤其是21世纪以来网络的普及使得文学和文化资源的垄断局势被打破，大众可以极为便利地接触创作资源，从事创作工作。这种现象造成了一种戏剧化的去精英化效果，"网络使得发表的门槛几乎不存在"，"大量'网络写手'和'网络游民'不是职业作家，但是往往比职业作家更加活跃"，"'作家'、'文人'这个身份、符号和职业大面积通胀和贬值"，最终，作家"倒下去"而写手"站起来"。①不过，网络作为一种新的传播媒介，凭借飞速的传播速度和几乎没有边际的传播范围极大地改变了一般人的生活状态。传播学的奠基者，多伦多学派的先

---

① 陶东风：《新时期文学30年：作家"倒下去"，写手"站起来"》，《首都师范大学学报（哲学社会科学版）》2009年第1期。

驱伊尼斯认为,媒介对人类文明的影响不容小觑,甚至可以改变知识的本质属性:"一种媒介经过长期使用之后,可能会在一定程度上决定它传播的知识的特征。也许可以说,它无孔不入地影响创造出来的文明,最终难以保存其活力和灵活性。也许还可以说,一种新媒介的长处,将导致一种新文明的产生。"①麦克卢汉对伊尼斯的理论进行进一步阐释,认为媒介的存在改变了人们认识世界和感受世界的方式。媒介作为信息的一种,对人类社会的进步起到了决定性的作用:"任何媒介(即人的任何延伸)对个人和社会的任何影响,都是由于新的尺度产生的;我们的任何一种延伸(或曰任何一种新的技术),都要在我们的事物中引进一种新的尺度。"②网络文学借助网络这一新的传播方式迅速发展,改变了人们的阅读方式,甚至进一步引导人们娱乐方式的变革。随着网络文学的进一步发展,网络文学作家成了职业作家,享受着远远高于一般作家的版税,而且长期受到大众的喜爱和追捧。有些甚至加入作家协会,并以各种形式与传统文学融合。

2000年前后的网络文学,基本按照传统文学的方式生产,只是将互联网作为初次出版的渠道。2003年,随着各大文学网站的不断改版和调整,起点中文网公布了其收费计划,将对VIP会员以千字2分钱的收费标准进行收费,至此,网络文学新的生产和盈利方式开始出现。2004年,网络游戏运营商盛大公司收购了起点中文网,大资本的介入将网络文学的付费阅读方式迅速扩散至全国,网络文学的读者数量激增。2008年,盛大文学成立,旗下拥有起点中文网、红袖添香网、小说阅读网、榕树下等多家主流网络文学原创网站,还拥有几家图书出版公司。作为一段时间内中国最大的网络文学平台,盛大文学开始涉足文学版权运营,将网络文学和其他娱乐产业充分整合。起点中文网确立的千字2分钱的计费方式,是促成网络文学生产和传播机制形成的关键所在。

---

① [加]哈罗德·伊尼斯:《传播的偏向》,何道宽译,中国人民大学出版社2003年版,第28页。
② [加]埃里克·麦克卢汉:《麦克卢汉精粹》,[加]弗兰克·秦格龙编,何道宽译,南京大学出版社2000年版,第227页。

收费制度下的网络文学,形成了成熟的生产方式,即免费试读—付费—继续阅读。收费制度造成网络文学出现了两个明显的趋势。第一,在稿酬制度的鼓励下,网络文学的篇幅不断增加,基本都在几百万字,与传统文学之间差别明显。第二,网络文学的作者并非如传统文学一样,将创作完成的成熟文本提供给读者,而是先行发布部分章节,再通过分析读者的阅读反馈不断更新,让故事剧情按照多数读者的喜好发展。网络文学的收费制度,建构了作者、网站、读者三者互惠共赢的平台,也形成了一套成熟完整的商业运行机制。网络文学成为一种由作者、网站和读者共同创造的商品,并且还可以进一步转换为游戏、电影、电视等多种文艺形式,获得更大的商业利益。网络文学平台不仅给作者提供发表文学作品的场所,还提供了详细的指导方案,促使网络文学作家根据用户需求指导写作,实现了文学生产的快速和高效。在阅文网的作家专区里,提供了网络文学创作的指导课程,包括入门介绍、编写设定和大纲、介绍类型文学等网络课程。这些课程并不是由已经成名的网络文学的"大神"们授课,而是由阅文集团的编辑授课,集中指导有志于成为网络作家的初学者。网站编辑根据对用户喜好的调查和对各种商业模式的深入挖掘,总结出一套快速创作网络文学的方法,并以免费授课的方式向大众传播,以吸引更多具有商业价值的作品。网站编辑不仅在创作前为网络作家指点方向,在创作的过程中,还通过层层审核确保作品符合目标用户的期待。通过作家签约制度,只要作家在网站上发布满一定字数,就有各级编辑对其作品进行交叉审核,若审核合格,网站则会与作家签约,并与作者共享收益。为了激励作家创作,网站还采取了鼓励模式,设置全勤奖、勤奋写作奖、月票奖等,鼓励作家勤奋、稳定地提供网络作品。网络文学经过新世纪十几年的发展,已经形成了一套完备、高效的运营模式,并且拥有详尽、细致的行业规范,以确保文学生产符合读者的需要。

据统计,截至 2018 年 6 月,网络文学的用户规模达到 4.06 亿,占网民总体的50.6%。而手机网络文学用户规模是3.81亿，占手机网民的48.3%。[①] 庞大的读者构成了网络文学的利益来源，而基于用户体验的不断改进，也是网络文学不断发展的重要因素。除此之外，网络文学的读者，与娱乐产业中的粉丝类似，在阅读作品的同时，还愿意将作者视为自己的偶像。他们通过点击、消费、转发和推广支持自己喜爱的作家，到现在，粉丝群已经借助微博、微信、贴吧等网络社区形成了一个稳固的消费群体。一旦自己喜爱的网络作家发布了新的作品，粉丝们都愿意用自己的实际行动予以支持。网络文学商业运营的关键之处，也在于激发粉丝的凝聚力，利用粉丝黏性，通过对网络文学的全版权运营，打造多种文化、娱乐产品的共同生产。

大数据分析公司易观智库2016年的报告[②]显示，在中国，网络文学已经形成了完整的产业链。其中上游是以作家为代表的版权提供方，而下游是网络文学用户。最为重要的产业链中游，是网络文学网站，这些网站对网络文学提供了技术支撑。作家通过入驻平台成为签约作家，文学网站为作者提供推广和运营服务，二者分享读者的订阅费用。在此之外，作者和网站更大的利润来自网络文学的改编版权。通过出售作品的游戏、动漫、电影、电视、网络剧和实体书的改编版权，二者再次对所获利润进行分成。另外，网络文学的大环境已经从多家小型文学网站相互竞争变为几家主流网站独大的情况。2013年，腾讯文学成立，预备从多个方向布局涉足各种娱乐行业。2015年，盛大文学与腾讯文学合并，成立"阅文集团"，这一新集团将中国大部分主流网络文学网站收入囊中，并拥有出版品牌、音频听书品牌、手机移动App等业务，成为中国网络文学史上最强的运营主体。阅文集团以文学为主题内容，并逐渐向影视、游戏等娱乐行业扩散，试图在全娱乐行业占据主流地位。随着生产的制度化和产

---

① 中国互联网络信息中心：《第42次中国互联网络发展状况统计报告》，http://www.cac.gov.cn/2018-08/20/c_1123296882.htm，2018年8月20日。
② 易观智库：《中国网络文学市场年度综合报告2016》，http://www.askci.com/news/chanye/20160726/14344946737_2.shtml，2016年7月26日。

业化,网络文学逐渐成为有别于传统文学的独立文学生态。在这种情况下,精英文学的评判标准也不再适用于网络文学。建立在消费文化立场上的新的评判标准,将成为网络文学创作以及文学批评的主要准则。

二、网络文学形态对传统文学的颠覆

网络文学与传统文学的最大区别,除了生产、传播与消费渠道的不同,文学的形态也发生了很大改变。网络文学基本按照类型文学的形态出现,在小说,尤其是长篇小说领域,已经形成了与严肃文学相对的第二种文学形态,并保持着强劲的发展势头。类型小说(Genre Fiction)的概念来自西方通俗文学。这类小说与通常意义上的文学小说不同,主要由情节驱动,按照作者、出版商和读者之间的约定,将虚构作品完成为某个特定的文学类型,从而吸引熟悉和喜爱该类型的读者。类型小说具有一定的"结构、角色、事件和价值观"[1],它的主要特征是"易于生产、读者熟悉、易于消费"[2]。西方类型小说,主要是出版商为了牟取暴利而大量出版的通俗文学,"这类小说的主题、人物、情节都是程式化,类型化的,但因其具有惊险的故事、猎奇的情节和某些色情的描写而在普通读者中畅销"[3]。在西方,类型小说经常受到文学批评家的批评,他们认为,类型小说是无价值的陈词滥调和质量堪忧的散文作品。其实,在中国古典的通俗文学中,类型小说早已出现,传统的侦探、黑幕、武侠和言情都是现在网络类型小说的前身。在市场经济引导下,21世纪以来的文化市场中,新媒体所占的比例越来越多,现代传媒技术的不断进步让网络文学成为市场的必然选择。20世纪90年代以来的大众文学市场发展的不足,为网络文学提供了绝佳的发展路径,而类型化的文学形态又让网络文学的生产和销售更为便捷。

---

[1] Robert McKee: Story: *Substance, Structure, Style, and the Principles of Screenwriting*, New York: HarperCollins. 1997, pp. 87. 罗伯特·麦基:《故事,结构,风格和写作原则》。

[2] Ken Gelder: *New Directions in Popular Fictionp*, London: Palgrave Macmillan UK, 2016, p. 24. 肯·格尔德:《流行小说的新方向》。

[3] 鲍昌等主编《文学艺术新术语词典》,百花文艺出版社1987年版,第246页。

网络类型文学,对于作者、网站运营商和读者,几乎是三赢的选择。作者可以在自己熟悉的题材和领域内部反复创作新作品,读者也可以根据自己的喜好在繁杂的网络文学中快速找到自己喜爱的类型。对于网站运营商来说,类型文学也有利于网站对小说的推广、改编、营销和分类管理。打开起点中文网,在左侧的显著位置就是网络小说的分类,共分为14个类型,分别是:玄幻、奇幻、武侠、仙侠、都市、现实、军事、历史、游戏、体育、科幻、悬疑灵异、女生网和二次元。其中前四类数量最多,共有115万多部,占起点网上网络文学总量的40%。不仅如此,与主流文学中现实主义小说的盛行不同,网络文学中的"现实"类别所占比例极小,仅一万多部,约占总量的0.5%。[①] 这样一来,在网络文学中,奇幻、玄幻类别成为绝对的主流,而现实类别则几乎可以忽略不计,形成了与主流文坛截然不同的文学景观。值得注意的是,性别也成为网络小说分类的一个依据。运营商注意到了男性读者和女性读者的不同需求,增设了"起点女生网",刊载一些以婚恋故事为主题的女性题材小说,共有小说72万多部,是所有类别中最多的。为了进一步细分读者群体,女生网的排行榜也分开设立。在每一个类别以内,网站还将网络文学类型的细分做到了极致,在"玄幻"类别里,就有"东方玄幻、异世大陆、王朝争霸"等子类别的细分,起点女生网更是设有"古代言情、仙侠奇缘、现代言情、浪漫青春"等子类别,几乎每个读者都能够精确地找到自己喜爱的小说类型,从而实现阅读的快感和满足。网络类型文学不仅使得作者得以在细分领域内进行更加快捷的创作,也给网站编辑提供了极大的便利。参照阅文网提供的编辑团队,编辑共分为四个等级,分别为首席内容专家、资深内容专家、内容专家团队和责编团队。除了两位首席内容专家以外,其他的编辑全部按照网文类型进行划分。最下层的编辑依照最精细的内容类型划分编辑范围。这样一来,网络文学通过对作者和编辑的分类,批量制造出了符合基本内容架构的类型文学,面向目标读者进行

---

① 数据来源于起点网首页,https://www.qidian.com/,为作者自行计算,2019年1月30日。

销售。

　　类型小说具有十分精准的读者群体,当这些小说向其他娱乐形式转变的时候,读者也愿意继续为其买单。2005年,桐华的小说《步步惊心》,讲述了一个离奇的穿越故事,生活在现代的女性白领莫名穿越至清朝康熙年间,成为帝王身边的满族少女,还参与了惊险万分的"九子夺嫡"。该书将历史故事与凄美爱情相结合,语言优美,情节动人,网络转载点击量超过一亿人次,被誉为"清穿扛鼎之作",并引领了一番穿越小说的热潮。2011年,小说改编的电视剧播出,人气更旺,收获无数大奖,还被外国电视台转播。李可的都市爱情小说《杜拉拉升职记》持续热卖,并被改编为电影、电视剧,许多粉丝都愿意为之买单。仙侠小说《诛仙》,盗墓类小说《鬼吹灯》、《盗墓笔记》等一批类型小说,在网上网下都成为出版市场炙手可热的火爆产品,不但小说热度不减,还被进一步改编为电视剧、网游、手游、漫画等,继续吸引着粉丝的投入。

　　类型小说的文学形态,与传统文学区别很大。在网络文学中,传统文学作者的精英写作,已经被读者导向的小说创作所取代。类型小说创造了大众文化领域内网络作家、文学网站、读者三位一体的利益团体,为大众文学建立起成熟完整的商业模式。同时,类型小说大大扩充了中国新世纪长篇小说的数量与篇幅,营造出长篇小说不断繁荣的景象。但是,以用户体验为写作要旨的创作方式,忽略了作者的独立性与主体性,小说更多地成为一种集体意识的产物。为了使小说具有可操作性和可重复性,从而更快地获得读者的关注,类型小说往往具有十分相似的结构模式,且语言平白,主旨内容单一,人物形象平面化,缺乏艺术思想的锻造。

　　诞生于消费文化语境的网络类型文学,致力于满足大众读者自我欲望的释放,其生产方式和目标用户都决定其必然造成中国平民阶层的集体狂欢。类型小说按照日常生活的道德尺度阐述故事,其视角与普通民众的视角基本一致。与精英文学不同,网络类型文学几乎不会对社会问题和人性根源做出深入的思考和批判,而是满足于对表面现象的展示和对基本善恶尺度的评判。

常见的玄幻、武侠、修仙类小说更是愿意将主人公设置为出生草根的平民,并通过对其个人奋斗史的线性描写,满足了大众对成名成家的集体幻想。耳根2016年在起点中文网连载的仙侠作品《一念永恒》在各大排行榜都位于前列,小说描写了普通少年白小纯的修仙之路。截至2017年1月,小说已经连载约160万字,并收获了约500万次的点击。小说情节类似于网络游戏中的升级,借助不同道具的帮助,白小纯完成了自身的一次次升级,朝着成为顶尖高手的路上一步步迈进。小说弱化了主人公修仙升级过程中的困难,而强调了升级成功之后收获的财产和赞誉,虽然与现实生活相差千里,却符合了大众对个人奋斗乃至成功的想象路径。网络类型小说通过对大众文化立场的切实贴合,获得了读者的宽容和欢迎。再加上宏大的场面描写和精彩纷呈的打斗场景,激发了读者的想象力,继而进一步刺激了读者的阅读欲望。

三、 精英文学的危机与文坛主流的变局

网络文学以其浅白平直的语言和跌宕起伏的情节刺激着读者的感官,迅速成为中国通俗文学最主要的组成部分。随着网络技术的进一步发展和新媒介的不断出现,网络文学及其衍生产品将会不断挤占精英文学的生存空间,成为普通民众首选的文化消费产品。在这种情况下,精英文学的生存和发展却举步维艰。一方面,精英文学生存的园地文学期刊不断萎缩,不但发行量日益减少,读者群体也逐渐缩小,几乎即将成为少部分专业读者的小众读物;另一方面,传统文学评奖由于受到过多意识形态的干扰,其权威性不断降低,在大众眼中比不上网站的全民评价系统。精英文学难以抵挡政治环境的压制、经济浪潮的冲击和大众文化的变革这三股强劲势力,在网络反智主义的大潮下日渐萎缩,面临着前所未有的危机。除了文学创作,网络文学这一新鲜的批评对象,对传统文学批评来说更是极大的挑战。面对飞速变革的文化环境,精英的评价话语体系已经难以适应新兴的新媒体文学,部分批评家对大众文学、通俗文学和网络文学的批评,在消费文化语境下显得屡弱无力。

2014年，国家信息部、公安部等针对互联网制作和传播淫秽色情信息等问题展开了"净网行动"，意在规范互联网行为。在国家规范管制的大趋势下，网络文学逐渐被纳入国家行政管理的体制之下。腾讯文学与盛大文学的合并、阅文集团的成立、百度文学的诞生都成为国家意识形态的规范下网络文学进一步发展的结果。政治力量期望能够整合几大互联网巨头，从宏观上管理鱼龙混杂的网络文学市场。2014年底，国家新闻出版广电总局办公厅印发了《关于推动网络文学健康发展的指导意见》，《意见》就网络文学的基本原则、发展目标、保障措施等内容提出了十八条意见，并提出网络文学应该"把社会效益和社会价值放在首位，实现社会效益与经济效益、社会价值与市场价值相统一"①。除了将网络文学纳入社会主义文化体系之外，《意见》还要求批评家将网络文学纳入自己的研究范围内，积极开展网络文学评论："充分发挥文学评论褒优贬劣、激浊扬清的作用，在艺术质量和水平上实事求是，在大是大非问题上表明立场，说真话、讲道理；遵循网络文学创作传播的规律和特点，积极开展多种形式的网络文学作品内容研讨和评论，坚持把人民群众满意认可作为衡量标准，综合作品价值取向、艺术水准、审美情趣、读者口碑，凝聚社会共识，逐步建立科学的网络文学作品评价体系，切实改变文学网站单纯追求点击率倾向。"②国家对网络文学的管理和定位引起专家学者的注意，他们迅速将网络文学纳入通俗文学体系并为其寻找批评的理论资源。中国作协和主流媒体就召开了"全国网络文学理论研讨会"，研究网络文学的学者和主流文学网站的管理人员都参与了会议。在许多学者的发言中，网络文学已经被定性为通俗文学。在范伯群的研究中，网络类型小说的传统，可以追溯至"三言二拍"、鸳鸯蝴蝶派小说等传统通俗文学。③ 学者们试图追根溯源，为网络文学找到其根

---

① 《关于推动网络文学健康发展的指导意见》，《文艺报》，2015年1月12日。
② 《关于推动网络文学健康发展的指导意见》，《文艺报》，2015年1月12日。
③ 范伯群、刘小源：《通俗文学的传统与网络类型小说的历史参照系》，《中国现代文学研究丛刊》2015年第8期。

植于文学谱系中的合法性，并以此为基准确立网络文学在新世纪文学中的地位。

关于"主流文学"的概念，学界一直未有定论。邵燕君通过对《主流：谁将打赢全球文化战争》一书的考察，认为主流文学是一种由大多数人共享的文化方式。① 长期以来，所谓"体制内"文学一直以主流文学自居，但是在新世纪，读者对这类文学嗤之以鼻，逐渐被以网络文学为代表的大众文学所吸引。2009年，盛大文学的CEO侯小强就表示，网络文学不但能够挑战纯文学，甚至已经成为"准主流"文学："纯文学从始至终根本就是个伪概念，被读者认同的文学才是主流。""文学的价值在于阅读和传播，也许到了'纯文学'这个词退出历史舞台的时候了。"②在21世纪的消费文化语境中，文学难以脱离市场规律而独立存在，精英文学的发展路数和评价体系已经不能适应逐渐壮大的大众读者群体。新世纪文坛的巨变意味着纯文学、精英文学在对抗政治意识形态管制的同时，还必须应对带有反智主义色彩的大众文学的侵蚀。在文坛主流变局的今天，纯文学如何在新媒体大量运用的消费文化格局中获得突围，将是众多作家和评论家不得不思考的问题。

---

① 详见邵燕君：《新世纪第一个十年小说研究》，北京大学出版社2016年版，第253页。
② 侯小强：《网络文学到底是不是主流文学？》，《新商报》，2009年2月14日。

结　语

一

在1993年那次著名的人文精神大讨论中,有学者提到,人文精神积极的一面在于它成了捍卫知识分子人格和尊严的武器,而其消极的一面则在于它有着依附性和代言性的身份特质。进入90年代以来,知识分子随着商品经济的发展而逐渐失去了其"代言"的身份,但是学者却乐观地预测,知识分子代言身份的丧失,"也许正是寻找新的叙事可能、叙事权利的契机,如果知识分子没有话语权,没有独立生存的价值,人文精神的再生,搞不好还会是文人精神的回归"[①]。然而,在今天,人文精神非但没有形成回归的态势,反而愈发陷入危机。新世纪以来,由中国古代政治思想中生成的反智主义观念,与西方社会学领域的反智概念相互融合,在文学与文化领域产生了诸多后果。

在中国传统政治活动中,老子所主张的"愚民"政策与"虚其心"、"弱其志"的治民主张,经由法家进一步发展,形成了尊君卑臣的政治格局。而知识分子对国家的基本政策和政治路线的怀疑和批判,使他们成为封建君主眼中需要扫除的政治障碍。当"焚书"、"坑儒"成为法家反智论在政治实践上的最终后果之时,对知识分子的打压和惩戒也成为封建社会巩固王权统治的必要手段。

---

① 王晓明编《人文精神寻思录》,文汇出版社1996年版,第64页。

现代西方社会中，由民主主义而引发的反智浪潮同样不容忽视。在战后的美国，人们一边享受着智识生活的复兴所带来的便利，一边却在民间产生了一种具有民族自豪感的"本土情绪"，这种本土情绪与保守主义观念与平民意识息息相关，并转而与美国知识分子的批判精神形成一种对抗的状态。在宗教、政治、文化和教育等领域都生发出促使反智主义诞生的因素，终于在20世纪五六十年代形成了反智主义的大潮。到了90年代乃至新世纪，普遍存在于美国社会中的反智主义并没有逐渐消退，而是与消费主义合流并进一步触及文化和教育领域。反智主义的发展体现在文化领域，则表现为大众文化的膨胀和泛滥。在小说、电影、电视等文学艺术形式中，都出现了知识分子的负面形象，他们以木讷的天才、怪异的思想者和疯狂的科学家等形象出现，成为大众平民文化所集体反对的对象。

二

在当代中国，反智主义的发展随着数次社会革命而阶段性地出现，主要受政治环境制约的反智主义思潮在新世纪拥有了更大的施展空间，经济的迅速发展和新媒体的不断涌现在给大众带来日新月异的文学样式与文化空间的同时，也给反智思想的传播提供了更大的平台和更加密集的网络。新世纪小说中出现反智现象的原因不尽相同，作者们的选择也多种多样，既有王朔一般"警惕政治一元论"、"躲避崇高"的创作者，又有热情拥抱商业利益和大众读者的书写者。前者的行为尚且带有些许真真假假的反叛色彩，而后者则是作家自主的个人选择。因此，新世纪小说出现了众多知识分子形象，他们或是不懂变通、木讷乏味，或是追名逐利、趋炎附势，又或是追求刺激、败坏道德。在面对金钱、权力和欲望的诱惑时，知识分子或是低头屈服，或是沦为权力的帮凶，或是沉溺于欲望的海洋。选择坚持底线的知识分子，不仅生活清贫，还无时无刻不遭受思想上的折磨。理想主义的终结也迫使知识分子不得不开始为自己寻找出路，新世纪小说中的知识分子，身体上的堕落和精神上的退守几乎同步进行,他们通常面临着三种结局,即逃离、堕落与自我否定。面对消费社会,知识分子迅速成为金钱的追逐者和崇拜者,不但乐于利用自身的文化资源换取经济利益,而且不惜放弃自己长期以来形成的精神观念。面对意识形态的压力,新世纪的知识分子失去了80年代那种充满生机的批判意识,反而悄然投身于权力门下,敞开了知识的象牙之塔,使之成了另一个权力场。面对自身的精神状态,知识分子从80年代的自我批判,到90年代的自我否定,在新世纪则做出了全面的放弃和让步。不仅不再将自己视为社会精神文化的引领者,反而乐于脱掉知识分子的外衣,摒弃知识分子的身份,与大众为伍,甚至开始崇拜具有顽强生命力的底层民众。这样一来,知识分子在大众眼中的价值和地位一步步回落,不仅没有承担相应的社会责任,还缺少普通民众身上真诚、善良的朴素品质,知识分子的社会形象也从精神文化的领路人变为虚伪的投机分子和权力的附庸。

三

在艺术手法上,新世纪以来的小说作品也缺乏技术上的独创性与探索性。重复的叙述模式和单调的审美体验造成了"五四"以来知识分子叙述传统的弱化。例如常见的大学题材小说,往往具有非常相似的结构方式,"奋斗—妥协"成为这类小说的主要发展模式,"富有—贫穷"、"金钱—道德"、"诱惑—自制"等主题也常常成对出现,主人公的生活道路也往往呈现出"挣扎、妥协、随波逐流、堕落"的发展路线。这些小说重复着相似的主题和表达方式,在庞大的社会压力面前,个人自身的努力无法与强大的社会潮流匹敌,最终不得不放弃道德原则,随波逐流,成为金钱和权力的同流者。相似的面孔使得小说读来千篇一律、缺少新意,作家从事智力活动时的责任感和使命感也消失不见。这类作品在敷衍读者的同时,也放弃了作家的创作责任。在审美体验方面,新世纪小说也体现出人物形象扁平化和故事结构新闻化的倾向。在人物形象的塑造方面,新世纪小说往往将知识分子的生活作风作为关注的主要问题。自90年代

《废都》将原本秘而不宣的欲望描写公开化之后,欲望主题就成为小说博人眼球的关键。知识分子的工作状况和心理情状都被掩盖在大量的情欲描写之下。除此之外,学院内部的学术腐败问题也成为大量小说的主要情节。大量的知识分子题材小说披上了"欲望小说"、"官场小说"、"黑幕小说"的外衣,其中的知识分子形象自然也单调无味、千篇一律。

在题材方面,社会新闻成为新世纪小说竞相模仿的对象。新闻由于其及时性和便捷性,成为大众娱乐消遣的最佳读物。网络信息技术的发展、网络覆盖面积的扩大和社交软件的日益普及都促使社会新闻能够迅速、便捷地在大众之间传播。在近几年的长篇小说创作中,就出现了多部直接利用新闻作为创作素材的小说。余华的《第七天》几乎是当年重大新闻的联合报道;马原的《纠缠》关注国家机关工作的烦琐程序和低下效率;东西的《篡改的命》将热点事件集中在主人公一个人身上,塑造了一个屡遭迫害的受害者形象;须一瓜的《别人》将医疗纠纷、造假售假的热点纳入其中;贾平凹的《极花》同样紧跟潮流,关注农村妇女被拐卖的社会现状。将新闻素材文学化,对社会热点新闻照搬挪用,虽然看似是让文学作品紧贴时代的做法,展现了作家介入和表现现实的急迫和努力,但是,文学和新闻界线也因此而日益模糊,文学本身的性质出现了动摇。一味地将新闻文学化,一方面使得作品局限于对事件本身的写实性描写,而缺少了批判性思考的空间。另一方面,读者往往早已通过其他渠道获取了相关的新闻信息,再次将这些新闻借鉴到文学作品中,也缺少了吸引读者的新鲜感。

四

在新世纪小说中屡屡反映出来的"反智"现象,事实上是多重因素共同作用的结果。政治意识形态的控制成为知识分子言论自由的障碍。讽刺的是,到了20世纪末乃至新世纪,一些作者为了远离政治一元化的危险而朝相反的方向偏离,文学界出现了对正谕话语的集体背反。1954年,中国共产党通过对胡风文艺思想的批判继而展开对"胡风反革命集团"的批判,1957、1958年,又展开了对"资产阶级右派分子"的批判,在这一时期,大批知识分子被划为"右派"并取消了工作职务,派往农村劳动。精神劳动者向体力劳动者学习,知识分子向工农兵学习的政策与作用被夸大。随着知识分子地位的一再下降,政治环境中的反智主义思想愈演愈烈。80年代中期,知识分子恢复了地位,但是随着知识分子不断加大对自身的反思和批判力度,意识形态上的"反智"思想开始向另一个极端变化。社会对"极左"思想的警惕引发了"躲避崇高"的热潮,大众把知识分子视为极端年代政府的合谋者,那些"大写的"、"高尚的"主题被看成知识分子对专制主义的宣传,整个知识分子群体也被视为虚伪狡诈的政治宣传者。王朔是新时期以来在创作中颠覆知识分子形象的始作俑者。自《顽主》开始,王朔塑造了大量负面的知识分子形象,对传统意义上的知识分子如教师、医生、作家等大肆嘲弄。作家、评论家王蒙也不断发声支持王朔,声称为了警惕政治一元化,需要允许"躲避崇高"的声音。同时,民粹主义和大众文化思潮也在不断挤压精英知识分子的生存空间和思考领域。尤其是网络的发展导致网络言论出现粗鄙化、暴力化的倾向,网民的情绪极易被民粹主义思想煽动,从而形成言论暴力,给知识分子的言论空间造成破坏性的打击。

商品经济的发展、消费社会的逐渐形成从行为方式和思想观念上改变了大众的消费习惯。1984年,国务院颁布了《国务院关于对期刊出版实行自负盈亏的通知》,通知规定,除了少数特殊期刊之外,其余期刊一概"独立核算,自负盈亏"①,凡是经营不善的期刊杂志则一律关停并转。"断奶"政策致使失去了行政力量保卫的纯文学不得不向大众妥协,成为文化工业产品进入市场流通。纯文学期刊纷纷寻求改革之道,以《萌芽》为代表的一批期刊准确预测了大众的关注点,从而实现了经济上的成功转型。在出版行业,越来越多的出版公司和编辑开始依靠大众偏好指导文学创作,以保证文学作品的销量。网络文学

---

① 国务院法制办公室编《中华人民共和国法规汇编》(第六卷),中国法制出版社2005年版,第573页。

的诞生和发展真正让读者导向型的文学发展到了极致。网络类型文学通过精准的读者定位和免费的试读模式吸引大批大众读者，再通过按照字数收费的形式赚取稿费，由网络文学网站和网络作家分成。网站作为网络文学的生产机构，需要全方位负责网络文学的产生和延续。从签约作家、培养编辑、设定创作大纲到调查读者偏好和拓展娱乐方式，文学网站都具有详细便捷的生产、宣传和销售通道。网络实现了从生产到阅读、传播、改编等全方位的商业化，真正成为新世纪商品经济的产物。

五

新世纪小说书写中的反智倾向造成了一系列后果，甚至为知识分子题材的小说创造出一种范式性的创作模式。为了通俗化、庸俗化知识分子，情欲生活几乎成为许多小说的最重要情节。阎连科、张者、格非、葛红兵、张抗抗、阎真、阿袁、方方、曹征路、纪华文、南翔、李师江、史生荣等作家都开始在自己的知识分子题材小说中集中展现知识分子的欲望与情爱，而知识分子的日常工作或是被忽略，或是被表现为枯燥乏味的单调劳作，又或是被描写成腐败堕落的暗箱操作。在这种情况下，新世纪小说中的大学校园也失去其象牙塔般的纯净性，被作者异化为利益交换和权力斗争的场所，朝着"社会化"和"官场化"方向发展。甚至一些青年作家或网络作家，以在校大学生的视角来描写大学校园时，依然专注于反映校园里复杂的人事纠纷和权力纠葛。当然，在经济市场化的今天，校园的意义不应局限于承载青春和成长的场所，它必然同时会拥有许多社会内涵。但是一味抹杀校园培育学生、传播知识的基本职能，而妖魔化校园里的行政行为，很可能进一步激起大众仇视知识分子的反智情绪。与此同时，新世纪小说中愈演愈烈的反智描写，造成了知识分子自身思考水平和认识水平的倒退。无论是颠倒启蒙含义的《启蒙时代》，还是有意淡化"文革"危害的《革命年代》，都令人心惊地反映出主流作家思想和认识上的改变。

新世纪小说在各个方面表现出的反智现象，让我们开始重新审视和思考新世纪知识分子题材小说所存在的主要问题以及其中凸显出来的历史内涵。就外部影响而言，意识形态压抑了知识分子独立思考的空间，使得知识分子的自由创作被限制，只能重复现有几种的叙述模式。同时，商品经济牵制了知识分子的日常生活，消费文化的泛滥又让他们失去了创作的方向感，并逐渐放弃了对大众精神文化的引领地位。不仅如此，知识分子本身内在的精神危机也是新世纪小说创作出现种种问题的原因之一。西方的思想文化固然对改变知识分子的认知有着一定的影响，但是 20 世纪 50 年代末开始的一系列知识分子改造运动，在物质上动摇了知识分子的经济基础，并且从根本上动摇了知识分子的精神根基。因而，与西方的知识分子不同，中国知识分子与政治、权力、金钱之间的关系更加错综复杂，他们既警惕着权力无所不在的影响，又不由自主地向主流意识形态靠拢。

2000 年以后，文学生产和消费方式的改变导致网络文学急速发展，无论是在数量上还是普及程度上都超过了传统的文学作品。纯文学作品往往具有一定的思想深度，也需要智识水平的支撑。但是，文学书写上的反智现象导致了阅读门槛的一步步降低，在网络小说领域，则发展为读者导向型的类型化文学生产。一方面，网络文学迅猛发展，并开始挤占主流文学的阵地，另一方面，传统小说创作面临着重重困难，占据基础性地位的乡土小说、现实主义小说都面临着创作危机。文学创作中反智现象的扩大，造成了文坛格局的改变。从市场占有率来看，网络文学不但已经打破了传统的文学创作格局，而且进一步弱化了文学批评的效用。如何应对新的文坛主流格局，如何让传统文学创作和文学批评不至落后于新的发展形势，成为目前亟须解决的问题。

参考文献

一、文本类

阿袁:《顾博士的婚姻经济学》,《十月》2010年第4期。

阿袁:《汤梨的革命》,《中国作家》2009年第1期。

阿袁:《郑袖的梨园》,《小说月报(原创版)》2008年第5期。

曹征路:《大学诗》,《人民文学》2004年第1期。

曹征路:《南方麻雀》,《清明》2002年第1期。

陈世旭:《试用期》,《十月》2001年第5期。

陈思和主编《新世纪小说大系:2001—2010》,上海文艺出版社2014年版。

陈希我:《上邪》,《人民文学》2006年第6期。

陈应松:《马嘶岭血案》,《人民文学》2004年第3期。

陈永和:《一九七九年纪事》,《收获》2015年秋冬卷。

池莉:《生活秀》,上海文艺出版社2006年版。

池莉:《所以》,人民文学出版社2007年版。

邓小平:《邓小平文选》第二卷,人民出版社1994年版。

东西:《不要问我》,《收获》2005年第5期。

东西:《篡改的命》,《花城》2015年第4期。

董立勃:《白豆》,人民文学出版社2003年版。

董立勃:《米香》,《当代》2007年第1期。

方方:《定数》,《山花》1996年第3期。

方方:《树树皆秋色》,北京十月文艺出版社2004年版。

方方:《万箭穿心》,《北京文学》2007年第5期。

方方:《惟妙惟肖的爱情》,《花城》2014年第2期。

格非:《欲望的旗帜》,北岳文艺出版社2001年版。

格非:《不过是垃圾》,春风文艺出版社2007年版。

葛红兵:《沙床》,长江文艺出版社2003年版。

韩少功:《革命后记》,《钟山》2014年第2期。

胡适:《尝试集》,江苏文艺出版社2013年版。

纪华文:《角力》,安徽文艺出版社2005年版。

纪华文:《底线》,安徽文艺出版社2006年版。

纪华文:《迷途》,安徽文艺出版社2008年版。

贾平凹:《艺术家韩起祥》,《当代》2003年第3期。

姜戎:《狼图腾》,长江文艺出版社2004年版。

金岳霖:《金岳霖全集》第2卷,金岳霖学术基金会编,人民出版社2013年版。

老悟:《教授变形记》,中国戏剧出版社2009年版。

李大钊:《李大钊全集》,河北教育出版社1999年版。

李师江:《中文系》,人民文学出版社2010年版。

梁实秋:《浪漫的与古典的 文学的纪律》,人民文学出版社1988年版。

刘醒龙:《蟠虺》,上海文艺出版社,2014年版。

刘震云:《温故流传》,江苏文艺出版社1996年版。

刘震云:《手机》,人民文学出版社2009年版。

鲁迅:《鲁迅全集》,人民文学出版社2005年版。

马原:《牛鬼蛇神》,上海文艺出版社2012年版。

马原:《纠缠》,北京十月文艺出版社2013年版。

马原:《荒唐》,《花城》2014年第1期。

毛泽东:《毛泽东选集》第二版,第一卷,人民出版社1991年版。

毛泽东:《毛泽东诗词集》,中央文献出版社1996年版。
茅盾:《从牯岭到东京》,《茅盾全集》第十九卷,人民文学出版社1991年版。
南翔:《大学轶事》,花城出版社2001年版。
倪学礼:《站在河对岸的教授们》,《十月》2005年第5期。
邱华栋:《教授》,中国工人出版社2010年版。
瞿秋白:《瞿秋白文集·政治理论编》第一卷,人民出版社2013年版。
沈从文:《沈从文全集》第18卷,北岳文艺出版社2002年版。
沈尹默:《沈尹默诗词集》,书目文献出版社1983年版。
盛可以:《道德颂》,上海文艺出版社2007年版。
石盛丰:《教授横飞》,作家出版社2008年版。
史生荣:《教授不教书》,《中篇小说选刊》2001年第3期。
史生荣:《所谓教授》,春风文艺出版社2004年版。
史生荣:《所谓大学》,作家出版社2009年版。
史生荣:《大学潜规则》,人民文学出版社2010年版。
汤吉夫:《大学纪事》,花山文艺出版社2007年版。
王安忆:《启蒙时代》,人民文学出版社2007年版。
王朔:《王朔文集·随笔集》,云南人民出版社2003年版。
王朔:《顽主》,中国电影出版社2004年版。
王朔:《知道分子》,北京十月文艺出版社2005年版。
王跃文:《梅次故事》,人民文学出版社2001年版。
王跃文:《天气不好》,长江文艺出版社2006年版。
王跃文:《苍黄》,江苏人民出版社2009年版。
卫慧:《像卫慧那样疯狂》,《钟山》1998年第2期。
萧也牧:《我们夫妇之间》,花城出版社2010年版。
须一瓜《别人》,《人民文学》2015年第7期。
严歌苓:《陆犯焉识》,作家出版社2011年版。
阎连科:《风雅颂》,江苏人民出版社,2008年版。
阎真:《沧浪之水》,人民文学出版社2001年版。

阎真:《活着之上》,《收获》2014 年第 6 期。

叶开:《三人行》,《小说界》2004 年第 1 期。

尤凤伟:《中国一九五七》,上海文艺出版社 2001 年版。

余华:《兄弟》,作家出版社 2008 年版。

余华:《第七天》,新星出版社 2013 年版。

张抗抗:《作女》,作家出版社 2009 年版。

张炜:《能不忆蜀葵》,《当代》2001 年第 6 期。

张炜:《请挽救艺术家》,安徽文艺出版社 2012 年版。

张贤亮:《绿化树》,花城出版社 2009 年版。

张者:《大学三部曲·桃花》,人民文学出版社 2016 年版。

张者:《大学三部曲·桃李》,人民文学出版社 2016 年版。

张者:《大学三部曲·桃夭》,人民文学出版社 2016 年版。

中国小说学会主编《新世纪优秀短篇小说选》,花城出版社 2008 年版。

中国小说学会主编《新世纪优秀中篇小说选》,花城出版社 2008 年版。

朱晓琳:《大学之林》,上海文艺出版社 2007 年版。

二、文献类

《中共中央关于经济体制改革的决定》,人民出版社 1984 年版。

《中国出版年鉴(1994)》,中国出版年鉴社 1994 年版。

《中国出版史料 第 3 卷 现代部分 上》,山东教育出版社 2001 年版。

《中华人民共和国法律法规全书》第十卷,中国民主法制出版社 1994 年版。

鲍昌等主编《文学艺术新术语词典》,百花文艺出版社 1987 年版。

北京大学中文系中国现代文学教研室编《文学运动史料选》第五册,上海教育出版社 1979
　　年版。

丛松日,邱正福编《中国特色社会主义基本理论著作及重要文献选编》,山东大学出版社
　　2014 年版。

国务院法制办公室编《中华人民共和国法规汇编》(第六卷),中国法制出版社 2005 年版。

国务院法制办公室编《中华人民共和国劳动人事法典》,中国法制出版社 2014 年版。

洪子诚、孟繁华主编《当代文学关键词》,广西师范大学出版社 2002 年版。

黎照编《鲁迅梁实秋论战实录》,华龄出版社 1997 年版。

路文彬主编《中国当代文学史料文论选》,中国文联出版社 2006 年版。

曲阜师范学院政史系中共党史教研组编《中共党史学习与参考资料 新民主主义时期 中》,1977 年版。

王晓明编《人文精神寻思录》,文汇出版社 1996 年版。

王尧、林建法主编《中国当代文学批评大系:1949~2009》卷一,苏州大学出版社 2012 年版。

中国出版工作者协会、中国出版科学研究所编《中国出版年鉴(1989)》,中国书籍出版社 1991 年版。

中国人民解放军国防大学党史党建政工教研室编《中国党史教学参考资料·26 中·文化大革命研究资料》,国防大学出版社内部出版发行,1988 年版。

中国社会科学院文学研究所现代文学研究室编《"革命文学"论争资料选编》,知识产权出版社 2010 年版。

三、 理论著作类

Barbara Ann Kipfer and Robert L. Chapman. eds: *Dictionary of American Slang*, New York: HarperCollins, 2007.

Bourdieu, Pierre. Distinction: *A Social Critique of the Judgement of Taste*. Harvard University Press, 1984.

Bourdieu, Pierre: *Outline of a Theory of Practice*. Trans. Richard Nice, Vol. 16. Cambridge University press, 1977.

Christopher Beach: *Class, Language, and American Film Comedy*: Cambridge University Press, 2002.

Dane S. Clausse: *Anti-Intellectualism in American Media: Magazines & Higher Education*, Peter Lang Inc., International Academic Publishers, 2003.

Ken Gelder: *New Directions in Popular Fiction*, London: Palgrave Macmillan UK, 2016.

Lacan J：*The Four Fundamental Concepts of Psychoanalysis*，Trans. Alan Sheridan，W.W. Norton & Company，1998.

Richard Hofstadter：*Anti-intellectualism in American life*，New York：Alfred A. Knope,1963.

Robert McKee：Story：*Substance，Structure，Style，and the Principles of Screenwriting*，New York：HarperCollins. 1997.

Tom Dalzell, ed.：*The Routledge：Dictionary of Modern American Slang and Unconventional English*，New York and London：Routledge，2015.

［德］艾伯华：《中国民间故事类型》，王燕生、周祖生译，商务印书馆1999年版。

［德］本雅明：《机械复制时代的艺术作品》，王才勇译，中国城市出版社2002年版。

［德］本雅明：《启迪：本雅明文选》，［德］阿伦特编，张旭东、王斑译，生活·读书·新知三联书店2008年版。

［德］本雅明：《发达资本主义时代的抒情诗人》修订本，张旭东、魏文生译，生活·读书·新知三联书店2012年版。

［德］卡尔·曼海姆：《卡尔·曼海姆精粹》，徐彬译，南京大学出版社2002年版。

［德］马克思·霍克海默、［德］西奥多·阿道尔诺：《启蒙辩证法——哲学片段》，渠敬东、曹卫东译，上海人民出版社2006年版。

［德］韦伯：《学术与政治：韦伯的两篇演说》，冯克利译，生活·读书·新知三联书店1998年版。

［德］马克思·韦伯：《经济与社会（第一卷）》，阎克文译，上海人民出版社2010年版。

［德］西美尔：《时尚的哲学》，费勇等译，文化艺术出版社2001年版。

［德］席勒：《席勒美学文集》，张玉能编译，人民出版社2011年版。

［俄］普罗普：《故事形态学》，贾放译，中华书局2006年版。

［法］波德里亚：《消费社会》，刘成富、全志钢译，南京大学出版社2000年版。

［法］布迪厄：《艺术的法则》，刘晖译，中央编译出版社2001年版。

［法］布尔迪厄：《国家精英：名牌大学与群体精神》，杨亚平译，商务印书馆2004年版。

［法］布尔迪厄：《区分：判断力的社会批判》，刘晖译，商务印书馆2015年版。

参考文献

［法］勒庞：《乌合之众：大众心理研究》，冯克利译，中央编译出版社 2000 年版。

［加］埃里克·麦克卢汉：《麦克卢汉精粹》，［加］秦格龙编，何道宽译，南京大学出版社 2000 年版。

［加］哈罗德·伊尼斯：《传播的偏向》，何道宽译，中国人民大学出版社 2003 年版。

［美］阿尔文·古尔德纳：《新阶级与知识分子的未来》，杜维真等译，人民文学出版社 2001 年版。

［美］丁乃通编著《中国民间故事类型索引》，郑建成等译，中国民间文艺出版社 1986 年版。

［美］卡林内斯库：《现代性的五副面孔》，顾爱彬、李瑞华译，商务印书馆 2002 年版。

［美］拉塞尔·雅各比：《最后的知识分子》，洪洁译，江苏人民出版社 2002 年版。

［美］欧文·戈夫曼：《污名——受损身份管理札记》，宋立宏译，商务印书馆 2009 年版。

［美］乔治·瑞泽尔：《赋魅于一个祛魅的世界——消费圣殿的传承与变迁》，罗建平译，社会科学文献出版社 2015 年版。

［美］威尔弗雷德·L.古尔灵等：《文学批评方法手册》，姚锦清等译，春风文艺出版社 1988 年版。

［西］略萨：《中国套盒：致一位青年小说家》，赵德明译，百花文艺出版社 1999 年版。

［意］安东尼奥·葛兰西：《狱中札记》，曹雷雨等译，河南大学出版社 2014 年版。

［英］爱·摩·福斯特：《小说面面观》，苏炳文译，花城出版社 1984 年版。

［英］保罗·塔格特：《民粹主义》，袁明旭译，吉林人民出版社 2005 年版。

［英］鲍曼：《立法者与阐释者：论现代性、后现代性与知识分子》，洪涛译，上海人民出版社 2000 年版。

［英］弗兰克·富里迪：《知识分子都到哪里去了》，戴从容译，江苏人民出版社 2005 年版。

［英］吉姆·麦克盖根：《文化民粹主义》，桂万先译，南京大学出版社 2001 年版。

赵一凡等主编《西方文论关键词》，外语教学与研究出版社 2006 年版。

中共中央马克思恩格斯列宁斯大林编译局国际共运史研究室编译《俄国民粹派文选》，人民出版社 1983 年版。

蔡铮云编《从现象学到后现代》，商务印书馆 2012 年版。

陈茂华：《霍夫施塔特史学研究》，上海人民出版社 2013 年版。

陈明远:《知识分子与人民币时代》,文汇出版社 2006 年版。

陈明远:《文化人的经济生活》,陕西人民出版社 2013 年版。

陈平原:《当代中国人文观察》,人民文学出版社 2004 年版。

陈平原:《大学何为(修订版)》,北京大学出版社 2016 年版。

费孝通:《乡土中国》,上海人民出版社 2007 年版。

顾颉刚:《史林杂识:初编》,中华书局 1963 年版。

旷新年:《1928:革命文学》,山东教育出版社 1998 年版。

刘琅、桂苓主编《大学的精神》,中国友谊出版社 2004 年版。

孟繁华:《坚韧的叙事:新世纪文学真相》,福建教育出版社 2008 年版。

欧阳友权编《网络文学研究成果集成》,中国文联出版社 2015 年版。

钱穆:《国史新论》,九州出版社 2012 年版。

邵燕君:《倾斜的文学场——当代文学生产机制的市场化转型》,江苏人民出版社 2003 年版。

邵燕君:《网络时代的文学引渡》,广西师范大学出版社 2015 年版。

邵燕君:《新世纪第一个十年小说研究》,北京大学出版社 2016 年版。

陶东风:《知识分子与社会转型》,河南大学出版社 2003 年版。

汪民安编《后身体:文化、权力和生命政治学》,吉林人民出版社 2003 年版。

肖鹰:《天地一指》,安徽文艺出版社 2012 年版。

余英时:《士与中国文化》,上海人民出版社 1987 年版。

余英时:《中国思想传统及其现代变迁》第 2 卷,沈志佳编,广西师范大学出版社 2014 年版。

张红路:《麦卡锡主义》,武汉大学出版社 1987 年版。

张闳:《文化街垒》,湖南文艺出版社 2006 年版。

钟敬文:《钟敬文文集·民间文艺学卷》,安徽教育出版社 2002 年版。

朱大可:《流氓的盛宴:当代中国的流氓叙事》,新星出版社 2006 年版。

朱大可:《审判》,东方出版社 2012 年版。

四、期刊论文类

Bourdieu, Pierre, Gisele Sapiro, and Brian McHale: "Fourth lecture. Universal corporatism: The role of intellectuals in the modern world." *Poetics Today* 12.4 (1991).

Bromwich David: Anti-Intellectualism, *Raritan A Quarterly Review*, Volume 16, Issue 1 (Summer,1996).

Brown · S. Ralph: Book Review: The Development of Academic Freedom in the United States & Academic Freedom in Our Time, *Yale Law School Faculty Scholarship Series*(1956).

Bruce G. Link and Jo C. Phelan: Conceptualizing Stigma, *Annual Review of Sociology*, Vol. 27 (2001).

Charles Kurzman and Lynn Owens: The Sociology of Intellectuals, *Annual Review of Sociology*, Vol. 28 (2002).

Dane S. Clausse: A Brief History of Anti-intellectualism in American Media, *Academe*, Vol. 97, No. 3, The Media and Higher Education in Hard Times (MAY-JUNE 2011).

David W. Park: Reviewed Work(s): Anti-Intellectualism in American Media: Magazines and Higher Education by Dane S. Claussen, *Academe*, Vol. 90, No. 5 (Sep. -Oct., 2004).

Edward Shils: The Intellectuals and the Powers: Some Perspectives for Comparative Analysis, *Comparative Studies in Society and History*, Vol. 1, No. 1 (Oct., 1958).

Jennifer Ratner-Rosenhagen: Anti-Intellectualism as Romantic Discourse, Daedalus, Vol. 138, No. 2, *Emerging Voices* (Spring, 2009).

John B. Cobb Jr.: The Anti-Intellectualism of the American University, *An Interdisciplinary Journal*, Vol. 98, No. 2 (2015).

Philip Gleason: Review: Anti-Intellectualism and Other Reconsiderations, *The Review of Politics*, Vol. 28, No. 2, (April,1996).

[美]马克·布里斯:《警惕美国"反智主义"回归》,赵纪萍编译,《社会科学报》,2013年5月9日。

《知识分子和权力 法国哲学家M.福柯和G.德勒泽的一次对话》,陆炜译,《哲学译丛》1991

年第 6 期。

安波舜:《当我独自面对世界——〈狼图腾〉版权输出过程》,《出版参考》2006 年第 25 期。

程光炜:《"新世纪文学"与当代文学史》,《文艺争鸣》2005 年第 6 期。

丁帆:《狼为图腾,人何以堪——〈狼图腾〉的价值观退化》,《当代作家评论》,2011 年第 3 期。

樊星:《当代文化思潮中的"反智主义"》,《华中师范大学学报(人文社会科学版)》2011 年第 3 期。

贺昌盛等:《"反智主义"笔谈》,《当代文坛》2009 年第 2 期。

黄轶:《论民间故事中"反智主义"的生成动因》,《黄河科技大学学报》2007 年第 6 期。

雷达:《"新世纪文学":概念生成、关联性及审美特征》,《文艺争鸣》2006 年第 4 期。

陶东风:《从"王蒙现象"谈到文化价值的建构》,《文艺争鸣》1995 年第 3 期。

陶东风:《文学的祛魅》,《文艺研究》2006 年第 1 期。

陶东风:《新时期文学 30 年:作家"倒下去",写手"站起来"》,《首都师范大学学报(哲学社会科学版)》2009 年第 1 期。

王彬彬:《替韩少功补个注释》,《南方都市报》,2014 年 5 月 25 日。

王彬彬:《再替韩少功补个注释》,《南方都市报》,2014 年 6 月 15 日。

王彬彬:《韩少功始终只是个小说家》,《南方都市报》,2014 年 6 月 22 日。

王蒙:《躲避崇高》,《读书》1993 年第 1 期。

王强:《"劳工神圣"与五四新文学》,《上海师范大学学报(哲学社会科学版)》1985 年第 2 期。

王卫平,鲁美妍:《新世纪高校题材小说的创作缺失》,《山东师范大学学报(人文社会科学版)》2010 年第 4 期。

文军、罗峰:《公共知识分子的污名化:一个消费社会学的解释视角》,《学术月刊》2014 年第 4 期。

薛涌:《"反智主义"思潮的崛起》,《南方周末》,2008 年 3 月 13 日。

阎真:《从〈沧浪之水〉到〈活着之上〉》,《南方文坛》2015 年第 4 期。

杨扬:《影响新世纪文学的几个因素》,《文艺争鸣》2005 年第 2 期。

於可训:《从"新时期文学"到"新世纪文学"》,《文艺争鸣》2007 年第 2 期。

张颐武:《关于"新世纪文学"》,《文艺争鸣》2006 年第 1 期。

图书在版编目(CIP)数据

新世纪小说创作中的反智现象研究 / 刘阳扬著. —南京：南京大学出版社，2020.10
（教育部人文社会科学重点研究基地南京大学中国新文学研究中心学术文库 / 丁帆主编）
ISBN 978-7-305-23819-2

Ⅰ.①新… Ⅱ.①刘… Ⅲ.①小说创作－文学创作研究－中国－当代 Ⅳ.① I207.42

中国版本图书馆 CIP 数据核字(2020)第 185391 号

出版发行	南京大学出版社
社　　址	南京市汉口路 22 号　　邮　编 210093
出 版 人	金鑫荣
丛 书 名	教育部人文社会科学重点研究基地南京大学中国新文学研究中心学术文库
书　　名	新世纪小说创作中的反智现象研究
著　者	刘阳扬
责任编辑	郭艳娟
照　　排	南京紫藤制版印务中心
印　　刷	南京爱德印刷有限公司
开　　本	718×1000　1/16　印张 13.25　字数 182 千
版　　次	2020 年 10 月第 1 版　2020 年 10 月第 1 次印刷
ISBN	978-7-305-23819-2
定　　价	80.00 元
网　　址	http://www.njupco.com
官方微博	http://weibo.com/njupco
官方微信	njupress
销售热线	025-83594756

* 版权所有，侵权必究
* 凡购买南大版图书，如有印装质量问题，请与所购图书销售部门联系调换